SÜDWESTFUNK
HA Kultur und Wissenschaft
Postfach 820
7570 Baden-Baden

D1751876

SV

# Milan Kundera
# Das Buch vom Lachen und vom Vergessen

Aus dem Tschechischen von
Franz Peter Künzel

Suhrkamp Verlag

Originaltitel: KNIHA SMÍCHU A ZAPOMNĚNÍ
© Milan Kundera, 1978
Erstmals veröffentlicht bei
Editions Gallimard, Paris, 1979

Erste Auflage 1980
© der deutschen Übersetzung beim
Suhrkamp Verlag Frankfurt am Main 1980
Alle Rechte vorbehalten
Druck: Wilhelm Röck, Weinsberg
Printed in Germany

*Erster Teil*
# Die verlorenen Briefe

1

Im Februar 1948 trat der kommunistische Führer Klement Gottwald auf den Balkon eines Prager Barockpalais, um zu den Hunderttausenden von Bürgern zu sprechen, die Prags Altstädter Ring überschwemmt hatten. Es war ein historischer Augenblick für Böhmen. Einer jener schicksalhaften Augenblicke, wie sie in tausend Jahren nur ein-, zweimal vorkommen.
Gottwald wurde von seinen Genossen begleitet, neben ihm stand Außenminister Clementis. Schnee fiel, es war kalt, und Gottwald war ohne Kopfbedeckung. Der fürsorgliche Clementis nahm seine Pelzmütze ab und setzte sie dem barhäuptigen Gottwald auf. Später verbreitete die Propagandaabteilung in Hunderttausenden von Exemplaren eine Aufnahme dieses Balkons mit Gottwald, während er, die Pelzmütze auf dem Kopf und die Genossen zur Seite, seine Rede an die Nation hält. Auf jenem Balkon also begann die Geschichte des kommunistischen Böhmens. Jedes Kind kannte die Aufnahme, hatte sie auf Plakaten, in Schulbüchern und Museen gesehen.
Vier Jahre später wurde Clementis wegen Hochverrats angeklagt und gehängt. Die Propagandaabteilung radierte ihn sogleich aus der Geschichte aus und retuschierte ihn von der Fotografie weg. Seither steht Gottwald ohne Nebenmann auf dem Balkon. Von Clementis blieb lediglich die Mütze auf Gottwalds Kopf übrig.

2

Das Jahr 1971 war gekommen, und Mirek pflegte zu sagen: Der Kampf des Menschen gegen die Macht ist der Kampf des Gedächtnisses gegen das Vergessen.

Damit wollte er rechtfertigen, was seine Freunde Unvorsichtigkeit nannten: er führte sorgfältig Tagebuch, hob seine Korrespondenz auf und protokollierte Zusammenkünfte, wo die Lage erörtert und auch das Wie-Weiter erwogen worden war. Seine Begründung: Ich verstoße damit nicht gegen die Verfassung. Versteck spielen und Schuldgefühle haben, das wäre der Anfang einer Niederlage.
Vor einer Woche hatte er – als Mitglied eines Bautrupps – auf dem Dach eines Neubaus gearbeitet. Er hatte hinuntergeschaut und einen Schwindelanfall bekommen, war ins Wanken geraten und mit der haltsuchenden Hand gegen einen schlecht befestigten Balken gestoßen, der hatte sich in Bewegung gesetzt – und dann mußte Mirek hervorgezogen werden. Der erste Blick auf die Verletzung war schrecklich, doch als Mirek kurz darauf feststellen konnte, daß es sich um einen banalen Unterarmbruch handelte, meinte er befriedigt, in den kommenden Genesungswochen endlich jene Dinge regeln zu können, für die ihm bislang kaum Zeit geblieben war.
Mirek hatte seinen vorsichtigeren Kameraden am Ende doch recht gegeben. Die Verfassung garantierte zwar die Freiheit des Wortes, aber die Gesetze sahen Strafen für alles vor, was sich als Unterminierung des Staates bezeichnen ließ. Man wußte nie, wann der Staat lospoltern würde, daß dieses oder jenes Wort den Staat unterminiere. Darum hatte er sich entschlossen, die möglicherweise kompromittierenden Schriftstücke an einen sicheren Ort zu bringen.
Vorher jedoch wollte er die Angelegenheit Zdena ins reine bringen. Er hatte sie mehrmals in ihrer Stadt telefonisch zu erreichen versucht, war aber nie durchgekommen. Vier Tage hatte er auf diese Weise verloren. Erst

gestern war es ihm gelungen, sie zu sprechen. Sie erwartete ihn also heute nachmittag.
Vorher noch war sein siebzehnjähriger Sohn mit dem Protest gekommen, daß er, Mirek, keinen Wagen lenken könne, wenn er die Hand im Gips habe. Es mußte sein, wenngleich ihm dieses Fahren nicht leichtfiel. Die verletzte Linke baumelte ihm in einer Schlinge vor der Brust, hilflos und unbrauchbar. Wollte er einen anderen Gang einlegen, mußte er das Lenkrad jedesmal für einen Augenblick loslassen.

3

Vor fünfundzwanzig Jahren hatte er das Verhältnis mit Zdena gehabt, und es waren ihm seit damals nicht viele Erinnerungen geblieben.
Bei einem Rendezvous beispielsweise hatte sie mehrmals leise geschluchzt und die Augen mit dem Taschentuch blankgewischt. Er hatte sie gefragt, was sie denn habe. Sie hatte ihm geantwortet, daß tags zuvor ein russischer Staatsmann gestorben sei. Ein gewisser Schdanow, Arbuzow oder Masturbow. Gemessen an der Menge ihrer vergossenen Tränen, mußte sie der Tod Masturbows stärker erschüttert haben als der Tod ihres Vaters.
War so etwas damals wirklich vorgefallen? Waren ihre Tränen wegen Masturbow nicht Ausgeburt seines heutigen Übelwollens? Nein, es war so und nicht anders vorgefallen. Allerdings, die damaligen unmittelbaren Umstände, die ihr Weinen glaubhaft und sehr wirklich machten, waren ihm jetzt nicht mehr ganz gegenwärtig, was seine Erinnerung karikaturistisch verzerrte. Alle seine Erinnerungen an sie waren so.
Nicht anders erging es ihm, wenn er sich die Heimfahrt

mit der Straßenbahn aus jener Wohnung, wo sie einander zum erstenmal geliebt hatten, in Erinnerung rief. (Mit einer gewissen Genugtuung hingegen konstatierte Mirek immer wieder, daß er sich keinen einzigen Geschlechtsverkehr mit ihr vergegenwärtigen und keine einzige Sekunde daraus wiedererstehen lassen konnte.) Sie hatte in der ratternden Bahn auf der Eckbank gesessen, und ihr Gesicht hatte den Eindruck von Betrübtheit, In-sich-Versunkensein, sonderbarer Alterung vermittelt. Als er sie gefragt hatte, warum sie so schweigsam sei, hatte sie geantwortet, daß sie mit dieser Art Liebemachen nicht einverstanden sein könne. Er habe sie wie ein Intellektueller geliebt.

Intellektueller, das war im damaligen Politjargon ein Schimpfwort gewesen. Es hatte einen Menschen gemeint, der nichts vom Dasein verstand und losgelöst vom Volk lebte. Sämtliche Kommunisten, die seinerzeit von anderen Kommunisten aufgehängt worden waren, hatte man mit diesem Schimpfwort belegt. Zum Unterschied von den Kommunisten, die mit beiden Beinen fest auf dem Boden standen, hatten jene angeblich versucht, sich in die Luft zu erheben. Man sah es darum nur als gerecht an, wenn sie ein für allemal vom Boden hochgezogen wurden und in der Schwebe blieben.

Wie hatte Zdena das eigentlich gemeint, als sie ihn beschuldigte, den Geschlechtsverkehr wie ein Intellektueller auszuüben?

Auf jeden Fall war sie mit ihm unzufrieden gewesen; und, so wie sie verstand, eine abstrakte Beziehung (die Beziehung zu dem ihr persönlich unbekannten Masturbow) mit konkretestem Gefühl zu erfüllen (in den Tränen materialisiert), so verstand sie auch, dem fühlbarsten Akt eine abstrakte Bedeutung zu geben und ihr Unbefriedigtsein durch einen politischen Begriff zu benennen.

# 4

Mirek schaute wieder einmal in den Rückspiegel. Ihm folgte immer ein und derselbe Personenwagen. Nie hatte er bezweifelt, daß er verfolgt wurde, aber bisher war es mit meisterhafter Diskretion geschehen. Ab heute also sollte es anders sein: Sie wollten, daß er sie wahrnahm.
Ungefähr zwanzig Kilometer hinter Prag befand sich eine Auto-Reparaturwerkstatt, mitten im Feld und von einer hohen Umzäunung umgeben. Mirek hatte einen guten Bekannten dort und wollte mit dessen Hilfe den schadhaften Anlasser seines Wagens ausgetauscht bekommen. Er hielt vor der Einfahrt mit der rotweiß gestreiften Schranke. Sie wurde von einer dicken Alten betätigt. Mirek erwartete, daß sie die Schranke heben würde, aber sie sah ihn nur lange an und rührte sich nicht. Er hupte. Vergebens. Das Seitenfenster heruntergekurbelt und hinausgeschaut. Da rief die Alte:
»Hat man Sie noch nicht eingesperrt?«
»Nein, man hat mich noch nicht eingesperrt. Könnten Sie die Schranke öffnen?«
Sie schaute ihn wieder einige Sekunden gleichgültig an. Dann gähnte sie und ging ins Pförtnerhäuschen, wo sie sich breit hinter dem Tisch niederließ. Sie würdigte Mirek keines Blickes mehr.
Er stieg aus, passierte das Tor an der Schranke vorbei und suchte im Werkstattgelände seinen Bekannten. Der Mechaniker begleitete ihn zum Tor zurück und hob selbst die Schranke (bei anhaltender Gleichgültigkeit der Alten im Pförtnerhäuschen), damit Mirek in den Hof fahren konnte.
»Tja, das kommt davon – du hast dich zu oft im Fernsehen gezeigt«, meinte der Mechaniker. »Jetzt kennen dich auch solche Frauen vom Sehen.«

»Wer ist denn die?« erkundigte sich Mirek.
Er erfuhr, daß diese Frau vom Einmarsch der russischen Truppen in Böhmen sowie von deren allgegenwärtigem Einfluß zu einem ungewöhnlichen Leben erweckt worden war. Sie hatte gesehen, wie höhergestellte Leute (und für sie gab es nur solche) dank geringfügigster Bezichtigungen schnell Macht, Position, Beruf und Brot verloren, was erregend für sie gewesen war: sie hatte begonnen, Anzeigen zu erstatten.
»Wie kommt es dann, daß sie immer noch Pförtnerin ist? Hat man sie denn nicht befördert?«
Der Automechaniker grinste: »Sie kann nicht bis fünf zählen. Man hat sie einfach nicht befördern können. Lediglich immer wieder von neuem bestätigen kann man ihr, daß sie ein Recht aufs Anzeigen besitzt. Das ist ihre ganze Belohnung.« Er hob die Motorhaube und widmete sich dem Anlassersystem.
Mirek spürte plötzlich, daß zwei Schritte hinter ihm ein Mann stand. Er drehte sich um. Der Mann trug einen grauen Sakko, ein weißes Hemd mit Krawatte und eine braune Hose. Über seinem starken Hals und seinem gedunsenen Gesicht wellte sich onduliertes Grauhaar. Sein Interesse schien dem Mechaniker zu gelten, dessen Oberkörper zwischen Motor und hochgeklappter Motorhaube steckte.
Nach einer Weile merkte der Mechaniker ebenfalls den Fremden und fragte ihn: »Suchen Sie jemanden?«
Der Mann mit dem starken Hals und dem ondulierten Haar antwortete: »Nein. Ich suche niemanden.«
Der Mechaniker beugte sich wieder über den Motor und witzelte: »Auf dem Wenzelsplatz in Prag steht ein Mann und kotzt. Kommt ein anderer vorbei, sieht dem Kotzenden ein Weilchen zu, wiegt dann traurig den Kopf und sagt: ›Wenn Sie wüßten, wie ich Sie verstehe...‹«

## 5

Die Ermordung Alliendes machte die Erinnerung an den russischen Einmarsch in Böhmen rasch vergessen, das blutige Massaker in Bangladesch machte Alliende vergessen, der Krieg auf der Sinaihalbinsel übertönte das Weinen von Bangladesch, das Massaker in Kambodscha machte Sinai vergessen und so weiter und so weiter bis zum völligen Vergessen aller auf alles.

In jenen Zeiten, wo Geschichte noch langsam verlief, waren ihre spärlichen Großereignisse leicht im Gedächtnis zu behalten und bildeten einen allgemein bekannten *Hintergrund*, vor welchem sich das spannende Theater privater menschlicher Abenteuer abspielte. Heutzutage geht die Zeit im Eilschritt dahin. Ein historisches Ereignis, das über Nacht vergessen war, kann anderntags schon wieder in der Darbietung des Geschichtenerzählers im Glanz der Neuheit erstrahlen und ist nicht mehr Hintergrundgeflecht, sondern ein überraschendes *Abenteuer*, das sich nun vor jenem Hintergrund der allgemein bekannten Banalität des Privatmenschlichen abspielt.

Weil sich keines der geschichtlichen Ereignisse mehr als allgemein bekannt voraussetzen läßt, muß ich über Geschehnisse, die ein paar Jahre zurückliegen, erzählend berichten, als seien sie tausend Jahre alt: 1939 marschierten deutsche Truppen in Böhmen ein, und der Staat der Tschechen hörte auf zu existieren. 1945 marschierten russische Truppen in Böhmen ein, und das Land nannte sich wieder selbständige Republik. Ihre Menschen waren begeistert von dem Rußland, das die Deutschen aus dem Land getrieben hatte, und weil viele die tschechische kommunistische Partei als Rußlands getreue rechte Hand ansahen, übertrugen sie ihre Sympathien auf diese. So konnte es geschehen, daß die Kommunisten im Februar 1948 nicht

durch Blut und Gewalt, sondern unterm Jubel der halben Nation an die Macht gelangten. Und nun achtgeben: die jubelnde Hälfte war aktiver, klüger und besser.
Jawohl, was einer auch immer dagegen einwenden mag, die Kommunisten waren klüger. Sie hatten ein großzügiges Programm. Den Plan einer völlig neuen Welt, in der jeder seinen Platz finden würde. Ihre Gegner hatten keinen großen Traum, sondern nur einige moralische Grundsätze, die abgetragen und fade wirkten. Und aus diesen sollten die Flicken zur Reparatur der zerschlissenen Hosen bislang herrschender Verhältnisse geschnitten werden. Kein Wunder also, daß die Begeisterten und Großzügigen über die Kompromißler und Vorsichtler siegten und schnellstens ihren Traum von einer gerechten Idylle für alle zu verwirklichen begannen.
Ich betone: *Idylle* und *für alle*, denn jedermann sehnt sich seit alters nach der Idylle, nach diesem Garten, wo Nachtigallen singen, nach diesem Eiland, wo Einklang herrscht und die Welt sich nicht gegen den Menschen stellt und somit der Mensch nicht gegen den Menschen stehen muß, im Gegenteil, wo Welt und Mensch aus einem einzigen Stoff erschaffen sind und auch das Feuer am Himmel gleich dem Feuer in den Menschenseelen brennt. Ein jeder würde dort Note in einer herrlichen Bachschen Fuge sein, und wer dies nicht wollte, würde ein bloßer schwarzer Punkt bleiben, überflüssig und bedeutungslos, leicht fangbar und zwischen den Fingernägeln knackbar.
Zu Beginn schon gaben manche Leute zu, für die Idylle ungeeignet zu sein und das Land verlassen zu wollen. Doch weil für eine Idylle wesenhaft ist, daß sie Welt für alle sein möchte, waren diese Emigrationswilligen sogleich als Leugner der Idylle erkannt. Sie wanderten statt ins Ausland hinter Gitter. Dorthin folgten ihnen

bald Tausende und Abertausende, am Ende sogar zahlreiche Kommunisten, unter diesen Außenminister Clementis, der seine Mütze bekanntlich Gottwald geliehen hatte. Fortan sah man auf den Filmleinwänden nur schüchterne, händchenhaltende Liebhaber, eheliche Untreue wurde von bürgerlichen Ehrengerichten hart bestraft, Nachtigallen sangen und Clementis' Leichnam schwang wie eine Glocke, die einen neuen Morgen der Menschheit einläutet.
Damals bemächtigte sich der jungen, klugen und radikalen Leute das sonderbare Gefühl, eine Tat in die Welt gesetzt zu haben, die Eigenleben gewann, bald nicht mehr ihren Vorstellungen entsprach und sie, die Tatschöpfer, mißachtete. Diese jungen und klugen Menschen begannen ihrer Tat mahnend nachzurufen, sie zurückzurufen, zu jagen und zu verfolgen. Schriebe ich den Roman jener begabten und radikalen Generation, er hätte den Titel *Die Verfolgung der verlorenen Tat*.

6

Der Mechaniker schloß die Motorhaube, und Mirek fragte, wieviel er ihm schulde.
»Einen Scheißdreck«, sagte der Mechaniker.
Gerührt setzte Mirek sich ans Steuer. Er hatte gar keine Lust mehr, die Fahrt fortzusetzen, viel lieber wäre er bei dem Mechaniker geblieben, um Witze mit ihm auszutauschen. Doch der schlug ihm schon durchs offene Fahrerfenster auf die Schulter und ging zum Pförtnerhäuschen, um die Schranke zu heben.
Als Mirek an ihm vorbeifuhr, deutete der Mechaniker mit kurzer Kopfbewegung auf einen Wagen, der vorm Eingangstor parkte.

Der Mann mit dem starken Hals und dem ondulierten Haar stand, etwas gebückt, an der offenen Beifahrertür. Er blickte zu Mirek. Desgleichen tat der Kerl hinter dem Steuerrad. Frech, ja unverschämt musterten ihn die beiden. Als Mirek an ihnen vorbeifuhr, versuchte er sie auf dieselbe Art anzusehen. Im Rückspiegel konnte er dann beobachten, wie der eine Mann in den Wagen stieg und der andere das Wendemanöver einleitete, um die Verfolgung wieder aufzunehmen.

Mirek schoß der Gedanke durch den Kopf, daß er die kompromittierenden Schriftstücke hätte viel früher schon beiseiteschaffen sollen, spätestens aber am ersten Tag seiner Krankschreibung. Hätte er nicht gewartet, bis er Zdena telefonisch erreicht hatte, wäre diese Sache noch gefahrlos vonstatten gegangen. Aber er hatte einzig und allein an seine Fahrt zu Zdena gedacht. Genau genommen hatte er seit einigen Jahren daran gedacht. Und in den letzten Wochen dann war ihm klar geworden, daß er nicht mehr länger warten durfte. Denn sein Schicksal eilte dem Ende entgegen, und er meinte, für dessen Vollkommenheit und Schönheit alles tun zu müssen.

7

Als er und Zdena in jener weit zurückliegenden Zeit auseinander gegangen waren (fast drei Jahre waren sie miteinander gegangen), hatte ihn ein Gefühl unermeßlicher Freiheit erfaßt. Und ihm war plötzlich einiges gelungen, später fast alles. Er hatte bald eine Frau geheiratet, deren Schönheit sein Selbstbewußtsein stärkte. Als seine schöne Frau vorzeitig gestorben war, hatte er mit seinem Söhnchen allein in einer Art koketter Verlassenheit

gelebt, die ihm die Bewunderung, das Interesse und die Fürsorge vieler anderen Frauen eintrug.
Daneben war er als Wissenschaftler recht erfolgreich gewesen, was ihm Schutz geboten hatte. Schutz dem Staat gegenüber, der ihn brauchte, und an dessen Adresse er bissige Kritik zu einer Zeit schon richtete, wo kaum jemand hervorzutreten wagte. Je mehr jene Leute, die ihre Tat verfolgten, an Einfluß gewannen, desto öfter war er auf den Bildschirmen erschienen und zu einer bekannten Persönlichkeit geworden. Als die Russen gekommen waren und er ablehnte, seine Ansichten zu widerrufen, da hatte man ihn aus Amt und Würden verjagt und von Spitzeln beobachten lassen. Was ihn freilich nicht hatte umwerfen können. Er war in sein Schicksal verliebt, und ihm schien, daß noch sein Marsch in den Untergang erhaben und schön sein müsse.
Wohlgemerkt, er war nicht in sich selbst, sondern in sein Schicksal verliebt. Wir haben es also mit zwei völlig verschiedenen Dingen zu tun. Sein Leben hatte sich verselbständigt und verfolgte längst ureigenste Interessen, die nicht identisch waren mit den Interessen von Mirek. Dies nenne ich Verwandlung von Leben in Schicksal. Das Schicksal dachte nicht daran, für Mirek auch nur einen Finger krumm zu machen (für sein Glück, seine Sicherheit, Gutgelauntheit und Gesundheit), wogegen Mirek bereit war, für sein Schicksal alles zu tun (für dessen Größe, Klarheit, Schönheit, Stil und Sinnfälligkeit). Er fühlte sich für sein Schicksal verantwortlich, wogegen sich sein Schicksal für ihn nicht verantwortlich fühlte.
Er hatte zu seinem Leben ein Verhältnis wie der Bildhauer zu seiner Statue oder der Romancier zu seinem Roman. Eines der unabdingbaren Rechte des Roman-

ciers ist das Recht auf die Überarbeitung seines Romans. Gefällt ihm der Anfang nicht, kann er ihn umschreiben oder streichen. Zdenas Existenz aber bestritt Mirek das Urheberrecht. Zdena bestand darauf, auf den ersten Seiten des Romans zu bleiben, nicht gestrichen zu werden.

8

Warum schämte er sich ihrer eigentlich so?
Am naheliegendsten war folgende Erklärung: Mirek hatte sehr früh zu jenen gehört, die ihre eigene Tat verfolgten, wogegen Zdena dem Garten treu blieb, in dem die Nachtigallen sangen. Heute gehörte sie sogar zu jenen zwei Prozent des Volkes, die die russischen Panzer willkommen geheißen hatten.
Ja, so war es, aber ich glaube nicht, daß diese Erklärung überzeugt. Wäre es nur darum gegangen, daß sie die russischen Panzer willkommen geheißen hatte, würde er sie zwar laut und in aller Öffentlichkeit beschimpft, aber nie und nimmer geleugnet haben, daß er sie kannte. Zdena war durch viel Schlimmeres an ihm schuldig geworden. Sie war häßlich.
Doch bedeutete ihre Häßlichkeit noch etwas, jetzt, nachdem er schon zwanzig Jahre nicht mehr mit ihr geschlafen hatte?
Sie bedeutete noch etwas: Zdenas lange Nase warf auch von fern her einen Schatten auf sein Dasein.
Vor Jahren hatte er eine schöne Geliebte gehabt. Eines Tages war sie in die Stadt geraten, wo Zdena lebte – und war von dort höchst verdrossen zurückgekehrt: »Ich bitte dich, wie hast du mit einem so schrecklichen Weibsbild gehen können?«

Er hatte behauptet, sie nur sehr oberflächlich zu kennen, und jene intime Beziehung mit ihr abgestritten.
Denn ihm war das große Geheimnis des Lebens nicht unbekannt: Frauen suchen nicht den schönen Mann. Sie suchen den Mann, der schöne Frauen gehabt hat. Eine häßliche Geliebte zu haben, war ein schicksalhafter Fehler. Mirek hatte darum versucht, alle Spuren Zdenas auszulöschen, und er hatte gehofft, daß auch Zdena, die weiterhin eifrig ihre Parteikarriere betrieb, ihn schnell und gern vergessen würde, zumal ihn jene, die Nachtigallen liebten, von Tag zu Tag mehr haßten.
Er hatte sich getäuscht. Sie sprach immer und überall von ihm. Als ein unglücklicher Zufall ihn mit ihr auf einer Gesellschaft zusammenführte, hatte sie nichts Eiligeres zu tun, als irgendeine Erinnerung anzubringen, aus der für alle Umstehenden klar hervorging, daß sie mit ihm auf vertrautem Fuß gestanden hatte.
Er war außer sich gewesen.
Ein andermal hatte ihn ein Freund, der Zdena gut kannte, verwundert gefragt: »Wenn du das Frauenzimmer so haßt, sag bloß, warum bist du dann mit ihr gegangen?«
Worauf Mirek weitschweifig geantwortet hatte, daß er damals ein dummer Junge von zwanzig Jahren und sie um sieben Jahre älter gewesen sei. Daß sie geachtet, beliebt und allmächtig gewesen sei! Daß sie manch einen aus dem ZK der Partei gekannt habe! Daß sie ihm geholfen, ihn gefördert und einflußreichen Leuten vorgestellt habe!
»Ich bin ein Karrierist gewesen, du Ochse!« hatte er ausgerufen. »Verstehst du, ein aggressiver, grünschnäbeliger Karrierist bin ich gewesen! Deshalb habe ich mich an sie gehängt, und es hat mich ganz und gar nicht gekratzt, daß sie häßlich gewesen ist!«

Mirek sagte nicht die Wahrheit. Wenn Zdena auch vor fünfundzwanzig Jahren bei Masturbows Tod geweint hatte, so hatte sie damals doch über keine bedeutenden Beziehungen verfügt und wäre keinesfalls in der Lage gewesen, selbst Karriere zu machen oder jemandes Karriere zu fördern.
Warum aber hatte er dies erfunden? Warum log er?
Er hielt das Lenkrad mit einer Hand und beobachtete im Rückspiegel ab und zu den Wagen der Geheimpolizisten. Plötzlich stieg ihm das Blut in den Kopf. Eine unerwartete Erinnerung kam ihm: Weil sie ihm nach dem ersten Verkehr sein allzu intellektuelles Verhalten vorgeworfen hatte, war er am nächsten Tag bemüht gewesen, diesen Eindruck durch spontane, zügellose Leidenschaft zu korrigieren. Nein, es stimmte nicht, daß er sich keines einzigen Beischlafs erinnerte! Eine Beischlaferinnerung war wiedergekommen, ganz klar: Er bewegte sich mit vorgetäuschter Wildheit auf ihr, gab einen langen knurrigen Ton von sich, wie ein Hund, der mit dem Pantoffel seines Herrn rang – und sah sie (mit nicht geringem Erstaunen) völlig ruhig, still und fast gleichgültig unter sich liegen.
Und auf einmal war sein Wagen von dem fünfundzwanzig Jahre alten Knurren erfüllt, von diesem unerträglichen Ton seiner Unterwürfigkeit und sklavischen Bemühtheit, seiner Willfährigkeit und Zutunlichkeit, seiner Lächerlichkeit und Misere.
Ja, so ist es: Mirek hatte es fertiggebracht, sich als Karrierist hinzustellen, nur um nicht eingestehen zu müssen, daß er mit einer Häßlichen gegangen war, weil er an eine Hübsche nicht herangekommen wäre. Lediglich Zdena hatte er sich für würdig befunden. Diese Schwä-

che, dieses Elend sollten sein Geheimnis bleiben, das er gewahrt haben wollte.

Das wilde Knurren der Leidenschaft, von dem sein Wagen erfüllt blieb, machte ihm mit zunehmender Kilometerzahl immer bewußter, daß Zdena für ihn ein magisches Bild war, das er treffen wollte, um seine eigene verhaßte Jugend zu vernichten.

Er hielt vor ihrem Haus. Der Verfolgerwagen hielt hinter ihm.

## 10

Gemeinhin ahmt ein historisches Ereignis talentlos das andere nach, in Böhmen jedoch schien die Geschichte ein unerhörtes Experiment in Szene gesetzt zu haben. Dort war nicht eine Gruppe Menschen (Klasse, Volk) nach altem Rezept gegen eine andere aufgestanden, sondern Menschen (eine Generation von Menschen) hatte sich gegen die eigene Jugend erhoben.

Sie hatten sich bemüht, die eigene Tat einzufangen und zu zähmen, was ihnen beinahe gelungen wäre. In den sechziger Jahren waren sie immer einflußreicher geworden, und Anfang 1968 besaßen sie fast ungeteilten Einfluß. Diese letzte Periode wird allgemein *Prager Frühling* genannt: die Bewacher der Idylle mußten in Privatwohnungen die Mikrophone wieder ausbauen, die Grenzen öffnen, und aus der Partitur der großen Bachschen Fuge flohen die Noten, um nach eigenem Gusto zu singen. War das eine Fröhlichkeit, war das ein Karneval!

Rußland, das eine große Fuge für die ganze Erdkugel komponieren möchte, konnte nicht zulassen, daß ihm irgendwo Noten davonliefen. Am 21. August 1968 schickte es eine Armee von einer halben Million Mann

nach Böhmen. Kurz darauf verließen ungefähr hundertzwanzigtausend Tschechen das Land, und von den verbliebenen verloren etwa fünfhunderttausend ihre Anstellung, sie mußten in abgelegene Werkstätten gehen, die Bänder ländlicher Fabriken bedienen, den Fahrersitz von Lieferwagen einnehmen, mit einem Wort: sie mußten sich an Orte begeben, wo niemand mehr je ihre Stimme hören würde.
Und damit kein Schatten unguter Erinnerung das Land in seiner wiederhergestellten Idylle störe, sollen sowohl der Prager Frühling als auch die russischen Panzer, diese dunklen Flecken auf den Kapitelseiten geschönter Geschichtsschreibung, verblassen bis zum Nichts. Darum erinnert in Böhmen niemand mehr an den Jahrestag des 21. August, und die Namen jener Menschen, die sich gegen die eigene Jugend erhoben hatten, wurden sorgfältig aus dem Gedächtnis des Landes getilgt, wie ein Schüler die Fehler aus seiner Hausaufgabe radiert.
Auch Mirek war auf diese Weise getilgt worden. Wenn er jetzt die Treppe zu Zdenas Wohnungstür hinaufstieg, bewegte sich eigentlich nur ein weißer Fleck, nur ein Stück umgrenzter Leere die spiralenförmige Treppe hinauf.

11

Er saß Zdena gegenüber, sein Arm in der Schlinge schaukelte leicht. Zdena blickte zur Seite, sie mochte ihm nicht in die Augen schauen. Und sie sprach hastig:
»Ich weiß nicht, warum du gekommen bist. Aber ich bin froh, daß du gekommen bist. Ich habe mit den Genossen gesprochen. Es wäre doch unsinnig von dir, den Rest des Lebens als Handlanger am Bau zu verbringen. Die Partei

hat vor dir – ich weiß es genau – die Tür nicht endgültig zugeschlagen. Noch ist Zeit.«
Er fragte, was er tun solle.
»Du mußt um eine Anhörung nachsuchen. Du selbst. Den ersten Schritt mußt du tun.«
Ihm war klar, worum es ging. Man gab zu verstehen, daß ihm noch fünf Minuten blieben, allerletzte fünf Minuten, um vernehmlich zu widerrufen, was er gesagt und getan hatte. Er kannte dieses Geschäft. Man war bereit, den Menschen für ihre Vergangenheit eine Zukunft zu verkaufen. Man würde ihm auferlegen, im Fernsehen zu sprechen und reumütig dem Volk zu erklären, daß er sich getäuscht habe, als er gegen Rußland und die Nachtigallen aufgetreten sei. Man würde ihn zwingen, sich von seinem bisherigen Leben abzutrennen und ein Schatten zu werden, ein Mensch ohne Vergangenheit, ein Schauspieler ohne Rolle, ja er würde sogar sein abgetrenntes Leben noch in einen Schatten verwandeln müssen, in eine vom Schauspieler selbst aufgegebene Rolle. Dergestalt in einen Schatten verwandelt, würde man ihn leben lassen.
Er musterte Zdena. Warum sprach sie so hastig und unsicher? Warum schaute sie zur Seite und mied seinen Blick?
Er begriff es nur zu gut: sie hatte ihm eine Falle gestellt. Sie handelte im Auftrag der Partei oder der Polizei. Ihr war die Aufgabe gestellt, ihn zur Kapitulation zu überreden.

12

Aber Mirek täuschte sich! Niemand hatte Zdena beauftragt, mit ihm zu verhandeln! Keiner der Mächtigen würde heute Mirek mehr zu einer Anhörung empfangen,

nicht einmal nach viel Bitten und Betteln. Es war zu spät. Wenn ihn Zdena trotzdem drängte, etwas für sich zu tun, wenn sie vorgab, ihm eine Nachricht von Genossen aus den höchsten Stellen zu übermitteln, tat sie es nur aus Ratlosigkeit und dem wirren Wunsch, ihm irgendwie zu helfen. Und wenn sie dabei hastig sprach und seinen Blick mied, tat sie es nicht, weil sie ihm eine Falle stellen wollte, sondern weil sie mit völlig leeren Händen dasaß.
Hatte Mirek sie überhaupt je verstanden?
Er hatte stets gemeint, Zdena hänge der Partei deshalb in so wilder Treue an, weil sie zu den politischen Fanatikerinnen gehöre.
Das stimmte nicht. Sie blieb der Partei treu, weil sie Mirek liebte.
Nachdem er sie verlassen hatte, war es ihr einziger Wunsch gewesen, den Beweis zu erbringen, daß Treue die höchste aller Tugenden sei. Sie hatte beweisen wollen, daß er *in allem* untreu war, sie hingegen *in allem* treu. Was bei ihr politischer Fanatismus zu sein schien, war lediglich Vorwand, Parabel, Manifest der Treue, der chiffrierte Vorwurf, sie in der Liebe enttäuscht zu haben.
Ich stelle mir vor, wie sie eines schönen Augustmorgens von furchtbarem Flugzeuglärm geweckt wird. Sie läuft auf die Straße, und aufgeregte Leute berichten ihr, daß Böhmen von russischem Militär besetzt werde. Sie bricht in hysterisches Lachen aus! Russische Panzer sind gekommen, alle Untreuen zu bestrafen. Endlich würde sie Mireks Niederlage erleben! Endlich würde sie ihn auf den Knien sehen! Endlich würde sie sich zu ihm hinabneigen und ihm helfen können, und zwar als eine, die weiß, was Treue ist.
Mirek entschloß sich, das Gespräch brutal zu unterbre-

chen, denn es hatte eine falsche Wendung genommen: »Wie du weißt, habe ich dir einst eine Menge Briefe geschrieben. Ich möchte sie wiederhaben.«
Sie hob überrascht den Kopf: »Briefe?«
»Ja, meine Briefe. Ich muß dir an die Hundert geschrieben haben, seinerzeit.«
»Hm, deine Briefe, ich weiß«, sagte sie und mied auf einmal seinen Blick nicht mehr, sondern schaute ihm fest in die Augen. Mirek hatte das unangenehme Gefühl, sie schaue ihm auf den Grund der Seele und wisse ganz genau, was er wolle und warum er es wolle.
»Ja, ja, die Briefe«, fuhr sie fort. »Unlängst erst habe ich sie wieder gelesen. Ich habe mich gefragt, woher du die Fähigkeit zu solchen Gefühlsausbrüchen genommen hast.«
Sie wiederholte mehrmals das Wort *Gefühlsausbrüche*, sprach es nicht schnell und hastig, sondern langsam und bedächtig, als ziele sie auf eine Schießscheibe, die sie keinesfalls verfehlen wollte; dabei sah sie ihn unverwandt an, um feststellen zu können, ob sie ins Schwarze getroffen hatte.

*13*

Der Gipsarm vor seiner Brust begann zu schaukeln, und seine Wangen brannten mit einem Mal. Ihm war, als habe er eine Ohrfeige bekommen.
In der Tat, jene Briefe waren ihm schrecklich sentimental geraten. Wie denn auch nicht. Er hatte sich um jeden Preis beweisen müssen, daß nicht Schwäche und Elend ihn an sie banden, sondern die Liebe! Und tatsächlich konnte einzig leidenschaftlichste Liebe eine Beziehung zu diesem Ausbund an Häßlichkeit begründen.

»Du hast mir geschrieben, ich sei deine Kampfgefährtin, erinnerst du dich?«
Er errötete noch mehr, falls dies überhaupt möglich war. Dieses unendlich lächerliche Wort *Kampf*! Woraus hatte denn ihr gemeinsamer Kampf bestanden? Aus endlosen Sitzungen, bei denen sie sich Blasen auf dem Hintern geholt hatten; dennoch hatten sie, wenn sie aufgestanden waren, um eine radikale Meinung zu äußern (der Klassenfeind muß noch härter bestraft werden, dieser oder jener Gedanke muß noch unabdingbarer formuliert werden), das Gefühl gehabt, den Gestalten heroischer Gemälde zu gleichen: er mit der Pistole in der Faust und einer blutenden Wunde in der Schulter zu Boden sinkend, sie ebenfalls mit einer Pistole in der Hand und nun statt seiner vorwärts schreitend.
Sein Gesicht war damals noch voll verspäteter pubertärer Pickel gewesen, und um sie zu kaschieren, hatte er die Maske der Empörung aufgesetzt. Er hatte allen erzählt, daß er mit seinem Vater, einem Großbauern, für immer gebrochen habe. Daß er der jahrhundertealten Dorftradition, die an Boden und Besitz hänge, ins Gesicht gespuckt habe. Ausführlich hatte er den Streit und sein dramatisches Fortgehen von zu Hause geschildert. An dem Ganzen war kein wahres Wort gewesen. Blickte er heute zurück, gewahrte er nichts als Faseleien und Lügen.
»Du warst damals ein ganz anderer Mensch als heute«, sagte Zdena.
Er aber, seine Gedanken weiterspinnend, stellte sich bereits vor, wie er mit dem Päckchen Briefe wegfuhr, wie er bei der nächstbesten Mülltonne hielt, wie er die Briefe angeekelt mit zwei Fingern ergriff, als wären sie benutztes Klopapier, und wie er sie zum Abfall warf.

»Was könnten dir die Briefe nützen?« fragte sie. »Weshalb willst du sie eigentlich?«
Weil er ihr nicht sagen durfte, daß die Briefe schleunigst in der Mülltonne landen sollten, gab er seiner Stimme einen melancholischen Klang und hob mit der Begründung an, daß er in die Jahre gekommen sei, wo man zurückblicke.
(Ihm war nicht wohl bei seiner Rede, hatte auch den Eindruck, daß sein Märchen nicht überzeuge, und so schämte er sich während des Weiterbegründens.)
Jawohl, er schaue zurück, weil er vergessen habe, wie er als junger Mann gewesen sei. Er wisse, daß er gescheitert sei. Darum wolle er herausfinden, von wo er ausgegangen sei, damit er besser erkenne, wo er Fehler gemacht habe. Deshalb komme er auf die Korrespondenz mit ihr zurück, auf die Briefe, die das Geheimnis seiner Jugend, seiner Anfänge und seiner Wurzeln enthalten.
Sie schüttelte den Kopf: »Nie werde ich sie dir geben.«
»Ich möchte sie mir nur ausleihen«, log er.
Sie schüttelte den Kopf.
Ihn quälte der Gedanke, daß irgendwo in dieser Wohnung, nicht weit von ihm entfernt, seine Briefe lagen, die Zdena jedermann zu lesen geben konnte. Er fand es unerträglich, daß ein Stück seines Lebens in ihren Händen geblieben war, und hatte Lust, ihr den schweren gläsernen Aschbecher, der zwischen ihnen auf dem niedrigen Tisch stand, auf den Kopf zu schlagen und die Briefe mitzunehmen. Statt dessen erklärte er ihr noch einmal, daß er zurückblicke und erkennen wolle, von wo er ausgegangen sei.
Sie hob die Augen und brachte ihn mit einem Blick zum Schweigen. »Nie werde ich sie dir geben. Nie.«

## 15

Zdena begleitete ihn hinunter. Der Verfolgerwagen stand noch immer hinter dem seinen, jedoch leer. Die beiden Spitzel vertraten sich die Beine auf dem Gehsteig jenseits der Straße. Sie blieben stehen und schauten herüber, als Zdena und Mirek aus dem Haus traten.
Er deutete auf die beiden: »Diese zwei Herren sind mir den ganzen Weg gefolgt.«
»Wirklich?« fragte sie mit gekünstelter Ironie in der Stimme. »Alle verfolgen dich?«
Wie konnte sie so zynisch sein und so tun, als seien die zwei, von denen sowohl er als auch sie ostentativ und unverschämt gemustert wurden, lediglich Passanten?
Es gab nur eine Erklärung. Sie spielte deren Spiel mit. Das Spiel, in dem man so tat, als existiere keine Geheimpolizei und als werde niemand verfolgt.
Die Spitzel überquerten die Straße und stiegen unmittelbar vor Mirek und Zdena in ihren Wagen.
»Laß es dir gut gehen«, sagte Mirek abschiednehmend zu Zdena, sah sie aber nicht mehr an.
Er setzte sich hinters Lenkrad. Im Rückspiegel konnte er beobachten, wie der Verfolgerwagen fast gleichzeitig mit ihm losfuhr. Zdena konnte er nicht sehen. Er wollte sie auch gar nicht sehen. Er wollte sie nie mehr wiedersehen. Darum entging ihm, daß sie auf dem Gehsteig stehenblieb und ihm lange nachschaute. Auf ihrem Gesicht zeichnete sich Erschrecken ab.
Nein, es war kein Zynismus von Zdena, wenn sie in den beiden Männern auf dem Gehsteig gegenüber hatte keine Spitzel sehen wollen. Die Dinge waren ihr über den Kopf gewachsen, und plötzliche angsteinjagende Befürchtungen waren über sie gekommen. Sie hatte nur die Wahrheit verbergen wollen, vor ihm und vor sich selber.

16

Zwischen Mirek und seine Verfolger schob sich plötzlich ein roter Sportwagen, den ein schneller Mann fuhr. Mirek trat den Gashebel durch. Er hatte die Grenze einer Kleinstadt erreicht. Die Straße machte eine Biegung. Einige Augenblicke lang würden ihn die Verfolger nicht sehen können. Rasch bog er in eine kleine Seitenstraße ab. Ein Junge, der die Straße gerade überqueren wollte, sprang zurück. Mireks Bremsen kreischten. Sein Rückspiegel zeigte den auf der Hauptstraße weiterjagenden roten Sportwagen. Der Verfolgerwagen ließ auf sich warten. Mirek bog in die nächste Seitenstraße ein und entzog sich damit endgültig den Spitzeln.
Die Stadt verließ er auf einer Ausfallstraße, die in eine ganz andere Richtung führte. Immer wieder schaute er in den Rückspiegel. Niemand folgte ihm, die Landstraße war leer.
Er stellte sich die elenden Spitzel vor, wie sie ihn angestrengt suchten, weil sie den Anraunzer ihres Chefs fürchteten. Da mußte er laut lachen. Er verlangsamte die Fahrt und betrachtete die Landschaft. Was er sonst nie tat. Sonst war er stets nur gefahren, um Besorgungen oder Besprechungen zu erledigen, so daß irdischer Raum für ihn zu etwas Negativem geworden war, zu Zeitverlust, zu einem Hindernis, das seine Aktivität hemmte.
Vor ihm gingen zwei rot-weiß gestreifte Schranken langsam nieder. Er hielt.
Mit einemmal fühlte er sich sehr müde. Warum war er überhaupt zu ihr gefahren? Warum hatte er seine Briefe überhaupt zurückhaben wollen?
Das Unsinnige, Lächerliche, Kindische seiner Unternehmung kam ihm zu Bewußtsein. Nicht seine Überlegung,

nicht sein praktisches Interesse hatten die Fahrt veranlaßt, sondern ein unüberwindliches Verlangen. Das Verlangen, mit der Hand weit in die Vergangenheit zu greifen, dort mit der Faust zuzuschlagen. Das Verlangen, mit dem Messer das Bild seiner Jugend zu zerschneiden. Ein leidenschaftliches Verlangen war es, das er nicht hatte beherrschen können und das gewiß unerfüllt bleiben würde.
Er fühlte sich von Minute zu Minute müder, fühlte sich auf einmal unendlich müde. Ihm fielen die anderen Schriften ein, die kompromittierenderen in seiner Wohnung, und im selben Augenblick wurde ihm auch klar, daß es ihm nicht mehr gelingen würde, sie beiseite zu schaffen. Das Unheil war ihm auf den Fersen, es würde ihn nicht mehr entkommen lassen. Es war zu spät. Es war für alles zu spät.
Der Zug schnaubte heran. Beim Bahnwärterhäuschen stand eine Frau mit rotem Kopftuch. Wie langsam so ein Personenzug doch fuhr. Aus einem Abteilfenster neigte sich ein pfeiferauchender Alter und spuckte ... Endlich war der Zug vorbei. Die Glocke am Wärterhäuschen klingelte, und die Frau mit dem roten Kopftuch trat zu den Schranken und kurbelte sie hoch. Mirek fuhr weiter. Bald erreichte er ein Dorf, das aus einem einzigen langen Straßenzug bestand, an dessen Ende der Bahnhof lag: ein kleines, niedriges weißes Haus, eingefriedet durch einen Lattenzaun, durch den man Bahnsteig und Geleise sehen konnte.

Blumenkästen mit Begonien schmückten die Fenster des Bahnhofsgebäudes. Mirek hielt, blieb aber im Wagen sitzen und betrachtete Häuschen, Fenster und den roten Blumenschmuck. In längst vergessene Zeit tauchte er ein – und stand vor einem anderen weißen Haus, dessen Fensterbretter mit roten Begonien geschmückt waren. Es war jenes kleine Hotel in jenem Bergdorf während jener Sommerferien. In einem Fenster war zwischen den Blüten jene lange Nase erschienen, und der zwanzigjährige Mirek hatte zu ihr emporgeblickt und unermeßliche Liebe verspürt.
Er wollte Gas geben und seiner Erinnerung entfliehen. Aber dieses Mal lassen wir uns nicht prellen, ich rufe die Erinnerung zurück, um sie festzuhalten. Also, wiederholen wir: Im Fenster zwischen den Begonien war Zdenas Gesicht mit der langen Nase erschienen, und Mirek hatte unermeßliche Liebe verspürt.
War das überhaupt möglich gewesen?
Ja, es war möglich gewesen. Warum auch nicht? Denn sollte ein Schwacher für eine Häßliche keine echte Liebe empfinden können?
Er erzählte ihr, wie er sich gegen seinen reaktionären Vater aufgelehnt hatte, sie eiferte gegen die Intellektuellen, beide hatten Blasen auf dem Hintern und hielten gern Händchen. Sie besuchten Versammlungen, zeigten Mitbürger an, logen und liebten einander. Sie weinte beim Tode Masturbows, er knurrte wie ein wütender Hund über ihrem Körper, und einer glaubte ohne den anderen nicht leben zu können.
Wenn er später versuchte, sie von den Fotografien aus seinem Leben wegzuretuschieren, dann nicht deshalb, weil er sie nicht geliebt hatte, sondern deshalb, weil er

sie geliebt hatte. Er retuschierte sie weg mitsamt seiner Liebe zu ihr, ließ ihr Bild also verschwinden, wie die Propagandaabteilung der Partei Clementis vom Balkon hatte verschwinden lassen, wo Gottwald seine historische Rede hielt. Mirek schrieb die Geschichte um, wie die kommunistische Partei, wie alle politischen Parteien, wie alle Völker, wie der Mensch. Lauthals verkünden die Leute, daß sie eine bessere Zukunft erschaffen möchten, aber das ist nicht wahr. Zukunft ist nur gleichgültige Leere, die interessiert niemanden, Vergangenheit hingegen ist voller Leben, ihr Gesicht reizt, erzürnt, beleidigt uns, so daß wir es entweder zerstören oder neu malen möchten. Die Leute wollen lediglich Herren der Zukunft sein, um die Vergangenheit verändern zu können. Darum auch kämpfen sie um den Zugang zu den Labors, in denen Fotografien retuschiert werden, um Lebensläufe sowie die Geschichte leichter umschreiben zu können.
Wie lange stand er schon vor diesem Bahnhof?
Was bedeutete ihm dieser Halt?
Er bedeutete ihm nichts.
Mirek verdrängte ihn aus seinen Gedanken, drehte den Zündschlüssel herum, und kaum war er weitergefahren, wußte er nichts mehr von dem kleinen weißen Haus mit den Begonien. Er fuhr jetzt wieder rasch durch die Landschaft und hielt nicht Umschau. Der irdische Raum war erneut nur Hindernis, das sein Tun verlangsamte.

*18*

Der Wagen, den er hatte abschütteln können, parkte vor seinem Haus. Die zwei Männer standen in der Nähe.
Er parkte hinter dem Verfolgerwagen ein und stieg aus.

Die zwei Verfolger grinsten ihn fast fröhlich an, als wäre Mireks Entkommen nichts anderes als ein launiges, für alle Beteiligten höchst amüsantes Spiel gewesen. Als er an ihnen vorbeiging, lachte der Mann mit dem dicken Hals und dem ondulierten Grauhaar und nickte ihm zu. Mirek fröstelte bei dieser Vertraulichkeit. Sie schien ihm zu besagen, daß man fortan noch enger miteinander verbunden sein würde.

Er verzog keine Miene und trat ins Haus. Mit dem Schlüssel öffnete er die Wohnungstür. Vor ihm stand sein Sohn, der ihn wohl hatte kommen hören und sichtlich mit innerer Erregtheit kämpfte. Aber sogleich trat ein Unbekannter mit Brille vor und legitimierte sich: »Wollen Sie den Hausdurchsuchungsbefehl sehen?«

»Ja«, antwortete Mirek.

In der Wohnung befanden sich noch zwei weitere Unbekannte. Einer stand und einer saß am Schreibtisch, auf dem Mireks Schriftstücke und Hefte sowie einige Bücher aufgetürmt waren; der Stehende prüfte Papier um Papier, der Sitzende notierte alles, was ihm diktiert wurde.

Der Unbekannte mit Brille zog den gefalteten Durchsuchungsbefehl aus der Brusttasche und reichte ihn Mirek: »Hier haben Sie die staatsanwaltliche Order, und dort« — er deutete auf die beiden anderen — »wird für Sie die Liste der beschlagnahmten Gegenstände erstellt.«

Auch auf dem Boden lagen Schriftstücke und Bücher herum, die Schranktüren standen offen, die Möbel waren von den Wänden gerückt.

Mirek bekam von seinem Sohn zugeflüstert: »Sie sind fünf Minuten nach deiner Abfahrt gekommen.«

Die Männer am Schreibtisch hatten folgende beschlagnahmte Gegenstände in Evidenz genommen: Briefe von Mirek an Freunde, Dokumente aus den ersten Tagen der

russischen Okkupation, Analysen der politischen Situation, Versammlungsprotokolle und einige Bücher.
»Sie nehmen nicht viel Rücksicht auf Ihre Freunde«, konstatierte der Unbekannte mit Brille und deutete auf das Beschlagnahmte.
»Es befindet sich nichts darunter, was gegen die Verfassung verstößt«, sagte der Sohn, und der Vater wußte, daß es seine, Mireks, Worte waren.
Der Mann mit der Brille erwiderte, das Gericht werde entscheiden, was gegen die Verfassung verstoße und was nicht.

19

Jene, die sich in Emigration befinden (es sind ihrer hundertzwanzigtausend), sowie jene, die zum Schweigen gebracht und ihrer Posten enthoben wurden (es sind ihrer fünfhunderttausend), verschwinden wie eine Kolonne, die in den Nebel zieht. Man sieht sie bald nicht mehr und vergißt sie.
Eine herrlich erleuchtete Bühne der Geschichte aber bleibt das Gefängnis, obwohl es ringsum von Mauern umgeben ist.
Dies war Mirek seit langem klar. Die Vorstellung des Gefängnisses hatte ihn das ganze vergangene Jahr über unwiderstehlich angezogen. So mußte sich Flaubert vom Selbstmord der Madame Bovary angezogen gefühlt haben. Einen besseren Schluß auch für seinen Lebensroman konnte sich Mirek nicht denken.
Man wollte Hunderttausende Leben aus dem Gedächtnis tilgen, auf daß einzig die unbefleckte Zeit der unbefleckten Idylle verbleibe. Doch er würde sich mit dem ganzen Körper als Fleck auf die Idylle legen. Er würde dort

verbleiben, wie Clementis' Mütze auf Gottwalds Kopf verblieben war.
Mirek bekam die Liste der beschlagnahmten Gegenstände zur Unterschrift vorgelegt, dann wurden er und sein Sohn zum Mitkommen aufgefordert. Nach einjähriger Untersuchungshaft fand der Prozeß statt. Mirek wurde zu sechs Jahren verurteilt, sein Sohn zu zwei Jahren, und zehn seiner Freunde erhielten zwischen einem und sechs Jahren Freiheitsentzug.

*Zweiter Teil*
# Die Mutter

# 1

Es hatte eine Zeit gegeben, wo Markéta ihre Schwiegermutter zuwider gewesen war. Das war damals gewesen, als sie und Karel bei ihr gewohnt hatten (noch zu Lebzeiten des Schwiegervaters), was beinahe tagtäglichen Kampf mit der schwiegermütterlichen Streitsucht und Ausfälligkeit bedeutete. Dies war ihr und Karel bald zuviel geworden, und sie waren weggezogen. *So weit wie möglich von der Mutter weg*, hatte ihre Devise schlicht gelautet. Und es war ihnen gelungen, sich in einer Stadt am anderen Ende der Republik niederzulassen, so daß sie Karels Eltern höchstens einmal im Jahr hatten zu besuchen brauchen.
Eines schönen Tages war der Schwiegervater gestorben. Beim Begräbnis hatte Mutter bedrückt und elend gewirkt, außerdem war sie ihnen beträchtlich kleiner als früher erschienen. Beide hatten den Satz im Kopf gehabt: *Mutter, du kannst jetzt nicht allein bleiben, wir nehmen dich zu uns.*
Der Satz hatte ihnen im Kopf sogar geklungen, über die Lippen jedoch war er ihnen nicht gekommen. Zumal es die Mutter schon am ersten Tag nach dem Begräbnis während eines traurig gestimmten Spaziergangs fertiggebracht hatte, trotz Bedrücktheit und Kleinheit mit einer Angriffslust, die überaus deplaciert wirkte, alle Vorwürfe aus den vergangenen Jahren zu wiederholen.
»Nichts wird sie je ändern«, hatte Karel im Zug dann zu Markéta gesagt. »So traurig es ist, aber für mich gilt nach wie vor: *So weit wie möglich von der Mutter weg.*«
Seither waren Jahre vergangen, und wenn es stimmte, daß nichts die Mutter je ändern konnte, so mußte sich Markéta geändert haben, denn sie meinte plötzlich, daß alles, was die Schwiegermutter ihr je angetan hatte,

lediglich Lappalien gewesen seien. Eher habe sie, Markéta, wirkliche Fehler gemacht, indem sie jedem kleinen Streit große Bedeutung beigemessen hatte. Jetzt waren die Rollen vertauscht: hatte Markéta früher zur Schwiegermutter aufgeblickt beziehungsweise aufblicken sollen wie ein Kind zu einem Erwachsenen, so war nun sie die Erwachsene, und Mutter erschien ihr aus der Ferne klein und wehrlos wie ein Kind. Ihr gegenüber Nachsicht und Geduld aufzubringen, fiel nicht mehr schwer. Markéta begann sogar, ihr zu schreiben. Die alte Frau gewöhnte sich schnell daran, antwortete pünktlich und erheischte von der Schwiegertochter immer häufigere Korrespondenz, mit der Behauptung, diese Briefe seien das einzige, was ihr die Einsamkeit erträglich mache.

Der Satz, der bei Vaters Begräbnis geboren worden war, begann Markéta und Karel wieder im Kopf zu klingen. Aber noch blieb der Sohn vorsichtig, er zähmte die Gutmütigkeit seiner Frau. Die Mutter bekam also nicht zu hören, *Mutter, wir nehmen dich zu uns,* sondern sie bekam nur eine befristete Einladung zu hören.

Es war Ostern. Markéta und Karel ließen ihren zehnjährigen Sohn die kurzen Ferien auswärts verbringen. Am Sonntag dann sollte Eva kommen. Die Woche über widmeten sie sich der Mutter. Sie hatten zu ihr gesagt: Von Samstag bis Samstag wirst du bei uns sein. Am Sonntag haben wir schon etwas vor. Wir verreisen. Genaueres hatten sie ihr nicht gesagt, weil sie über Eva nicht allzu viel verlauten lassen wollten. Karel hatte es am Telefon zweimal gesagt: Von Samstag bis Samstag. Am Sonntag haben wir etwas vor, wir verreisen. Und die Mutter hatte geantwortet: Ja, Kinder, schön, schön, es versteht sich, daß ich abreise, wann ihr wünscht. Wenn ich nur für eine Weile meiner Einsamkeit entfliehen kann.

Am Samstag abend jedoch, als Markéta sich erkundigte,

wann Mutter am nächsten Morgen zum Bahnhof gefahren werden wolle, verkündete sie schlicht und einfach, sie werde erst am Montag abreisen. Markéta sah sie überrascht an, und ihre Schwiegermutter erklärte: »Karel hat gesagt, daß ihr für Montag etwas vorhabt, daß ihr irgendwohin fahrt und daß ich deshalb am Montag morgen verschwinden muß.«

Markéta hätte natürlich erwidern können, *Mutter, du täuschst dich, wir fahren schon morgen weg,* aber dann brachte sie den Mut nicht auf. Außerdem wäre sie nicht fähig gewesen, sich sofort einen Ort auszudenken, an den die Reise gehen sollte. Kein Zweifel, ihrer beider Ausrede war zuwenig durchdacht gewesen. Nun blieb nichts anderes übrig, als sich damit abzufinden, daß die Mutter den ganzen Sonntag noch da sein würde. Sie beruhigte sich damit, daß das Zimmer des Jungen, wo die Mutter schlief, am anderen Ende der Wohnung lag, so daß die Mutter nicht stören würde.

»Ich bitte dich, sei deshalb nicht böse mit ihr«, ermahnte sie Karel. »Sieh sie dir nur an. Die Unglückliche. Bei ihrem bloßen Anblick krampft sich mir das Herz zusammen.«

2

Karel zuckte die Achseln. Markéta hatte recht: die Mutter verhielt sich neuerdings anders. Sie zeigte sich mit allem zufrieden, für alles dankbar. Karel hatte vergebens auf den Moment gewartet, wo man einander wegen irgendeiner Kleinigkeit in die Haare fahren würde.

Während eines gemeinsamen Spaziergangs hatte sie in die Ferne geblickt und gefragt: »Was ist denn das für ein hübsches weißes Dorf?« Das weiße Dorf — das waren weiße Meilensteine. Karel war bekümmert gewesen, weil sich ihr Augenlicht so verschlechtert hatte.

Dieses fehlerhafte Sehen hatte aber auch etwas Gleichnishaftes: Was ihnen groß erschien, war für die Mutter klein, was sie als Meilensteine sahen, waren für die Mutter Häuser.

Allerdings muß ich anmerken, daß es sich dabei um einen Zug an der Mutter handelte, der keineswegs neu war. Karel und Markéta hatten sich früher darüber nur stärker aufgeregt. Als eines Nachts ihr Land von den Panzern eines riesigen Nachbarstaates besetzt worden war, war dies ein solcher Schock und Schrecken gewesen, daß lange niemand an etwas anderes hatte denken können. Es war August, und in ihrem Garten war die Birnenernte fällig gewesen. Eine Woche vor dem nächtlichen Panzereinfall schon hatte die Mutter den Herrn Apotheker zum alljährlichen Birnenpflücken eingeladen. Aber der Herr Apotheker war nicht gekommen, er hatte sich nicht einmal entschuldigt. Die Mutter war nicht imstande gewesen, ihm dies zu verzeihen, was Karel und Markéta zur Weißglut gebracht hatte. Sie hatten ihr sogleich den Vorwurf gemacht: Alle denken an die Panzer, und du denkst an die Birnen! Bald darauf waren sie weggezogen. Mit der Erinnerung an Mutters Engstirnigkeit.

Freilich, waren Panzer wirklich wichtiger als Birnen? Je mehr Zeit vergangen war, desto deutlicher hatte Karel empfunden, daß die Antwort auf diese Frage durchaus nicht so selbstverständlich war, wie er lange gemeint hatte. Und er hatte insgeheim mit Mutters Perspektive zu sympathisieren begonnen, in deren Vordergrund sich eine große Birne befand und in deren Hintergrund – irgendwo ganz weit hinten – ein kleiner Panzer stand, nicht größer als ein Marienkäfer, der jeden Augenblick auffliegen und aus dem Blickfeld entschwinden konnte.

Ach, ja, eigentlich hatte Mutter recht: der Panzer ist vergänglich, die Birne ist ewig.
Weil die Mutter einst verlangt hatte, über den Sohn alles zu erfahren, und weil sie sich jedesmal aufgeregt hatte, wenn der Sohn ihr etwas aus seinem Leben vorenthielt, waren sie diesmal bemüht gewesen, ausführlich zu berichten, was sie taten, was ihnen alles so passierte, was sie planten. Bald jedoch hatten sie gemerkt, daß Mutter eher aus Höflichkeit zuhörte und daß sie an jeden Bericht mit einer Bemerkung über ihren Pudel anknüpfte, den während ihrer Abwesenheit eine Nachbarin pflegte.
Früher hätte Karel dies als Egozentrik oder Engstirnigkeit angesehen, doch heute wußte er, daß es keines von beidem war. Es war mehr Zeit vergangen, als sie ahnten. Die Mutter hatte ihren mütterlichen Marschallstab abgelegt und sich in eine andere Welt begeben. Bei einem anderen ihrer gemeinsamen Spaziergänge war ein Sturm aufgekommen. Karel und Markéta hatten sie untergefaßt, bald aber regelrecht tragen müssen, sonst wäre sie davongeweht worden. Karel hatte voll Rührung ihr Federgewicht auf seinem Arm gespürt und erkannt, daß seine Mutter einem Reich anderer Wesen angehörte – kleinerer, leichterer und verwehbarer Wesen.

3

Eva kam am frühen Nachmittag. Markéta holte sie vom Bahnhof ab, weil sie Eva als ihre persönliche Sache ansah. Gemeinhin mochte sie Karels Freundinnen nicht. Bei Eva war das anders. Denn sie hatte Evas Bekanntschaft vor Karel gemacht.
Das war jetzt fast sechs Jahre her. Karel und sie waren

zur Erholung in einem Badestädtchen gewesen. Jeden zweiten Tag hatte Markéta die Sauna besucht. Als sie wieder einmal schwitzend mit anderen Frauen auf der Holzbank gesessen hatte, war ein großgewachsenes nacktes Mädchen eingetreten. Obwohl sie einander nicht kannten, hatten sie sich zugelächelt, und nach kurzer Zeit hatte das Mädchen Markéta angesprochen. Weil das Mädchen sehr aufgeschlossen und Markéta für die Sympathiebezeugung sehr dankbar war, hatten sie sich rasch angefreundet.

Was Markéta an Eva bezaubert hatte, war deren überraschende Direktheit gewesen. Allein schon die Art des Ansprechens! Als hätten sie sich in der Sauna verabredet! Eva hatte keine Zeit damit verloren, das Gespräch zu eröffnen, wie es sich im allgemeinen gehörte, beispielsweise mit der Feststellung, daß Sauna gesund und appetitfördernd sei. Sie hatte vielmehr sofort von sich selbst zu sprechen begonnen, wie es Leute machten, die einander per Inserat kennenlernten und in ihrem ersten Brief bereits komprimiert schilderten, wer und wie sie waren.

Wer war Eva nach ihrer eigenen Schilderung? Eva war eine fröhliche Männerjägerin. Aber sie betrieb die Jagd nicht, um zu heiraten. Sie jagte Männer, wie Männer Frauen jagen. Liebe gab es für sie keine, lediglich Freundschaft und Sinnlichkeit. Darum auch hatte sie viele Freunde: die Männer fürchteten nicht, von ihr geheiratet zu werden, und die Frauen fürchteten nicht, ihre Ehemänner an sie zu verlieren. Übrigens, sollte sie je heiraten, werde sie ihren Ehemann nur als Freund betrachten, dem sie alles erlauben und von dem sie nichts fordern wolle.

Nach diesen und ähnlichen Eröffnungen hatte sie unvermittelt erklärt, Markéta sei *schön gebaut*, was etwas sehr Kostbares sei, denn nur wenige Frauen hätten einen

wirklich schönen Körper. Dieses Lob war Eva so natürlich von den Lippen gegangen, daß Markéta größere Freude empfunden hatte, als wäre das Kompliment von einem Mann gekommen. Dieses Mädchen hatte ihr den Kopf verdreht. Markéta glaubte ins Reich der Aufrichtigkeit getreten zu sein, und sie hatte sich mit Eva für den übernächsten Tag zur selben Zeit in der Sauna verabredet. Später hatte sie Eva mit Karel bekanntgemacht. Doch er war in diesem Freundschaftsverhältnis immer nur der dritte geblieben.
»Karels Mutter ist bei uns«, sagte Markéta entschuldigend auf der Rückfahrt vom Bahnhof. »Ich werde dich als meine Cousine vorstellen. Hoffentlich macht es dir nichts aus.«
»Im Gegenteil«, erwiderte Eva und erbat von Markéta einige grundlegende Daten über ihre Familie.

4

Die Mutter interessierte sich nicht sonderlich für die Familie ihrer Schwiegertochter. Gleichwohl wärmten Worte wie Cousine, Nichte, Tante, Enkelin ihr das Herz: sie gehörten zum guten Kreis vertrauter Begriffe.
Ein zweites tat ihr wohl: sie hatte eine weitere Bestätigung dafür erhalten, daß ihr Sohn ein unverbesserlicher Sonderling war. Als könnte eine Mutter störend wirken, wenn Verwandte auf Besuch kamen! Sie verstand nur zu gut, daß die drei allein miteinander plaudern wollten. Aber das war kein Grund, sie einen Tag früher hinauszukomplimentieren. Zum Glück wußte sie, wie man es mit den beiden anstellen mußte. Man tat einfach so, als habe man die Vereinbarung falsch verstanden. Danach konnte man sich beinahe amüsieren, näm-

lich darüber, daß die gute Markéta es nicht fertigbrachte, ihr unverblümt zu sagen, daß sie schon am Sonntag abreisen möge.
Sie mußte zugeben, daß die beiden jetzt netter waren als früher. Vor ein paar Jahren noch hätte Karel unbarmherzig zu ihr gesagt, sie möge abreisen. Übrigens – mit dem kleinen Betrug vom vergangenen Tag hatte sie den beiden doch einen guten Dienst erwiesen. Einmal wenigstens würden sie sich nicht vorwerfen müssen, die Mutter einen Tag früher als nötig in die Einsamkeit zurückgeschickt zu haben.
Was Eva betraf, so freute es sie, die neue Verwandte kennengelernt zu haben. Das Mädchen war recht nett (es erinnerte sie an irgend jemanden, leider fiel ihr nicht ein, an wen), und es machte ihr nichts aus, seit zwei Stunden schon von ihr ausgefragt zu werden. Welche Frisur sie denn als junges Mädchen getragen habe? Natürlich einen Zopf. Man befand sich schließlich noch im alten Österreich-Ungarn. Wien war damals die Hauptstadt. Trotzdem hatte sie, die Mutter, ein tschechisches Gymnasium besucht, sie war Patriotin. Am liebsten hätte sie auf der Stelle einige der patriotischen Lieder von damals gesungen. Oder einige patriotische Gedichte aufgesagt. Geübt hatte sie sich darin. Gewiß konnte sie noch viele auswendig. Gleich nach dem Krieg (sie meinte den Ersten Weltkrieg und 1918, das Gründungsjahr der tschechoslowakischen Republik – mein Gott, diese Cousine wußte nicht, wann die Republik gegründet worden war!) hatte sie, die Mutter, bei einem Schulfest ein Gedicht aufsagen müssen. Das Ende des alten Österreichs war zu feiern gewesen. Die staatliche Selbständigkeit! Und auf einmal, stellt euch vor, wurde ihr schwarz vor den Augen, weil sie die letzte Strophe nicht mehr wußte. Stumm stand sie da, Schweiß trat ihr auf die Stirn, sie glaubte, vor Scham

sterben zu müssen. Plötzlich jedoch erklang unerwarteter, brausender Beifall. Alle dachten, das Gedicht sei zu Ende, niemand vermißte die letzte Strophe! Dennoch lief sie, die Mutter, schamerfüllt und verzweifelt aufs Klo und sperrte sich ein. Der Direktor persönlich kam angerannt und klopfte lange an die Tür und bat sie, nicht mehr zu weinen und herauszukommen, denn sie habe doch großen Erfolg gehabt.
Die Cousine lachte. Die Mutter schaute sie an, schaute sie lange an: »Sie erinnern mich an jemanden, Gott, an wen erinnern Sie mich bloß ...?«
»Du bist nach dem Krieg nicht mehr in die Schule gegangen, Mutter«, warf Karel ein.
»Ich werde wohl wissen, wann ich in die Schule gegangen bin«, entgegnete sie.
»Du hast im letzten Kriegsjahr das Abitur gemacht. Das war noch zu Zeiten Österreich-Ungarns.«
»Ich weiß genau, wann ich es gemacht habe«, rief sie verärgert. Im selben Augenblick aber wurde ihr klar, daß Karel recht hatte. Ja, sie hatte ihr Abitur im Krieg gemacht. Woher nahm sie dann die Erinnerung an die Festveranstaltung nach Kriegsende? Sie wurde unsicher und verstummte.
In die kurze Pause hinein klang Markétas Stimme. Sie galt Eva und betraf weder die Gedichtrezitation der Mutter noch das Jahr 1918.
Die Mutter fühlte sich verlassen in ihren Erinnerungen, verraten durch die plötzliche Interesselosigkeit der anderen und durch das Versagen ihres Gedächtnisses.
»Unterhaltet euch gut, Kinder, ihr seid jung und habt euch allerlei zu erzählen«, sprach sie in die Runde und zog sich, auf einmal sehr unzufrieden, ins Zimmer ihres Enkels zurück.

## 5

Karel beobachtete Eva, während sie seiner Mutter Frage um Frage stellte, und er tat es voll Rührung und Sympathie. Er kannte die Freundin seit zehn Jahren, und sie war in dieser langen Zeit immer so gewesen. Direkt und mutig. Ihrer beider Kennenlernen (er hatte damals noch mit Markéta bei seinen Eltern gewohnt) war fast ebenso rasch vonstatten gegangen wie einige Jahre später Markétas und Evas Kennenlernen. Eines Tages hatte er ins Büro einen Brief von einer Unbekannten erhalten. Sie kenne ihn vom Sehen und habe sich entschlossen, ihm zu schreiben, weil für sie Konventionen bedeutungslos seien, wenn ihr ein Mann gefalle. Karel gefalle ihr, und sie sei Jägerin. Jägerin unvergeßlicher Erlebnisse. Liebe erkenne sie nicht an. Nur Freundschaft und Sinnlichkeit. Dem Brief lag das Foto eines nackten Mädchens in aufreizender Pose bei.
Karel hatte sich anfangs gescheut zu antworten, denn er fürchtete, auf den Arm genommen zu werden. Schließlich aber hatte er nicht widerstehen können. Er hatte dem Mädchen an die genannte Adresse geschrieben und es in die Wohnung eines seiner Freunde eingeladen. Eva war gekommen, aufgeschossen, mager und schlecht gekleidet. Sie hatte ausgesehen wie ein zu groß geratener Jüngling, der in die Kleider seiner Großmutter geschlüpft war. Hatte ihm gegenüber Platz genommen und ihm noch einmal mündlich versichert, Konventionen seien bedeutungslos für sie, wenn ihr ein Mann gefalle. Sie anerkenne nur Freundschaft und Sinnlichkeit. Ihr Gesicht hatte dabei Unsicherheit und Angestrengtheit gezeigt, und Karel hatte eher brüderliches Mitgefühl für sie als Verlangen nach ihr empfunden. Bald aber war er dann

doch der Meinung gewesen, es sei schade um jede verpaßte Gelegenheit:
»Wie herrlich, wenn sich zwei Jäger treffen«, hatte er gesagt, um sie zu ermuntern.
Das hervorgesprudelte Bekenntnis des Mädchens war unterbrochen. Mit einem Schlag hatte sich Eva gefaßt. Die Last der Situation, die sie seit einer Viertelstunde heldenhaft allein zu meistern versuchte, war von ihr genommen.
Sodann hatte er ihr gesagt, sie sei schön auf dem Foto, das er von ihr bekommen habe. Und er hatte sich erkundigt (mit der provozierenden Stimme des Jägers), ob es sie errege, sich nackt zu zeigen.
»Ich bin Exhibitionistin«, hatte sie in einem Ton geantwortet, mit dem sie hätte auch erklären können, Basketballspielerin zu sein.
Daraufhin hatte er erklärt, sie sehen zu wollen.
Sie hatte sich glücklich gezeigt und gefragt, ob es in der Wohnung einen Plattenspieler gebe.
Einen Plattenspieler hatte es gegeben, doch Karels Freund liebte nur klassische Musik: Bach, Vivaldi und die Wagner-Opern. Karel wäre es sonderbar vorgekommen, wenn sich das Mädchen zum Gesang der Isolde ausgezogen hätte. Eva war mit der Plattenwahl ebenfalls unzufrieden gewesen. »Gibt es hier keinen Pop?« Nein, es hatte keinen Pop gegeben. Es war nichts zu machen gewesen, am Ende hatten sie eine Platte mit einer Klaviersuite von Bach auflegen müssen. Und er hatte sich in eine Zimmerecke gesetzt, um einen guten Überblick zu haben. Eva hatte versucht, sich nach dem Bachschen Rhythmus zu bewegen, aber dann gesagt, bei dieser Musik sei das unmöglich.
»Zieh dich aus und rede nicht!« hatte er ihr streng zugerufen.

Das Zimmer war von Bachs himmlischer Musik erfüllt gewesen, und Eva hatte gehorsam weiter mit den Hüften gekreist. Hatte es trotz dieser Musik getan, die zum Tanzen wahrlich nicht taugte. Selbstverständlich hatte ihre Vorstellung immer mühsamer gewirkt, und Karel war es eine Weile so vorgekommen, als schiene ihr der Weg vom ersten Wegwerfen (des Pullis) bis zum letzten Wegwerfen (des Slips) gleich endlos, nicht zu bewältigen. Aber Eva hatte ihre Tanzbewegungen mit ungeeigneter Klavierbegleitung weiter und weiter vollführt und sich ihrer Kleider Stück um Stück entledigt. Dabei hatte sie Karel kein einziges Mal angesehen. Sie hatte sich ganz auf sich selbst und ihre Bewegungen konzentriert, wie ein Geiger, der eine schwere Komposition aus dem Gedächtnis spielt und keinen ablenkenden Blick ins Publikum riskieren mochte. Als die letzte Hülle gefallen war, hatte sie sich umgedreht, mit der Stirn an die Wand gelehnt und die Hand zwischen die Beine geschoben. Da hatte sich Karel eiligst ausgezogen und verzückt den bebenden Rücken des masturbierenden Mädchens betrachtet. Es war herrlich gewesen, und es verstand sich, daß er seither auf Eva nichts kommen ließ.

Im übrigen war sie die einzige Frau, die sich an Karels Liebe zu Markéta nicht stieß. »Deine Frau muß begreifen, daß du sie gern hast, aber daß du ein Jäger bist und daß diese Jagd für sie keine Gefahr darstellt. Leider begreift das keine Frau. – Nein, es gibt keine Frau, die einen Mann begreift.« Den letzten Satz hatte sie nach kurzer Pause traurig hinzugefügt, als sei sie selbst dieser unverstandene Mann.

Zum Schluß hatte sie Karel angeboten, alles zu tun, um ihm zu helfen.

## 6

Das Kinderzimmer, wohin die Mutter sich zurückgezogen hatte, war keine sechs Meter entfernt und lag nur hinter zwei dünnen Wänden. Mutter weilte noch – wie ein Schatten – in der Dreierrunde. Markéta fühlte sich entsprechend bedrückt.
Zum Glück redete Eva. Seit dem letzten Zusammentreffen der drei hatte sich manches ereignet. Vor allem: Eva war in eine andere Stadt gezogen und hatte dort einen klugen älteren Mann geheiratet, der in ihr eine unersetzliche Freundin sah, denn Eva verfügte, wie wir wissen, über eine große Gabe zur Kameradschaft, während sie die Liebe mit ihrem Egoismus und ihrer Hysterie ablehnte.
Sie hatte auch eine neue Stelle angetreten. Dort verdiente sie viel, erstickte aber schier in Arbeit. Am nächsten Morgen mußte sie wieder pünktlich an ihrem Arbeitsplatz sein.
Markéta war entsetzt: »Was! Wann mußt du da schon fahren?«
»Um fünf Uhr früh geht mein Schnellzug.«
»Mein Gott, Eva, da mußt du ja um vier Uhr aufstehen! Wie furchtbar!« Sie wurde in diesem Moment wieder heftig an Karels Mutter erinnert, und empfand sie auch nicht gerade Zorn, so empfand sie doch eine gewisse Bitterkeit, weil die alte Frau geblieben war. Eva wohnte weit weg, verfügte über wenig Zeit und hatte dennoch den Sonntag für sie erübrigt. Und nun konnte sie sich der Freundin nicht richtig widmen, weil das Phantom von Karels Mutter noch immer unter ihnen weilte.
Markéta bekam schlechte Laune, und weil ein Unglück selten allein kommt, begann das Telefon zu klingeln. Karel hob ab. Seine Stimme klang unsicher, seine Ant-

worten waren verdächtig lakonisch und zweideutig. Markéta meinte, ihr Mann wähle die Worte so vorsichtig, weil er den Sinn seiner Sätze verbergen wolle. Sie war überzeugt, daß er mit irgendeiner Frau eine Verabredung traf.
»Wer war das?« fragte sie. Karel antwortete, eine Kollegin aus der Nachbarstadt werde nächste Woche kommen, um mit ihm etwas zu besprechen. Von diesem Augenblick an sprach Markéta kein Wort mehr.
War sie eifersüchtig?
Vor Jahren, in der ersten Zeit ihrer Liebe, war sie es zweifellos gewesen. Mit fortschreitender Zeit jedoch war das, was ihr als Eifersucht erschien, zu einer Art Gewohnheit geworden.
Fassen wir es noch anders: Jede Liebesbeziehung beruht auf den ungeschriebenen Abmachungen, die von allen Liebenden in den ersten Wochen ihrer Liebe unbedacht getroffen werden. Sie leben noch wie im Traum, legen aber gleichzeitig, ohne es zu wissen, wie unerbittliche Rechtsanwälte einzelne Vertragsklauseln fest. O Liebende, laßt in diesen ersten gefährlichen Tagen Vorsicht walten! Bringt ihr dem anderen das Frühstück ans Bett, werdet ihr es ewig tun müssen, wollt ihr nicht der Lieblosigkeit und des Verrats geziehen werden!
Bei Karel und Markéta entschied sich bereits in den ersten Wochen, daß Karel untreu sein und Markéta sich damit abfinden würde, aber daß Markéta das Recht haben würde, sich als die bessere zu fühlen, während Karel ihr gegenüber Schuldgefühle hegen würde. Niemand wußte besser als Markéta, wie traurig es war, der bessere zu sein. Sie war die bessere, jedoch nur, weil ihr nichts Besseres übrig blieb.
Markéta wußte in der Tiefe ihrer Seele natürlich, daß dieses Telefongespräch an und für sich bedeutungslos

war. Aber es ging ihr nicht darum, was das Gespräch *war*, sondern darum, was es *besagte*. Es beinhaltete nämlich in beredten Kürzeln ihre ganze Lebenssituation: sie tat alles nur wegen Karel und für Karel. Sie kümmerte sich um seine Mutter. Sie machte ihn mit ihrer besten Freundin bekannt. Schenkte sie ihm. Einzig seinetwegen und zu seinem Vergnügen. Und warum tat sie das alles? Warum bemühte sie sich so? Warum wälzte sie den Stein bergwärts wie Sisyphus? Sie konnte tun, was sie wollte, Karel war im Geiste stets anderswo. Er verabredete sich mit einer anderen Frau, und ihr, Markéta, entwich er jedesmal.

Als sie noch ins Gymnasium gegangen war, war sie unbezähmbar, unruhig, fast zu lebendig gewesen. Ihr alter Mathematikprofessor hatte sie gern gehänselt: Markéta, Sie werden sich wohl nie Zügel anlegen lassen! Ihr künftiger Mann tut mir jetzt schon leid! Sie hatte stolz gelacht, seine Worte klangen für sie wie ein glückverheißendes Orakel. Und dann war sie, ohne zu wissen, wie ihr geschah, in eine völlig andere Rolle geraten, die weder ihrem Wollen noch ihrem Geschmack entsprach. Und alles nur deshalb, weil sie in der ominösen ersten Woche, als sie unbewußt den Vertrag mitgeschrieben hatte, nicht auf der Hut gewesen war.

Es machte ihr keinen Spaß mehr, ständig die bessere zu sein. Alle die Jahre ihrer Ehe fielen plötzlich wie ein schwerer Sack auf sie nieder.


7


Markéta schaute immer verbitterter drein, und Karels Gesicht drückte verhaltenen Zorn aus. Eva geriet in Panik. Sie fühlte sich für das eheliche Glück der beiden mitverantwortlich und versuchte durch gesteigerte Redseligkeit die Wolken zu vertreiben, die sich im Raum angesammelt hatten.

Doch dies überstieg ihre Kräfte. Karel, verstimmt, weil ihm diesmal so offensichtlich Unrecht geschah, schwieg beharrlich. Markéta, die weder ihre Verbitterung zügeln noch den Zorn ihres Mannes ertragen konnte, stand auf und ging in die Küche.

Eva beschwor Karel sofort, den Abend nicht zu verderben, auf den sie sich doch alle so gefreut hatten. Karel jedoch blieb unversöhnlich: »Einmal kommt der Moment, wo man nicht mehr weiter kann. Ich bin es müde, ständig wegen irgend etwas angeklagt zu werden. Es macht mir keinen Spaß mehr, mich ständig schuldig zu fühlen. Zumal wegen einer solchen Dummheit! Nein, nein. Ich kann sie nicht mehr sehen. Ich kann sie wirklich nicht mehr sehen.« So und ähnlich redete er unaufhörlich weiter, weigerte sich, Evas flehentliche Vermittlungsworte überhaupt anzuhören.

Sie überließ ihn darum sich selbst und ging zu Markéta, die zusammengesunken in der Küche hockte, weil sie wußte, daß etwas geschehen war, was nicht hätte geschehen dürfen. Eva versuchte ihr klarzumachen, daß dieser Anruf nie und nimmer zu einem solchen Verdacht berechtigte. Markéta, die sich sehr wohl bewußt war, im Unrecht zu sein, antwortete: »Ich kann einfach nicht mehr weiter. Es ist immer das gleiche. Jahr für Jahr, Monat für Monat, immerfort Frauen und immerfort Lügen. Ich bin es müde. Ich bin müde geworden. Ich kann nicht mehr.«

Eva sah ein, daß mit beiden Eheleuten im Augenblick nicht zu reden war. Sie sagte sich, daß jene unklare Absicht, mit der sie hergekommen und deren Ehrbarkeit sie sich nicht sicher gewesen war, hier volle Berechtigung

gewann. Wollte sie den beiden helfen, durfte sie sich nicht scheuen, selbständig zu handeln. Die zwei liebten einander, aber sie brauchten jemanden, der die Last von ihnen nahm, die sie trugen. Der sie befreite. Der Plan, mit dem sie angereist war, lag also nicht nur in ihrem eigenen Interesse (zugegeben, er hatte unbestritten ihrem eigenen Interesse dienen sollen, aber gerade dies hatte sie einigermaßen gestört, weil sie ihren Freunden gegenüber nicht egoistisch handeln wollte), sondern auch im Interesse Markétas und Karels.
»Was soll ich tun?« rief Markéta.
»Geh zu ihm. Sage ihm, daß er nicht mehr böse sein soll.«
»Ich kann ihn nicht mehr sehen. Ich kann ihn wirklich nicht mehr sehen.«
»Dann senk den Blick. Das sieht noch rührender aus.«


8

Der Abend war gerettet. Markéta holte eine Flasche und reichte sie feierlich Karel, damit er sie ebenso feierlich entkorke. Er tat es mit der Geste eines Endlauf-Starters auf der Olympiade. Der Wein gluckerte in die drei Gläser. Eva ging mit wiegendem Schritt zum Plattenspieler, wählte eine Platte und begann zum Klang der Musik (diesmal war es kein Bach, sondern ein Duke Ellington) durchs Zimmer zu tanzen.
»Glaubst du, daß Mutter schläft?« fragte Markéta ihren Mann.
»Es wäre kein Fehler, ihr gute Nacht zu sagen«, riet Karel.
Markéta meinte, es sei schon genug Zeit verloren gegangen. »Wenn du ihr gute Nacht sagst, kommt sie wieder

ins Reden, und eine weitere Stunde ist verloren. Du weißt, daß Eva sehr früh aufstehen muß.« Sie nahm die Freundin bei der Hand und führte sie nicht zur Mutter, sondern ins Bad.

Karel blieb mit der Ellington-Musik allein im Zimmer. Er war fürs erste froh, daß sich die Wolken des Streits verzogen hatten. Vom Rest des Abends erwartete er sich nicht viel Erhebendes. Der kleine Zwischenfall mit dem Anruf hatte ihm jäh enthüllt, was er sich nicht hatte eingestehen mögen: Er war müde geworden und unlustig. Vor mehreren Jahren hatte ihn Markéta schon einmal dazu bewogen, es mit ihr und einer seiner Geliebten, auf die sie eifersüchtig war, gleichzeitig zu machen. Ihm war bei ihrem damaligen Angebot vor Erregung schwindelig geworden! Aber der Abend hatte ihm nicht viel Freude bereitet. Im Gegenteil. Das war eine schreckliche Anstrengung gewesen. Die beiden Frauen hatten sich vor ihm geküßt und umarmt, trotzdem aber keinen Augenblick aufgehört, Rivalinnen zu sein, die genau beobachteten, welcher von ihnen er sich mehr widmete und zu welcher er zärtlicher war. Er hatte jedes Wort auf die Goldwaage legen und jede Berührung bemessen müssen, er hatte weniger als Liebhaber denn als Diplomat gehandelt, der ängstlich um Rücksichtnahme, Aufmerksamkeit, Höflichkeit und Gerechtigkeit bemüht war. Dennoch war ihm der Erfolg versagt geblieben. Erst hatte die Geliebte beim Liebesspiel zu weinen angefangen, dann war Markéta in brütendes Schweigen verfallen.

Hätte er glauben können, daß Markéta diese kleine Orgie aus purer Sinnlichkeit gefordert hatte, nämlich wenn sie die Schlimmere in ihrem Ehepakt gewesen wäre, würden ihm die beiden Gespielinnen in der Liebe Vergnügen bereitet haben. Aber weil schon zu Beginn festgelegt worden war, daß er stets der Schlimmere sein würde,

hatte er in ihrer Wollüstigkeit nichts als schmerzliche Selbstverleugnung gesehen, als das edle Bemühen, seinen polygamen Neigungen zu entsprechen und diese solchermaßen zu einem Bestandteil ihres gemeinsamen Eheglücks zu machen. Er war für immer gezeichnet vom Anblick der Wunde ihrer Eifersucht, einer Wunde, die er ihr in der ersten Zeit der Liebe zugefügt hatte. Als er an jenem Abend gesehen hatte, wie sie eine andere Frau küßte, wäre er am liebsten vor ihr auf die Knie gesunken und hätte Abbitte geleistet.
Aber waren wollüstige Spiele denn Bußübungen?
Eines Tages war ihm der Gedanke gekommen, Liebe zu dritt könne nur lustvoll sein, wenn Markéta nicht das Gefühl hatte, einer Nebenbuhlerin zu begegnen. Nur wenn sie eine eigene Freundin mitbrachte, die Karel nicht kannte und die sich nichts aus ihm machte. Darum war er auf die List verfallen, ein Zusammentreffen von Markéta und Eva in der Sauna zu arrangieren. Der Plan war gelungen: die beiden Frauen hatten sich angefreundet, sie waren zunächst Verbündete, dann Verschwörer geworden, die ihn vergewaltigten, mit ihm balgten, sich auf seine Kosten amüsierten und ihn gemeinsam begehrten. Karel hatte gehofft, daß es Eva gelingen werde, das Schmerzliche an der Liebe aus Markétas Gemüt zu vertreiben, damit er endlich frei sei und nicht immer der Angeklagte.
Jetzt mußte er feststellen, daß es keinerlei Mittel gab, das einstmals Vereinbarte zu ändern. Markéta blieb sich immer gleich, und er blieb ständig der Angeklagte.
Vergebens hatte er Markéta mit Eva bekannt gemacht. Vergebens hatte er es mit beiden getrieben. Vielleicht würde ein anders gearteter Mann aus Markéta längst eine fröhliche, sinnliche, glückliche Frau gemacht haben. Vielleicht sogar jeder außer ihm.

Er kam sich wie Sisyphus vor.
Wie Sisyphus? Hatte nicht Markéta sich eben mit Sisyphus verglichen?
Die zwei waren im Lauf der Jahre zu Zwillingen geworden, sie hatten jetzt das gleiche Vokabular, die gleichen Vorstellungen und das gleiche Los. Jeder hatte dem anderen Eva geschenkt, um ihn glücklich zu machen. Beide vermeinten, einen Stein bergwärts zu wälzen. Beide waren müde geworden.
Karel hörte aus dem Bad das Plätschern des Wassers und das Lachen der beiden Frauen, und er mußte daran denken, daß er nie leben konnte, wie er wollte, daß er nie jene Frauen haben konnte, die er wollte, ach, daß er sie jedenfalls nie so haben konnte, wie er sie wollte. Er hätte davonlaufen mögen, irgendwohin, wo er eine eigene Geschichte hätte spinnen können, nach eigenem Gusto, ganz allein und ohne die Aufsicht liebender Augen.
Im Grunde wollte Karel nicht einmal das, er wollte gar keine eigene Geschichte spinnen – er wollte ganz einfach allein sein.

9

Es war von Markéta unvernünftig gewesen, so wenig Voraussicht und so viel Ungeduld walten zu lassen, daß sie hatte annehmen können, die Mutter schlafe bereits und bekomme besser nicht mehr gute Nacht gesagt. Im Verlauf des Besuches beim Sohn waren Mutters Gedankengänge wieder stärker in Fluß gekommen, und am heutigen Abend waren sie besonders quirlig gewesen. Die Schuld daran trug – für Mutter – diese sympathische Verwandte, von der sie dauernd an jemanden aus ihrer Jugend erinnert worden war. An wen bloß?

Schließlich fiel es ihr ein: Nora. Ja, genau die gleiche Gestalt, die gleiche Haltung des Körpers, der auf schönen langen Beinen durch die Welt ging.
Nora hatte es zumeist an Freundlichkeit und Bescheidenheit gefehlt, und die Mutter war oftmals durch das Betragen der Freundin verletzt gewesen. Aber daran dachte sie jetzt nicht. Wichtiger war im Augenblick für sie, daß sie ein Stück Jugend wiedergefunden hatte, einen Gruß über ein halbes Jahrhundert hinweg. Es freute sie, daß ihr alles je Erlebte wieder gegenwärtig war, sie in ihrer Einsamkeit hier umgab und mit ihr sprach. Obwohl sie Nora nie richtig gemocht hatte, beglückte es sie gleichwohl, ihr unvermittelt wiederbegegnet zu sein, obendrein völlig gezähmt und in der Gestalt von jemandem, der sich zu ihr, der Mutter, nett verhielt.
Kaum war ihr die Ähnlichkeit mit Nora eingefallen, wollte sie zu den dreien laufen. Doch sie beherrschte sich. Denn sie hatte nicht vergessen, daß sie nur dank einer List noch hier war und daß ihre beiden Närrchen mit der Cousine allein sein wollten. Gut denn, mochten sie über ihre Heimlichkeiten plaudern! Sie, die Mutter, langweilte sich keineswegs im Kinderzimmer. Sie hatte ihr Strickzeug, ihre Lektüre und, dies vor allem, nun etwas zum Nachdenken. Karel hatte sie ganz durcheinandergebracht. Zugegeben, er hatte völlig recht, ihr Abitur war noch in die Kriegszeit gefallen. Sie hatte sich getäuscht. Die Geschichte mit der Rezitation und der vergessenen letzten Strophe mußte sich mindestens fünf Jahre früher zugetragen haben. Der Direktor jedoch hatte wirklich an die Tür des Klos geklopft, in das sie weinend geflohen war. Nur daß sie damals knappe dreizehn Jahre alt gewesen war und daß es sich um eine Schulfeier vor den Weihnachtsferien gehandelt hatte. Auf dem Podium hatte damals ein geschmücktes Tännchen gestanden, und

die Kinder hatten Weihnachtslieder gesungen. Dann war sie mit dem Gedicht an der Reihe gewesen. Bei der letzten Strophe hatte sie nicht weiter gewußt, und ihr war schwarz vor den Augen geworden.
Die Mutter schämte sich ihres versagenden Gedächtnisses. Wie sollte sie sich Karel gegenüber rechtfertigen? Sollte sie zugeben, daß sie sich getäuscht hatte? Er hielt sie ohnehin für leicht vergreist. Sohn und Schwiegertochter waren nett zu ihr, ganz ohne Zweifel, doch ihr entging nicht, daß beide sie wie ein Kind behandelten, mit einer bestimmten Nachsicht, die ihr mißfiel. Würde sie Karel jetzt hundertprozentig recht geben und sagen, daß sie eine Kinderweihnacht mit einer politischen Versammlung verwechselt hatte, würden die zwei wieder um einige Zentimeter wachsen, während sie sich noch kleiner vorkäme. Nein, nein, diese Freude wollte sie ihnen nicht machen.
Sie würde ihnen sagen, daß sie auf jener Nachkriegsfeier tatsächlich rezitiert habe. Daß sie ihr Abitur da zwar schon hinter sich gehabt habe, aber daß dem Herrn Direktor wieder eingefallen sei, wie gut sie immer rezitiert habe, und daß er sie darum eingeladen hatte, als seine ehemalige Schülerin ein Gedicht aufzusagen. Eine große Ehre sei das gewesen! Sie, die Mutter, habe diese Ehre auch verdient! Denn sie sei Patriotin gewesen! Die jungen Leute heutzutage hätten keine Ahnung, wie es damals gewesen war, als mit dem Kriegsende Österreich-Ungarn zerfiel! Diese Freude! Diese Lieder, diese Fahnen!
Erneut hatte sie gute Lust, zu Sohn und Schwiegertochter zu laufen, um ihnen aus der Welt ihrer Jugend zu berichten. Geradezu verpflichtet fühlte sie sich jetzt, die Kinder noch einmal aufzusuchen. Es stimmte zwar, sie hatte versprochen, nicht mehr zu stören, aber das war nur die halbe Wahrheit. Die andere Hälfte der Wahrheit besagte,

daß Karel nicht begriffen hatte, wie es möglich gewesen war, daß sie nach dem Krieg bei einer Festveranstaltung des Gymnasiums rezitieren konnte. Sie, die Mutter, war eine alte Frau, kein Zweifel, und ihr Gedächtnis ließ sie manchmal im Stich, weswegen sie die Sache ihrem Sohn nicht sogleich hatte erklären können, aber jetzt, wo ihr endlich eingefallen war, wie es sich damals im einzelnen zugetragen hatte, durfte sie doch nicht so tun, als habe sie die Frage des Sohnes vergessen. Das wäre nicht gut. Sie wollte zu ihnen gehen (sonderlich Wichtiges hatten die ohnehin nicht zu bereden) und sich entschuldigen: Ich will nicht stören, wäre ja auch bestimmt nicht gekommen, hätte Karel nicht gefragt, wie es denn möglich sei, daß ich auf einer Festveranstaltung des Gymnasiums rezitierte, obwohl ich das Abitur schon hinter mir hatte.
Da hörte sie, daß eine Tür geöffnet und geschlossen wurde. Sie legte das Ohr an die Wand und vernahm weibliche Stimmen. Danach Lachen und Wasserplätschern. Die beiden Mädchen machten sich also schon zum Schlafengehen fertig. Höchste Zeit, hinüberzulaufen, wenn sie mit den Dreien noch das bißchen klären wollte.

10

Der Mutter Kommen war die Hand, die ein heiterer Gott mit einem Lächeln dem nachdenklichen Karel reichte. So sehr auch Mutter zur Unzeit kam, so gelegen kam sie ihm. Sie brauchte sich gar nicht zu entschuldigen, Karel überfiel sie sofort mit teilnehmenden Fragen: Was sie denn am frühen Nachmittag getan habe, warum sie sich meist erst am Abend zu ihnen geselle und ob sie sich denn nicht einsam fühle.
Die Mutter erklärte, junge Leute hätten einander immer

viel zu erzählen, die Alten müßten das wissen und dürften für gewöhnlich nicht stören.
Schon nahten die beiden Mädchen zwitschernd. Als erste trat Eva ein, bekleidet mit einem dunkelblauen Hemdchen, das auf den Millimeter genau ihr schwarzes Schamhaar bedeckte. Beim Anblick der Mutter erschrak Eva, konnte aber nicht mehr zurück, konnte nur noch lächeln und quer durch den Raum zu einem Sessel schlüpfen, in dem sie ihre schlecht verhüllte Nacktheit zu verbergen hoffte.
Karel sagte sich, daß Markéta, die gleich kommen mußte, ihr Abendkleid tragen würde, was nach ihrer gemeinsamen Sprachregelung hieß, daß sie nur mit einer Korallenkette um den Hals und einer roten Samtschärpe um die Taille kam. Er mußte etwas tun, um sie am Eintreten zu hindern, damit der Mutter dieser Schrecken erspart blieb. Aber was sollte er tun? Sollte er rufen, *bleib draußen*? Oder gar, *zieh dir schnell etwas über, Mutter ist hier*? Vielleicht gab es einen geschickteren Weg, Markéta aufzuhalten, aber Karel hatte nur noch ein, zwei Sekunden und es fiel ihm nichts ein, im Gegenteil, ihn erfaßte eine Art euphorischer Schlappheit, die ihm jede Geistesgegenwart raubte. Also tat er nichts, gar nichts.
Markéta erschien auf der Türschwelle, tatsächlich nackt, nur die Kette um den Hals und die Schärpe um die Taille. Die Mutter wandte sich im gleichen Augenblick an Eva und sagte mit einem liebenswürdigen Lächeln: »Sie wollen sicher schlafen gehen, und ich möchte Sie nicht aufhalten.«
Eva, die Markéta aus dem Augenwinkel gesehen hatte, verneinte sofort, schrie es fast, als wollte sie mit ihrer Stimme den Körper der Freundin verhüllen. Markéta begriff und wich in den Gang zurück.
Als sie kurz darauf wiederkam, bekleidet mit ihrem

langen Morgenrock, sagte die Mutter auch zu ihr: »Markéta, ich halte euch sicher auf. Ihr wollt bestimmt schlafen gehen.«
Markéta hätte zugestimmt, würde Karel nicht fröhlich den Kopf geschüttelt haben: »Nein, Mutter, wir sind froh, daß du bei uns bleibst.« Und die Mutter konnte endlich anbringen, wie es im einzelnen zur Rezitation auf der Festveranstaltung nach dem Ersten Weltkrieg beim Zusammenbruch Österreich-Ungarns gekommen war, als der Herr Direktor die ehemalige Schülerin des Gymnasiums eingeladen hatte, ein patriotisches Gedicht vorzutragen.
Die beiden jungen Frauen hörten nur mit halbem Ohr zu, Karel dagegen lauschte interessiert. Letzteres möchte ich präzisieren: Die Episode mit der vergessenen Strophe interessierte ihn nicht. Er hatte sie viele Male gehört und viele Male vergessen. Was ihn interessierte, war nicht die von Mutter erzählte Geschichte, sondern Mutter, die eine Geschichte erzählte. Er sah die Mutter und ihre Welt, die einer großen Birne glich, auf der sich ein russischer Panzer wie ein siebengepunkteter Marienkäfer niedergelassen hatte, sah die Klotür im Vordergrund, an die der Herr Direktor gutmütig trommelte. Ein Bild, das ihm die begierige Ungeduld der beiden jungen Frauen völlig verdeckte.
Das alles bereitete Karel großes Vergnügen. Genüßlich sah er Eva und Markéta an. Unter Hemdchen und Morgenrock fieberte die Nacktheit. Mit um so größerer Lust stellte er seiner Mutter weitere Fragen nach dem Herrn Direktor, dem Gymnasium, dem Krieg, und schließlich bat er sie sogar, das patriotische Gedicht aufzusagen, dessen letzte Strophe sie vergessen hatte.
Mutter konzentrierte sich, trug dann angespannt das Gedicht vor, das sie im Alter von dreizehn Jahren beim

Schulfest aufgesagt hatte. Es war gar kein patriotisches Gedicht, sondern ein Gedicht über den Christbaum und den Stern von Bethlehem. Doch diesen kleinen Unterschied merkte keiner, nicht einmal Mutter selber. Sie dachte nur daran, ob ihr die letzte Strophe einfallen würde. Und die fiel ihr ein! Der Stern von Bethlehem leuchtete auf, und die drei Könige langten an der Krippe an. Mutter war von ihrem Erfolg ganz aufgeregt, sie lachte und mußte über sich selbst den Kopf schütteln.
Eva applaudierte. Als die Mutter sie daraufhin ansah, fiel ihr ein, daß sie ja noch etwas anderes hatte anbringen wollen, wenngleich weniger Wichtiges: »Karel, weißt du, an wen mich eure Cousine erinnert? An Nora!«

11

Karel traute seinen Ohren nicht. Er sah Eva an. »Nora? Frau Nora?«
Er konnte sich aus der Kindheit gut an Mutters Freundin erinnern. Sie war eine blendend schöne Frau gewesen, groß, mit dem auffallenden Gesicht einer Herrscherin. Karel hatte sie nicht gemocht, weil sie stolz und unnahbar gewesen war, nichtsdestoweniger hatte er den Blick von ihr nie wenden können. Gott, welche Ähnlichkeit sollte zwischen ihr und der fröhlichen Eva bestehen?
»Ja«, bekräftigte Mutter. »Nora! Sieh sie dir nur an! Die hohe Gestalt! Der Gang! Und das Gesicht!«
»Erheb dich, Eva«, sagte Karel.
Eva mochte nicht aufstehen, weil sie nicht sicher war, daß das kurze Hemdchen ihre Scham hinreichend verdeckte. Doch Karel drängte derart, daß sie schließlich gehorchen mußte. Sie stand auf und zog, die Arme angelegt, unauffällig das Hemdchen nach unten. Karel

beobachtete sie gespannt – und plötzlich glaubte auch er, daß sie Nora ähnele. In einer entfernten, schwer faßbaren Ähnlichkeit, die nur ab und zu kurz aufblitzte. Karel wollte den Vergleich auskosten, denn ihn verlangte danach, durch Eva die schöne Frau Nora lang und auf Dauer zu sehen.
»Dreh dich um!« befahl er.
Eva zögerte, weil das Hemd sie hinten sicherlich noch weniger bedeckte als vorn. Aber Karel bestand darauf.
Die Mutter protestierte: »Du kannst doch das Fräulein hier nicht exerzieren lassen wie einen Soldaten!«
Karel blieb hartnäckig: »Nein, nein, ich will, daß sie sich umdreht.«
Schließlich gehorchte Eva.
Vergessen wir nicht, daß die Mutter sehr schlecht sah. Meilensteine waren ihr als dörfliche Häuschen erschienen, Eva war ihr mit Frau Nora verschmolzen. Bedenken wir aber auch, daß Karel nur die Augen halb zu schließen brauchte, um ebenfalls Meilensteine für Häuser zu halten. Hatte er nicht fast die ganze Woche lang Mutter um ihre Perspektive beneidet? Er schloß die Lider halb, und schon sah er statt Eva die Schönheit von damals.
Eine unvergeßliche, geheime Erinnerung an sie hatte er sich bewahrt. Ungefähr vier Jahre alt war er damals gewesen, als er mit Mutter und Frau Nora in irgendein Bad hatte fahren müssen (ihm fiel beim besten Willen nicht ein, um welches Bad es sich handelte), und die beiden hatten ihn in einem verlassenen Umkleideraum warten lassen. Er hatte geduldig gewartet, allein inmitten abgelegter Frauenkleider. Plötzlich war er zusammengefahren. Eine hochgewachsene, schöne nackte Frau war in den Raum getreten, hatte sich aber sogleich dem Wandhaken zugewandt, an dem ihr Bademantel hing. Sie griff danach, und er sah ihren Rücken. Es war Nora.

Karel hatte den Anblick der gereckten Frauengestalt nie vergessen. Weil er damals noch sehr klein gewesen war, hatte er alles von unten gesehen, aus der Froschperspektive, ungefähr so, als betrachtete er heute mit erhobenem Kopf eine fünf Meter hohe Statue. Er war der nackten Frau sehr nahe gewesen und trotzdem unendlich fern. Zweifach fern. Fern in Raum und Zeit. Hoch aufgeragt hatte der Körper über ihm, aufgeragt in höchste Höhen, und er war von ihm durch eine unabsehbare Reihe von Jahren getrennt gewesen. Diese zweifache Ferne hatte den vierjährigen Knaben schwindeln gemacht. Jetzt, in diesem Augenblick, verspürte er wieder ein Schwindelgefühl, mit ungeheurer Intensität, verspürte es tief in sich. Er betrachtete Eva (sie stand noch immer mit dem Rücken zu ihm) und sah Frau Nora. Von ihr trennten ihn zwei Meter und eine oder zwei Minuten.

»Mutter«, sagte er, »es war schrecklich nett, daß du auf einen Plausch zu uns gekommen bist. Aber jetzt wollen die Mädchen schlafen gehen.«

Mutter entfernte sich, bescheiden und gefügig, und er erzählte den beiden Frauen sofort von seiner Erinnerung an Frau Nora. Dann kauerte er sich vor Eva hin und drehte sie selbst um, damit er mit dem Blick auf den Spuren des Blicks des einstigen Knaben wandeln konnte.

Seine Müdigkeit war plötzlich wie weggefegt. Er riß Eva zu Boden. Sie lag auf dem Bauch, er kauerte neben ihren Fersen. Und ließ den Blick an ihren Beinen entlang zum Gesäß gleiten, und wild warf er sich auf sie und nahm sie.

Ihm war, als sei dieser Sprung auf ihren Körper ein Sprung über unendliche Zeit, der Sprung eines Knaben aus dem Kindesalter ins Mannesalter. Und während er sich auf ihr bewegte, vor und zurück, vermeinte er, unaufhörlich die gleiche Sprungbewegung aus der Kind-

heit ins Erwachsensein und wieder zurück zu vollführen, jene Bewegung des Knaben, der machtlos auf den riesigen Frauenkörper geblickt hatte, zu einem Manne hin, der diesen Körper umschlang und bändigte. Die Bewegung, die gewöhnlich keine fünfzehn Zentimeter maß, war lang wie drei Jahrzehnte.
Beide Frauen paßten sich seiner Wildheit an. Er wechselte unvermittelt von Frau Nora zu Markéta und umgekehrt. Das ging sehr lange so. Dann hatte er eine Pause nötig. Er fühlte sich wunderbar, stark wie nie zuvor. In einem Sessel ausgestreckt, betrachtete er die beiden Frauen, die vor ihm auf der breiten Couch lagen. In dieser kurzen Ruhepause sah er nicht Frau Nora vor sich, sondern die beiden, Markéta und Eva, alte Freundinnen, Zeuginnen seines Lebens, und er kam sich wie ein großer Schachspieler vor, der gerade zwei Gegner an zwei Brettern besiegt hatte. Dieser Vergleich machte ihm Spaß, solchen Spaß, daß er nicht an sich halten konnte und laut rufen mußte: »Ich bin Bobby Fisher, ich bin Bobby Fisher!« Er lachte schallend.

12

Während Karel lauthals verkündete, er sei Bobby Fisher (der nicht lange vorher auf Island die Weltmeisterschaft im Schach gewonnen hatte), schmiegten sich Eva und Markéta auf der Couch aneinander, und Eva flüsterte ihrer Freundin ins Ohr: »Abgemacht?«
Markéta antwortete, es sei abgemacht, und saugte sich an Evas Lippen fest.
Eine Stunde zuvor im Bad war sie von Eva ersucht worden, als Revanche einmal zu ihr auf Besuch zu kommen. Dabei hatte die Freundin angemerkt, daß sie ja

Karel ebenfalls einladen möchte, aber weil sowohl Karel als auch ihr eigener Mann eifersüchtig waren, würde keiner die Gegenwart des anderen ertragen.
Markéta war es im ersten Augenblick unmöglich erschienen, diese Einladung anzunehmen, darum hatte sie nichts gesagt, sondern nur gelacht. Als sie einige Minuten später jedoch im Zimmer gesessen hatte und das Gerede von Karels Mutter an ihren Ohren vorbeigestrichen war, war die zuvor unannehmbare Einladung immer verlockender, annehmbarer geworden. Das Phantom von Evas Mann hatte Wesen angenommen.
Als Karel sich danach zum Vierjährigen erklärt hatte, als er auf dem Boden gehockt und die stehende Eva von unten angeschaut hatte, war ihr gewesen, als sei er tatsächlich vier, als fliehe er vor ihr in seine Kindheit, als blieben sie und Eva allein mit seinem ungewöhnlich leistungsfähigen Körper, der so mechanisch robust war, daß er einem unpersönlich und leer erschien und daß es möglich wurde, jede andere Seele in ihn hineinzudenken. Beispielsweise die Seele von Evas Mann, diesem ihr völlig unbekannten Gatten ohne Gesicht und ohne Gestalt.
Markéta gab sich diesem mechanischen Männerkörper hin, danach schaute sie zu, wie der sich zwischen Evas Beine warf, doch sie versuchte dabei, das Gesicht nicht zu sehen, um glauben zu können, es sei der Körper eines Unbekannten. Es ging wie auf einem Maskenball zu. Karel hatte Eva die Maske Noras aufgesetzt, sich selbst eine Kinderlarve, und Markéta hatte ihm überhaupt den Kopf vom Rumpf getrennt. Er war ein kopfloser Männerkörper. Karel war verschwunden. Und nun geschah ein Wunder: Markéta war frei und fröhlich!
Versuche ich damit Karels Verdacht zu erhärten, daß ihrer beider kleinen häuslichen Orgien bislang für Markéta nur Selbstverleugnung und Pein bedeutet hatten?

Nein, dies wäre zu vereinfacht. Markéta begehrte wirklich – mit dem Körper und mit allen Sinnen – die Frauen, die sie als Karels Geliebte erachtete. Aber sie begehrte diese Frauen obendrein mit dem Kopf: der Prophezeiung ihres alten Mathematikprofessors gehorchend, wollte sie – zumindest in den Grenzen des unseligen Vertrages – unternehmend und keß und für Karel überraschend sein. Allerdings, sobald man sich zu dritt nackt auf der breiten Couch befunden hatte, waren ihr die sinnlichen Phantasien sofort aus dem Kopf entschwunden, und der bloße Anblick ihres Mannes hatte sie wieder in die Rolle versetzt, besser und diejenige zu sein, welcher man Schmerzen zufügte. Obwohl sie Eva gern mochte und nicht auf sie eifersüchtig war, hatte die Anwesenheit des allzu geliebten Mannes schwer auf ihr gelastet und die Sinnesfreuden gedämpft.

Seit jenem Augenblick jedoch, wo sie ihm den Kopf vom Rumpf getrennt hatte, empfand sie die unbekannte, berauschende Berührung der Freiheit. Diese Anonymität der Körper, das war das plötzlich wiedergefundene Paradies. Mit seltsamer Lust vertrieb sie ihre verwundete und allzu wachsame Seele aus dem eigenen Inneren und verwandelte sich selbst in einen bloßen Körper ohne Vergangenheit und ohne Gedächtnis, der aber dafür um so aufnahmefähiger und begieriger war. Zärtlich streichelte sie Evas Gesicht, während sich der Körper ohne Kopf kraftvoll auf ihr bewegte.

Bis dann der Körper ohne Kopf seine Bewegungen plötzlich unterbrach und mit einer Stimme, die sie unangenehm an Karel erinnerte, den unglaublich dummen Satz rief: »Ich bin Bobby Fisher! Ich bin Bobby Fisher!«

Es war, als hätte der Wecker sie mitten aus einem Traum gerissen. Im gleichen Augenblick schmiegte sie sich an Eva (wie ein plötzlich geweckter Schläfer sich ans Kopfkissen schmiegt, um dem trüben Licht des Tages zu entgehen), und Eva fragte sie, *abgemacht*? Und sie antwortete, es sei abgemacht, und saugte sich an Evas Lippen fest. Sie hatte Eva immer gemocht, aber heute liebte sie sie zum erstenmal mit allen Sinnen, liebte sie um ihrer selbst willen, um ihres Körpers und ihrer Haut willen, und sie berauschte sich an dieser fleischlichen Liebe wie an einer plötzlichen Offenbarung.

Nebeneinander lagen sie, lagen auf dem Bauch mit gewölbten Kehrseiten, und Markéta spürte auf ihrer Haut, daß der ungewöhnlich leistungsfähige Körper von neuem den Blick auf sie heftete und gleich wieder kommen würde, zu ihnen beiden kommen würde. Sie bemühte sich, die Stimme nicht zu hören, die da behauptete, er sehe die schöne Frau Nora vor sich; sie versuchte nur ein Körper ohne Gehör zu sein, der sich an eine süße Freundin und an einen kopflosen Mann preßte.

Als alles vorbei war, schlief Eva in Sekundenschnelle ein. Markéta beneidete sie um diesen animalischen Schlaf, hätte ihn aus ihrem Mund herausatmen und in seinem Rhythmus einschlafen mögen. Sie kuschelte sich an die Freundin und schloß die Augen, um Karel zu überlisten. Er nahm auch prompt an, daß beide eingeschlafen seien, und legte sich im Nebenzimmer ins Bett.

Am frühen Morgen, es war halb fünf, öffnete Markéta die Tür zu seinem Zimmer. Er blinzelte verschlafen.

»Bleib liegen, ich kümmere mich schon um Eva«, sagte sie und küßte ihn zärtlich.

Er drehte sich auf die andere Seite und schlief sofort wieder ein.

Im Wagen fragte Eva noch einmal: »Also abgemacht?«

Markéta war nicht mehr so entschlossen wie abends zuvor. Zwar hätte sie die Grenzen des alten ungeschriebenen Vertrages überschreiten und aufhören mögen, die

bessere zu sein, aber wie sollte sie dies anstellen, ohne die Liebe zu vernichten? Wie dies vollbringen, wo sie doch Karel weiterhin liebte?
»Hab keine Angst«, sagte Eva. »Er kann gar nichts merken. Bei euch ist es ein für allemal so eingerichtet, daß du jene bist, die den Verdacht hat, und nicht er. Du brauchst nicht im geringsten zu fürchten, daß er etwas auch nur ahnen könnte.«

13

Eva döste im rüttelnden Abteil. Markéta war vom Bahnhof heimgefahren und schlief bereits wieder (in einer Stunde mußte sie aufstehen und sich für die Arbeit fertigmachen). Es oblag nun Karel, die Mutter zum Bahnhof zu bringen. Dieser Morgen sollte ein Morgen der Züge werden. Denn in wenigen Stunden (allerdings waren die beiden Eheleute dann bereits bei der Arbeit) würde ihr Sohn auf dem Bahnhof aussteigen, um den letzten Punkt hinter diese Geschichte zu setzen.
Karel war noch von der Schönheit der vergangenen Nacht erfüllt. Er wußte sehr wohl, daß von zweitausend oder dreitausend Geschlechtsakten (wie oft hatte es in seinem Leben eigentlich schon den Beischlaf gegeben?) lediglich zwei oder drei als wirklich wesentlich und unvergeßlich übrig blieben, wogegen die anderen nichts anderes waren als Rückkehrversuche, Imitationen, Wiederholungen beziehungsweise Beschwörungen. Karel war überzeugt, daß das gestrige Liebesspiel zu jenen zwei oder drei großen Geschlechtsakten zählte, und er empfand unendliche Dankbarkeit.
Während der Fahrt zum Bahnhof redete die Mutter ununterbrochen.

Was eigentlich redete sie?
Vor allem dankte sie ihm: Sie habe sich bei Sohn und Schwiegertochter äußerst wohl gefühlt.
Danach machte sie ihm Vorwürfe: Sie hätten sich früher sehr an ihr vergangen. Seinerzeit, als er und Markéta noch bei ihr gewohnt hätten, sei er ungeduldig, oft grob, gleichgültig gewesen, so daß sie, die Mutter, viel gelitten habe. Still, keinen Widerspruch, es sei ja schon gesagt, diesmal seien sie recht nett zu ihr gewesen, anders als früher, jawohl, sie hätten sich geändert – doch warum erst so spät?
Karel hörte sich die Litanei der Vorwürfe an (er kannte sie auswendig) und reagierte nicht im geringsten gereizt. Er betrachtete die Mutter aus den Augenwinkeln und stellte einmal mehr überrascht fest, wie klein sie doch war. Als sei ihr ganzes Leben ein Prozeß allmählichen Kleinerwerdens gewesen.
Was eigentlich ist dieses Kleinerwerden?
Ist es das wirkliche Kleinerwerden eines Menschen, der seine Erwachsenenmaße aufgibt und dergestalt seinen langen Weg durch Alter und Tod bis in jene Fernen einleitet, wo er nur noch ein Nichts ohne Maße sein wird?
Oder ist dieses Kleinerwerden lediglich eine optische Täuschung, dadurch hervorgerufen, daß die Mutter sich entfernt, daß sie anderswo ist als er, daß er sie also aus weiter Ferne sieht und sie ihm den Eindruck macht, als sei sie ein Lämmchen, eine Puppe, ein Schmetterling?
Als die Mutter einen Augenblick lang die Litanei ihrer Vorwürfe unterbrach, fragte Karel sie:
»Was ist eigentlich aus Frau Nora geworden?«
»Ach, die ist auch schon eine alte Frau. Die ist fast blind.«
»Siehst du sie noch manchmal?«

»Weißt du denn nicht?!« Die Mutter war fast beleidigt. Die beiden Frauen kamen schon lange nicht mehr zusammen, sie waren zerstritten und verbittert auseinandergegangen. Karel hätte es sich merken müssen.
»Erinnerst du dich, wohin wir damals in den Ferien fuhren, als ich noch ein kleiner Junge war?«
»Wie denn nicht!« antwortete die Mutter und nannte den Namen eines böhmischen Bades. Karel kannte es gut, doch ihm war ganz entfallen, daß sich dort jener Umkleideraum befand, wo er Frau Nora nackt gesehen hatte.
Sofort sah er den Ort und die hölzerne Kolonnade mit den geschnitzten Säulen, und sofort auch sah er das umliegende liebliche Hügelland mit den sanften grasbedeckten Hängen, wo Schafe weideten, deren Glöckchen man klingeln hörte. Im Geiste stellte er in diese Landschaft (wie der Schöpfer einer Collage ein ausgeschnittenes Bild auf ein anderes klebt) die nackte Gestalt Frau Noras, und ihm kam der Gedanke, daß Schönheit ein Funke sei, der aufleuchtet, wenn über die Entfernung von Jahren hinweg zwei verschiedene Lebensalter einander plötzlich berühren. Daß Schönheit eine Zersplitterung der Chronologie und ein Aufstand gegen die Zeit sei.
Er war jetzt ganz von dieser Schönheit und vom Gefühl der Dankbarkeit dafür erfüllt. Unvermittelt sagte er: »Mutter, Markéta und ich meinen, daß du vielleicht doch bei uns wohnen solltest. Es wäre kein Problem, unsere Wohnung gegen eine etwas größere einzutauschen.«
Mutter streichelte seine Hand: »Das ist nett von dir, Karel. Sehr nett. Ich freue mich, daß du es sagst. Aber, weißt du, mein Pudel hat sich dort eingewöhnt. Und ich habe dort meine guten Nachbarinnen.«
Dann stieg Karel mit der Mutter in den Zug, um für sie einen Platz zu suchen. Ihm kamen alle Abteile zu voll und

unbequem vor. Schließlich setzte er sie in die erste Klasse und holte den Schaffner, um den Aufpreis zu bezahlen. Weil er die Geldbörse schon einmal in der Hand hatte, zog er einen Hundertkronenschein heraus und steckte ihn Mutter zu, als sei sie ein kleines Mädchen, das man in die weite Welt schickt. Die Mutter nahm den Schein an, ohne sich zu wundern, tat es mit der Selbstverständlichkeit einer Schülerin, die gewöhnt ist, von den Erwachsenen ab und zu Geld geschenkt zu bekommen.
Der Zug fuhr los, Mutter stand am Fenster, und Karel auf dem Bahnsteig winkte ihr lange, lange nach.

*Dritter Teil*
# Die Engel

# I

*Die Nashörner* heißt ein Stück von Eugène Ionesco, worin Menschen, die von dem Wunsch besessen sind, einander zu gleichen, sich nach und nach in Nashörner verwandeln. Gabriela und Michaela, zwei Mädchen aus Amerika, beschäftigten sich mit dem Stück in der Ausländerklasse eines Ferienkurses, der in einer Kleinstadt am Mittelmeer stattfand. Sie waren Lieblingsschülerinnen von Frau Professor Rafael, weil sie diese stets aufmerksam anschauten und jede ihrer Bemerkungen aufschrieben.

Gabriela und Michaela bekamen von ihrer Frau Professor die Aufgabe gestellt, gemeinsam bis zur nächsten Stunde ein Referat über das Ionesco-Stück auszuarbeiten.

»Ich weiß nicht recht«, sagte Gabriela zu ihrer Freundin, »wie ich es verstehen soll, daß sich Menschen in Nashörner verwandeln.«

»Du mußt es als Symbol verstehen«, belehrte Michaela ihre Freundin.

»Stimmt«, erwiderte Gabriela. »Die Literatur setzt sich aus Zeichen zusammen.«

»Das Nashorn ist in erster Linie ein Zeichen«, pflichtete Michaela bei.

»Ja, aber auch wenn wir zugestehen, daß sie sich nicht in wirkliche Nashörner verwandelt haben, sondern nur in Zeichen, warum haben sie sich dann gerade in dieses Zeichen und nicht in ein anderes verwandelt?«

»Das eben ist unser Problem«, sagte Michaela bedrückt.

Die beiden Mädchen, die zu ihrem Internat unterwegs waren, verstummten für eine lange Weile.

Das Schweigen brach schließlich Gabriela: »Meinst du, es könnte ein phallisches Symbol sein?«

»Wie?« fragte Michaela.

»Das Horn«, erklärte Gabriela.
»Klar!« rief Michaela, aber dann wurde sie unsicher.
»Bloß, warum sollten alle sich in Phallussymbole verwandeln? Die Männer und die Frauen?«
Erneut schwiegen die beiden Mädchen. Das Schweigen brach diesmal Michaela: »Mir fällt da etwas ein ...«
»Was?« fragte Gabriela neugierig.
Michaela spannte ihre Freundin auf die Folter: »Madame Rafael hat es übrigens leise angedeutet.«
»Also sag schon, was!?« drängte Gabriela ihre Freundin.
»Der Autor hat den Eindruck des Komischen erwecken wollen!«
Dieser Gedanke frappierte Gabriela dermaßen, daß sie, ganz darauf konzentriert, ihren Schritt verlangsamte. Die beiden Mädchen blieben fast stehen.
»Du meinst, daß das Nashornsymbol einen komischen Eindruck erwecken soll?« fragte Gabriela nach einer Weile.
Michaela lächelte ein stolzes Entdeckerlächeln: »Jawohl.«
Verzückt von ihrer Gedankenkühnheit, sahen die beiden Mädchen einander strahlend an. Dabei zuckten ihre Mundwinkel vor Stolz ... Und plötzlich gaben sie einen hohen, abgerissenen Ton von sich, der schwer zu beschreiben ist.

2

*Lachen? Interessiert denn heutzutage das Lachen überhaupt noch jemanden? Ich meine das wirkliche Lachen, das jenseits liegt von Scherz, von Spott und von Lächerlichmachung. Lachen, diese unendliche und erlesene Wonne, die Wonne schlechthin ...*

*Ich sagte zu meiner Schwester, oder sie sagte es zu mir, kommst du, spielen wir Lachen? Wir legten uns nebeneinander aufs Bett und fingen an. Natürlich taten wir nur so. Ein gezwungenes Lachen. Ein lächerliches Lachen. Ein so lächerliches Lachen, daß wir darüber lachen mußten. Dann kam das wirkliche Lachen, das volle Lachen, und entführte uns in unendliche Entfaltung. Ein explodierendes, wiederholtes, schwingendes, entfesseltes Lachen, ein großartiges, prächtiges und verrücktes Lachen ... Und wir lachten endlos vor Lachen über unser Gelächter ... O Lachen! Lachen der Wonne, Wonne des Lachens; lachen, das ist zutiefst leben.*
Der Text, den ich hier zitiere, stammt aus einem Buch mit dem Titel *Wort der Frau*. Geschrieben hat es im Jahr 1974 eine der leidenschaftlichsten Feministinnen, die das Klima unserer Zeit nachhaltig beeinflußt haben. Ihr Werk ist ein mystisches Manifest der Freude. Als Gegenpol zum männlichen sexuellen Verlangen, das auf die flüchtigen Momente der Erektion verwiesen und somit fatalerweise mit Gewalt, Vernichtung und Untergang verquickt ist, hebt die Autorin die weibliche Freude, die weibliche Lust, die weibliche Wonne hervor. Sie sind zusammenfaßbar in einem französischen Wort, nämlich in *jouissance*, die süß, allgegenwärtig und anhaltend ist. Für die Frau, sofern sie sich ihrem Wesen nicht entfremdet hat, ist alles Lust, auch *essen, trinken, urinieren, exkrementieren, berühren, hören oder einfach dasein.* Diese Aufzählung von Tun in Sinnenlust zieht sich wie eine schöne Litanei durch das ganze Buch: *Leben ist beglückend: sehen, hören, berühren, trinken, essen, urinieren, exkrementieren, ins Wasser eintauchen und den Himmel betrachten, lachen und weinen.* Und wenn Beischlaf schön ist, dann deshalb, weil er die Summe *aller möglichen Sinnenlüste des Lebens* ist: *das Berühren, das*

*Sehen, das Hören, das Sprechen, das Riechen, aber auch das Trinken, das Essen, das Exkrementieren, das Erkennen, das Tanzen.* Und das Stillen ist Wonne, und das Gebären ist Freude, und die Menstruation ist Lust, dieser *laue Speichel,* diese *dunkle Milch,* dieses *laue und wie mit Blut gezuckerte Rinnen,* dieser *Schmerz, der den brennenden Geschmack des Glücks hat.*
Nur ein Dummkopf würde diese Manifestation der Freude belächeln. Jede Mystik übertreibt. Mystik darf Lächerlichkeit nicht fürchten, will sie ans Ende gelangen, bis ans Ende der Demut oder bis ans Ende der Wonne. Wie die heilige Therese in der Agonie durch ihr Lächeln, so sagt die heilige Annie Leclerc durch ihr Wort (sie ist die Autorin des Buches, aus dem ich zitiere), daß der Tod ein Stück Freude sei und daß nur der Mann ihn fürchte, weil er jämmerlich *an seinem kleinen Ich und an seiner kleinen Macht* klebe.
Hoch wie das Gewölbe einer Kathedrale des Glücks klang das Lachen, diese *köstliche Verzückung durch Glück,* dieser *Gipfel der Wonne. Lachen der Wonne, Wonne des Lachens.* Es besteht kein Zweifel, daß ein solches *Lachen jenseits liegt von Scherz, von Spott und von Lächerlichmachung.* Die beiden Schwestern auf dem Bett hatten über nichts Konkretes gelacht, ihr Lachen hatte nichts zum Gegenstand gehabt, es war schlicht Ausdruck des Seins gewesen, das sich freute zu sein. Wie der Mensch sich durch Stöhnen an die gegenwärtige Sekunde seines leidenden Körpers fesselt (und dadurch völlig jenseits von Vergangenheit und Zukunft liegt), so ist er im ekstatischen Lachen ohne Erinnerung und Verlangen, denn er ruft die gerade gegenwärtige Sekunde der Welt an und will außer ihr nichts kennen.
Sicher kennt jeder die folgende Szene aus Dutzenden schlechter Filme: Ein Junge und ein Mädchen halten sich

bei der Hand und laufen durch die frühlinghaft (oder sommerlich) schöne Natur. Sie laufen und laufen und lachen. Das Lachen der beiden Läufer soll aller Welt und den Besuchern in allen Kinos verkünden: Wir sind glücklich, wir sind gern auf der Welt, wir sind einverstanden mit dem Sein! Es ist eine dumme, eine kitschige Szene, aber sie beinhaltet eine der menschlichen Grundsituationen: *das ernste Lachen, das jenseits liegt vom Scherz.*
Alle Kirchen, alle Wäschefabrikanten, alle Generale, alle politischen Parteien können sich auf dieses Lachen einigen und placieren darum die beiden lachenden Läufer auf ihren Plakaten, mit denen sie für ihre Religion, ihre Erzeugnisse, ihre Ideologie, ihr Volk, ihr Geschlecht, ihr Spülmittel werben.
Genau dieses Lachen hatten Michaela und Gabriela gelacht, die jetzt, Hand in Hand, aus einem Schreibwarengeschäft traten, in der jeweils freien Hand ein Päckchen schwingend, in dem sich Buntpapier, Klebstoff und Gummiringe befanden.
»Madame Rafael wird begeistert sein! Du wirst sehen!« sagte Gabriela und gab erneut den hohen, abgerissenen Ton von sich. Michaela stimmte ihr zu, indem sie mit dem fast gleichen Ton antwortete.

3

Bald nachdem die Russen im Jahr 1968 mein Land besetzt hatten, war ich (wie Tausende und Abertausende anderer Tschechen) meines Postens enthoben worden, und niemand mehr durfte mich beschäftigen. In der Folgezeit pflegten mich junge Freunde zu besuchen, die zu jung gewesen waren, um schon auf den Listen der einmarschierenden Russen zu stehen, so daß sie hatten in

Redaktionen, Schulen und Drehteams bleiben dürfen. Diese guten jungen Freunde, die ich niemals verraten werde, boten mir an, ihre Namen zu benutzen, um Hörspiele, Fernsehfilme, Theaterstücke, Artikel, Reportagen, Drehbücher schreiben und auf diese Weise meinen Lebensunterhalt verdienen zu können. Ich akzeptierte einige dieser Angebote, meist jedoch lehnte ich ab, zum einen, weil ich gar nicht soviel schreiben konnte, und zum anderen, weil es gefährlich war. Nicht für mich, sondern für die Helfenden. Die Geheimpolizei wollte uns Mißliebige aushungern, in die Enge treiben, so weit bringen, daß wir kapitulieren und öffentlich Selbstkritik üben. Deshalb überwachte sie scharf alle Notausgänge, durch die wir unserer Einkreisung zu entgehen versuchten, und bestrafte die Namensschenker streng.

Unter diesen Wohlmeinenden war auch das Mädchen R. (weil die Geschichte aufflog, brauche ich hier nichts sonderlich geheimzuhalten). Das scheue, feinfühlige und kluge Mädchen war Redakteurin in einer illustrierten Jugendzeitschrift mit beachtlicher Auflage. Weil die Zeitschrift damals eine Unzahl unverdaulicher politischer Artikel veröffentlichen mußte, worin die brüderliche russische Nation gepriesen wurde, suchte die Redaktion etwas, das die Aufmerksamkeit der Massen angezogen hätte. Sie entschloß sich, ausnahmsweise die reine marxistische Lehre zu mißachten und eine astrologische Rubrik zu bringen.

Ich hatte zu diesem Zeitpunkt meiner Verdammnis bereits einige tausend Horoskope geschrieben. Wenn der große Jaroslav Hašek einst hatte Hundehändler sein können (er verkaufte gestohlene Hunde und versah nicht selten Bastarde mit Stammbäumen), warum sollte dann ich nicht Astrologe sein? Irgendwann waren mir von Pariser Freunden sämtliche astrologischen Bücher von

André Barbault dediziert worden, hinter dessen Namen der stolze Titel *Président du Centre international d'astrologie* prangte. Um ins Geschäft zu kommen, hatte ich mit verstellter Schrift auf die jeweils erste Seite *A Milan Kundera avec admiration, André Barbault* geschrieben und die solchermaßen besorgten Widmungsexemplare wie zufällig auf meinem Tisch liegen lassen. Meinen erstaunten Prager Klienten erklärte ich jedesmal, daß ich in Paris mehrere Monate lang Assistent des berühmten Barbault gewesen sei.

Als mich die R. eines Tages aufforderte, insgeheim die astrologische Rubrik ihrer Zeitschrift zu schreiben, war ich selbstverständlich begeistert. Ich empfahl ihr, in der Redaktion zu sagen, beim Verfasser handle es sich um einen bedeutenden Atomphysiker, der seinen Namen nicht preisgeben wolle, aus Furcht, die Kollegen könnten ihn auslachen. Unser Unternehmen schien mir damit doppelt abgesichert: durch den nicht existierenden Wissenschaftler und durch dessen Pseudonym.

Gewissermaßen zur Einleitung wurde von mir unter einem Phantasienamen zunächst ein schöner langer Artikel über Astrologie im allgemeinen gedruckt, sodann jeden Monat ein kurzer, ziemlich dummer Text über die Bedeutung des einschlägigen Tierkreiszeichens. Dazu entwarf ich selbst Bildchen des Stieres, des Widders, der Jungfrau, der Fische. Meine Honorare waren nicht der Rede wert, und die Sache als solche war weder spaßig noch bemerkenswert. Erheiternd war dabei lediglich meine Existenz, die Existenz eines aus der Geschichte, den literarischen Handbüchern und dem Telefonbuch ausradierten Mannes, eines toten Mannes, der nun in einer absonderlichen Inkarnation wiedererstanden war, um Hunderttausenden sozialistischer Jugendlicher die hohe Wahrheit der Astrologie zu vermitteln.

Eines Tages eröffnete mir die R., daß ihr Chefredakteur von seinem Astrologen sehr eingenommen sei und von ihm ein Horoskop erstellt haben wolle. Dies entzückte mich. Der Chefredakteur war von den Russen eingesetzt worden, nachdem er die Hälfte seines Lebens auf Kursen des Marxismus-Leninismus in Prag und Moskau abgesessen hatte!
»Als er es mir sagte, hat er sich ja ein bißchen geschämt«, fügte die R. hinzu. »Es wäre ihm nicht recht, wenn sich herumspräche, daß er einem derartigen mittelalterlichen Aberglauben anhängt. Aber er fühlt sich schrecklich dazu hingezogen.«
»Das ist gut«, sagte ich erfreut.
Ich wußte gerade über diesen Chefredakteur hinlänglich Bescheid. Nicht nur deshalb, weil er Vorgesetzter der R. war, sondern auch deshalb, weil er jener obersten Kaderkommission der Partei angehört hatte, von der das Leben nicht weniger meiner Freunde ruiniert worden war.
»Er möchte absolute Diskretion gewahrt haben. Ich soll Ihnen nur sein Geburtsdatum nennen, aber Sie dürfen nicht erfahren, daß es sich um ihn handelt.«
»Um so besser!« rief ich, immer erfreuter.
»Er würde Ihnen für das Horoskop einen Hunderter bezahlen.«
»Einen Hunderter?« Ich lachte. »Was denkt sich dieser Geizkragen!«
Das heimliche Horoskop sollte ihn tausend Kronen kosten. Ich füllte zehn Seiten mit der Beschreibung seines Charakters sowie mit der Schilderung seiner (leicht zu recherchierenden) Vergangenheit und seiner Zukunft. Eine ganze Woche arbeitete ich an diesem Werk, wobei ich mich oft eingehend mit der R. beriet. Schließlich kann man durch Horoskope wundervoll Einfluß ausüben und das Verhalten der Menschen steuern. Man kann ihnen

gewisse Taten eingeben, kann sie vor anderen Taten warnen und kann jedermann durch behutsames Andeuten künftiger Katastrophen zur Demut führen.
Als ich die R. einige Zeit nach der Horoskopablieferung wiedersah, mußten wir herzlich lachen. Sie behauptete, der Chefredakteur habe sich nach der Horoskoplektüre gebessert. Er schreie weniger. Er erachte seine Strenge, vor der ihn das Horoskop gewarnt hatte, nunmehr als bedenklich. Er halte sich inzwischen sogar auf das bißchen Freundlichkeit, derer er fähig sei, einiges zugute. Und er richte seinen Blick oft traurig ins Leere, wie ein Mensch, der verstanden hat, daß die Sterne ihm von nun an nichts als Leiden verheißen.

### 4 *(Über das zweierlei Lachen)*

Wer den Teufel als Anhänger des Bösen und den Engel als Kämpfer fürs Gute betrachtet, übernimmt die Demagogie der Engel. Aber die Sache ist komplizierter.
Die Engel sind nicht Anhänger des Guten, sondern der göttlichen Schöpfung. Der Teufel hingegen leugnet jeden vernünftigen Sinn der Welt Gottes.
In die Macht über die Welt teilen sich bekanntlich Teufel und Engel. Das Gute hienieden verlangt keine Übermacht der Engel über die Teufel (wie ich als Kind geglaubt hatte), sondern eine ungefähre Ausgewogenheit der Macht beider. Enthält die Welt allzu viel unanfechtbaren Sinn (Macht der Engel), bricht der Mensch unter ihrem Gewicht zusammen. Verliert die Welt jedweden Sinn (Herrschaft der Teufel), kann man in ihr gleichfalls nicht mehr leben.
Dinge, die ihres vermuteten Sinnes und Platzes in der vermeintlichen Ordnung plötzlich beraubt werden (in

Moskau geschulter Marxist glaubt an Horoskope), erwecken unser Lachen. Ursprünglich also kommt das Lachen vom Teufel. Es enthält ein Stück Böswilligkeit (die Dinge verlieren unvermittelt ihre vorgebliche Bedeutung, erweisen sich als etwas anderes), aber auch ein Stück wohltuender Erleichterung (die Dinge sind leichter, als sie zu sein scheinen, man kann mit ihnen freier leben, sie unterdrücken uns nicht mehr durch ihren Ernst und ihre Strenge).

Als zum erstenmal ein Engel das Teufelslachen hörte, war er bestürzt. Es geschah auf einem Gastmahl, viele Leute waren versammelt, und einer nach dem anderen schloß sich dem Lachen des Teufels an, das erstaunlich ansteckend ist. Der Engel erkannte nur zu deutlich, daß dieses Lachen gegen Gott und gegen die Würde seines Werkes gerichtet war. Ihm wurde klar, daß er rasch etwas tun mußte, doch er fühlte sich wehrlos und schwach. Weil er selbst nichts zu erfinden vermochte, ahmte er seinen Gegner nach. Er öffnete den Mund und stieß einen unterbrochenen, abgehackten Ton in den höheren Lagen seines Stimmregisters aus (der Ton war jenem nicht unähnlich, den Gabriela und Michaela auf der Straße des Hafenstädtchens von sich gegeben hatten, verlieh ihm jedoch den gegenteiligen Sinn). Während das Lachen des Teufels auf die Unsinnigkeit der Dinge verwies, wollte sich der Engel mit seiner raschen Folge von Lachschreien darüber freuen, daß auf der Welt alles so vernünftig geregelt, weise ersonnen, überhaupt so schön, gut und sinnvoll sei.

So standen sich Engel und Teufel gegenüber, boten einander die geöffneten Münder dar, stießen den annähernd gleichen Ton aus, aber jeder drückte mit seinem Lachen etwas völlig anderes aus. Angesichts des lachenden Engels mußte der Teufel immer noch mehr lachen, er lachte besser und aufrichtiger, weil der lachende Engel unendlich lächerlich wirkte.

Ein Lachen, das zum Lachen ist, ist ein Debakel. Dennoch blieben die Engel nicht erfolglos. Dank eines semantischen Betrugs. Ihre Imitation des Lachens wird mit ein und demselben Wort bezeichnet wie das ursprüngliche Lachen (des Teufels). Die Menschen sind sich nicht mehr bewußt, daß die gleiche äußere Wiedergabe zwei einander völlig gegensätzliche innere Haltungen birgt. Es existieren zweierlei Lachen, und uns fehlt ein Wort, mit dem wir das eine Lachen vom anderen unterscheiden könnten.

5

In einer Illustrierten fand sich folgendes Bild: eine Reihe Uniformierter – geschulterte Gewehre, Helme mit Plexiglasvisier – blickten auf eine Handvoll junger Leute in Jeans und T-Shirts, die sich bei den Händen gefaßt und einen Kreis gebildet haben, um auf der Stelle zu tanzen. Das Bild zeigt sicherlich die Zeit des Wartens vor dem Zusammenstoß mit der Polizei, die ein Kernkraftwerk, einen militärischen Übungsplatz, ein Parteisekretariat oder eine Botschaft bewacht. Die jungen Leute nutzen diese tote Zeit, um zu einer einfachen Volksweise zu tanzen, immer zwei Schritte auf der Stelle, dann einen Schritt nach vorn, das linke, das rechte Bein hoch.
Ich glaube sie zu verstehen: Sie haben das Gefühl, daß der Kreis, den sie auf den Boden zeichnen, ein magischer Kreis ist und sie verbindet. Und in ihrer Brust breitet sich das intensive Gefühl der Unschuld aus: nicht durch den Gleichschritt der Soldaten oder faschistischer Kampftruppen sind sie verbunden, sondern durch den Tanz-

schritt der Kinder. Sie wollen ihre Unschuld den Polizisten ins Gesicht spucken.
So muß sie auch der Fotograf gesehen haben, denn er hob den beredten Gegensatz hervor: auf der einen Seite die Polizei in ihrer *unechten* (auferlegten, befohlenen) Einheit der Reihe, auf der anderen die jungen Leute in ihrer *wirklichen* (aufrichtigen und organischen) Einheit des Kreises; auf der einen Seite die Polizei in der *tristen* Tätigkeit des Lauerns, auf der anderen Seite die Jugend in der *freudigen* Tätigkeit des Spiels.
Ihr magischer Tanz spricht zu uns aus der tausendjährigen Tiefe des menschlichen Gedächtnisses. Frau Professor Rafael hatte sich das Bild aus der Illustrierten ausgeschnitten, um es immer wieder traumverloren zu betrachten. Sie wünschte, in einem solchen Kreis tanzen zu dürfen. Ihr Leben lang hatte sie einen Kreis von Menschen gesucht, denen sie die Hände zu einem Rundtanz hätte reichen können, zuerst in der Methodistenkirche (ihr Vater war ein religiöser Schwärmer), dann in der kommunistischen Partei, dann in einer trotzkistischen Partei, dann in einer trotzkistischen Splittergruppe, dann im Kampf gegen die Abtreibung (das Kind hat ein Recht auf Leben!), dann im Kampf für die Legalisierung der Abtreibung (die Frau hat ein Recht auf ihren Körper!), sie hatte den Kreis bei den Marxisten gesucht, bei den Psychoanalytikern, bei den Strukturalisten, bei Lenin, im Zen-Buddhismus, bei Mao Dsetung, unter den Anhängern des Yoga, in der Schule des Nouveau roman, in Brechts Theater, im sogenannten Panik-Theater – und am Ende hatte sie sich gewünscht, wenigstens mit ihren Schülern zu einem einzigen Ganzen zu verschmelzen. Was bedeutete, daß sie diese stets zwang, dasselbe zu denken und zu sagen wie sie, um mit ihnen im selben Kreis und im selben Tanz ein Herz und eine Seele zu sein.

Zwei ihrer Schülerinnen befanden sich gerade daheim, genauer: in ihrem Internatszimmer. Sie saßen über dem Text von Ionescos *Nashörnern*, und Michaela las laut: »Der Logiker zum alten Herrn: Nehmen Sie ein Blatt Papier und rechnen Sie. Man nimmt zwei Katzen zwei Pfoten ab, wie viele Pfoten verbleiben jeder Katze?
Alter Herr zum Logiker: Mehrere Lösungen sind möglich. Eine Katze kann vier Pfoten haben, die andere zwei. Es kann aber auch eine Katze mit fünf Pfoten und eine andere mit einer Pfote ergeben. Nimmt man von acht Pfoten zwei weg, können wir eine Katze mit sechs Pfoten und eine Katze ohne Pfoten haben.«
Michaela unterbrach die Lektüre: »Ich begreife nicht, wie man Katzen die Pfoten abnehmen kann. Möchte er sie ihnen denn abhacken?«
»Michaela!« rief Gabriela.
»Und ich begreife auch nicht, wie eine Katze sechs Pfoten haben könnte!«
»Michaela!« rief Gabriela erneut.
»Was ist?« fragte Michaela.
»Hast du vergessen? Du hast es doch selbst gesagt!«
»Was denn?« wollte Michaela wissen.
»Dieser Dialog soll bestimmt einen komischen Eindruck erwecken.«
»Du hast recht«, sagte Michaela und sah Gabriela glücklich an.
Die beiden Mädchen schauten einander in die Augen, vor Stolz zuckten ihre Mundwinkel, und schließlich gaben sie einen hohen, abgerissenen Ton in den höheren Lagen ihres Stimmregisters von sich. Sie stießen ihn noch einmal aus und dann ein drittes Mal. *Gezwungenes Lachen. Lächerliches Lachen. So lächerliches Lachen, daß sie darüber lachen mußten. Dann kam das wirkliche Lachen . . . Ein explodierendes, wiederholtes, schwingendes, ent-*

*fesseltes Lachen, ein großartiges, prächtiges und verrücktes Lachen ... Und sie lachten endlos vor Lachen über ihr Gelächter ... O Lachen! Lachen der Wonne, Wonne des Lachens ...*
Die einsame Madame Rafael irrte durch die Straßen des Hafenstädtchens. Plötzlich hob sie den Kopf, als sei ihr aus der Ferne ein Stück von einer Melodie auf den Flügeln der leichten Brise zugeflogen oder als sei ihr ein fremder Duft in die Nase gestiegen. Sie blieb stehen und vernahm in ihrer Seele den Schrei der Leere, die sich auflehnte und die erfüllt sein wollte. Ihr schien, irgendwo in der Nähe lodere die Flamme der großen Lachens, irgendwo in der Nähe hielten sich Menschen bei den Händen und tanzten im Kreis ...
Einige Augenblicke lang stand sie so, blickte nervös nach allen Seiten, dann brach die geheimnisvolle Musik jäh ab (Michaela und Gabriela hatten zu lachen aufgehört; sie hatten plötzlich gelangweilte Gesichter und eine leere Nacht ohne Liebe vor sich), woraufhin sie, die einsame Madame Rafael, seltsam unruhig und unbefriedigt durch die noch warmen Straßen des Hafenstädtchens nach Hause ging.

6

Auch ich habe im Kreis getanzt. Es war im Frühjahr 1948, die Kommunisten hatten in meinem Land gerade gesiegt, die sozialistischen und christlichen Minister waren ins Ausland geflohen, und ich hielt andere kommunistische Studenten bei den Händen oder an den Schultern, wir machten zwei Schritte auf der Stelle, dann einen Schritt nach vorn, hoben das linke und dann das rechte Bein zur Seite, wir taten es fast jeden Monat, denn

wir hatten ständig etwas zu feiern, irgendeinen Jahrestag oder irgendein Ereignis zu begehen, altes Unrecht wurde wiedergutgemacht, neues Unrecht wurde begangen, Fabriken wurden nationalisiert, Tausende von Menschen gingen ins Gefängnis, die medizinische Versorgung war kostenlos, die Kioskbesitzer mußten die Beschlagnahme ihrer Kioske erleben, die alten Arbeiter fuhren erstmals in die konfiszierten Villen auf Erholung, und wir hatten das Lächeln des Glücks auf dem Gesicht. Dann sagte ich eines Tages etwas, was ich nicht hätte sagen sollen, ich wurde aus der Partei ausgeschlossen und mußte den Kreis verlassen.
Damals erkannte ich die magische Bedeutung des Kreises. Tanzt man aus der Reihe, kann man sich später wieder einreihen. Die Reihe ist eine offene Formation. Ein Kreis aber schließt sich, und es gibt keine Rückkehr. Kein Zufall, daß sich die Planeten im Kreis bewegen und daß Gestein, das sich von ihnen löst, durch die Zentrifugalkraft unabwendbar von ihnen weggeschleudert wird. Gleich einem Meteoriten flog ich aus dem Kreis, und ich fliege heute noch.
Es gibt Menschen, denen ist es bestimmt, mitten in der Kreisbewegung zu sterben, und es gibt andere, die am Ende des Sturzes zerschellen. Letztere (zu denen ich gehöre) bewahren ein anhaltendes stilles Heimweh nach dem verlorenen Tanz im Kreis in sich, weil wir alle Bewohner des Universums sind, wo sich alles im Kreise dreht.
Es war wieder einmal – im Juni 1950 – ein Jahrestag von weiß Gott was, und in den Prager Straßen tanzten wieder junge Leute im Kreis. Ich irrte um sie herum, stand nahe bei ihnen, durfte aber in keinen der Kreise treten. Tags zuvor hatte man Milada Horáková gehängt. Sie war Abgeordnete der sozialistischen Partei gewesen, und das

kommunistische Gericht hatte sie der Umtriebe gegen den Staat angeklagt. Mit ihr war auch Záviš Kalandra, tschechischer Surrealist und Freund von André Breton und Paul Éluard, gehängt worden. Und die jungen Tschechen tanzten und wußten, daß in ihrer Stadt tags zuvor eine Frau und ein Surrealist hatten baumeln müssen, und sie tanzten um so eifriger, weil dieser Tanz die Manifestation ihrer Unschuld, ihrer Reinheit war, die sich strahlend abhob von der schwarzen Schuldhaftigkeit der beiden Gehängten, die angeblich Verrat am Volk und an seinen Hoffnungen verübt hatten.

André Breton glaubte nicht, daß Kalandra das Volk und dessen Hoffnungen verraten haben könnte, und forderte in Paris Éluard auf (mittels eines offenen Briefes vom 13. Juni 1950), gegen die absurde Bezichtigung zu protestieren und zu versuchen, den alten Prager Freund zu retten. Éluard jedoch tanzte gerade in einem riesigen Kreis zwischen Paris, Moskau, Warschau, Prag, Sofia und Griechenland, zwischen sämtlichen sozialistischen Staaten und sämtlichen kommunistischen Parteien der Welt, allenthalben seine schönen Verse über Freude und Brüderlichkeit rezitierend. Nach der Lektüre von Bretons Brief machte er zwei Schritte auf der Stelle, dann einen Schritt nach vorn, er schüttelte den Kopf, lehnte (in der Zeitschrift *Action* vom 19. Juni 1950) ab, für einen Volksverräter einzutreten und rezitierte statt dessen mit metallischer Stimme:

*Wir werden die Unschuld erfüllen*
*Mit der Kraft die uns so lange*
*Gefehlt hat*
*Wir werden nie mehr allein sein.*

Und ich irrte weiter durch die Straßen Prags, überall tanzten lachende Tschechen im Kreis, und ich wußte, daß ich nicht zu ihnen gehörte, sondern zu Kalandra, der

ebenfalls aus der Kreisbahn geschleudert worden und gefallen und gefallen war, bis er im Gefängnissarg aufschlug, derweil ich den tanzenden jungen Leuten, zu denen ich nicht mehr gehörte, neidvoll und sehnsüchtig zusah, und ich konnte sie nicht aus den Augen lassen. Und da erblickte ich ihn, direkt vor mir!
Er stand mit ihnen Schulter an Schulter im Kreis, sang mit ihnen die zwei, drei einfachen Weisen, er hob das linke und dann das rechte Bein zur Seite. Ja, er war es, Éluard, der Liebling Prags! Plötzlich verstummten die Tänzer in seinem Kreis, bewegten sich weiter, und er skandierte zum Stampfen ihrer Beine:

*Wir entfliehen der Ruhe, entfliehen dem Schlaf*
*Wir überholen das Morgenrot und auch den Lenz*
*Bereiten die Tage und Jahreszeiten*
*Nach dem Maß unserer Träume.*

Danach sangen alle wieder lautstark die drei, vier einfachen Weisen und beschleunigten ihren Tanzschritt. Sie entflohen der Ruhe und dem Schlaf, überholten die Zeit und erfüllten ihre Unschuld mit Kraft. Alle lächelten, und Éluard neigte sich zu dem Mädchen, das er um die Schulter gefaßt hatte:

*Der Mensch, der dem Frieden verfallen ist,*
*hat immer ein Lächeln.*

Das Mädchen lachte und stampfte stärker mit dem Fuß auf, so daß es sich einige Zentimeter über das Pflaster erhob, es zog die anderen mit, einen Augenblick später berührte keiner mehr den Boden, sie vollführten zwei Schritte auf der Stelle und einen Schritt nach vorn, ohne noch Kontakt mit der Erde zu haben, ja, sie erhoben sich über den Wenzelsplatz, ihr tanzender Kreis glich einem großen emporschwebenden Kranz, ich lief unten auf der Erde umher, schaute ihnen nach, während sie weiterschwebten, das linke und dann das rechte Bein weiter zur

Seite hebend, unter ihnen lag Prag mit seinen Cafés voller
Dichter und seinen Gefängnissen voller Volksverräter
und dem Krematorium, wo gerade eine sozialistische
Abgeordnete und ein Surrealist verbrannt wurden, der
Rauch stieg zum Himmel wie ein gutes Rauchorakel, und
ich hörte die metallische Stimme Éluards:
*Liebe ist am Werke sie ist unermüdlich*
und ich lief weiter durch die Straßen, immer dieser
Stimme nach, um den herrlichen Kranz schwebender
Leiber über der Stadt nicht aus den Augen zu verlieren,
und ich erkannte beklommenen Herzens, daß sie wie
Vögel flogen, während ich fiel wie ein Stein, daß sie
Flügel hatten, während ich flügellos war für alle Zeit.

7

Siebzehn Jahre nach seiner Hinrichtung wurde Kalandra
endlich vollständig rehabilitiert, einige Monate danach
aber wälzten sich die russischen Panzer nach Böhmen,
und sogleich wurden wieder Zehntausende von Menschen angeklagt, das Volk und seine Hoffnungen verraten zu haben. Den kleineren Teil warf man ins Gefängnis,
den größeren Teil aus der Arbeit, und zwei Jahre später
(somit genau zwanzig Jahre nach Éluards Flug über den
Wenzelsplatz) schrieb einer der neuen Angeklagten (ich)
in einer tschechischen illustrierten Jugendzeitschrift über
Astrologie. Seit dem letzten Artikel, er betraf den Schützen, war ein weiteres Jahr vergangen (es geschah somit
im Dezember 1972), als mich eines Tages ein unbekannter junger Mann besuchte. Er reichte mir schweigend
einen Briefumschlag. Ich riß den Umschlag auf und las
den Brief, begriff aber erst nach einigen Augenblicken,
daß er von der R. kam. Die Schrift war völlig verändert.

Die R. mußte beim Schreiben sehr erregt gewesen sein. Sie hatte sich zudem bemüht, die Sätze so zu formulieren, daß nur ich sie verstand; leider verstand ich nur die Hälfte. Eines jedoch erfaßte ich klar, nämlich daß meine Identität als Autor verraten worden war.

Ich bewohnte damals ein Appartement in der Prager Bartolomějská, einem kurzen, aber berühmt-berüchtigten Sträßchen. Sämtliche Häuser außer zweien (in einem der letzteren wohnte ich) gehörten der Polizei. Schaute ich im vierten Stock zum Fenster hinaus, es war ein breites Fenster, sah ich über den Dächern die Türme der Prager Burg und unter mir die Polizeihöfe. Oben die glorreiche Geschichte der böhmischen Könige, unten die Geschichte illustrer Gefangener. Hier unten waren auch Kalandra und die Horáková durchgeschleust worden, vorher schon Clementis und später zwei meiner Freunde, Šabata und Hübl.

Der junge Mann (alles deutete darauf hin, daß er der Verlobte der R. war) warf unsichere Blicke durch den Raum. Gewiß nahm er an, daß die Polizei meine Wohnung mit Wanzen abhörte. Wir gaben uns mit dem Kopf ein Zeichen und gingen hinaus auf die Straße. Zunächst schritten wir aus, ohne ein Wort zu sprechen, und erst als wir die lärmerfüllte Nationalstraße erreicht hatten, eröffnete er mir, daß die R. mit mir zusammentreffen wolle und daß ein Freund von ihm, den ich nicht kannte, uns seine Wohnung am Stadtrand für das geheime Treffen zur Verfügung stelle.

Am nächsten Tag fuhr ich mit der Straßenbahn eine lange Strecke bis an den Prager Stadtrand, es war Dezember, es fror mich an den Fingern in den Gassen der Hochhaussiedlung, die in diesen Vormittagsstunden völlig verödet war. Ich fand den beschriebenen Eingang, fuhr mit dem Lift in den dritten Stock, las die Namens-

schilder an den Türen und klingelte. In der Wohnung rührte sich nichts. Ich klingelte noch einmal, doch niemand öffnete. Darum begab ich mich wieder auf die Straße, ging in der eisigen Kälte eine halbe Stunde spazieren, weil ich annahm, daß sich die R. verspätet hatte und ich ihr begegnen würde, wenn sie von der Haltestelle durch die leere Straße kam. Aber sie kam nicht. Ich fuhr erneut mit dem Lift in den dritten Stock, klingelte zum dritten Mal. Nach ein paar Sekunden hörte ich in der Wohnung die Wasserspülung. Und im selben Augenblick hatte ich das Gefühl, jemand lege den Eiswürfel der Angst in mich hinein. Mitten im eigenen Leib spürte ich die Furcht des Mädchens, das mir nicht hatte öffnen können, weil die Furcht ihr den Magen umdrehte.
Jetzt öffnete sie, bleich zwar, aber lächelnd und bemüht, freundlich dreinzuschauen wie immer. Unbeholfen scherzend merkte sie an, daß wir endlich in einer sturmfreien Bude beisammen seien. Wir setzten uns, und sie schilderte, wie sie kürzlich bei der Polizei hatte erscheinen müssen. Den ganzen Tag war sie verhört worden. In den ersten zwei Stunden hatte man sie nach unbedeutenden Dingen gefragt, sie hatte sich schon als Herr der Lage gefühlt, hatte mit den Polizisten gescherzt und die kühne Frage gestellt, ob sie denn glaubten, wegen solcher Dummheiten wolle sie das Mittagessen versäumen. Da auf einmal hatte einer der Polizisten gefragt: Liebes Fräulein R., wer schreibt in Ihrer Zeitschrift eigentlich über Astrologie; sie war rot geworden und auf den berühmten Physiker zu sprechen gekommen, dessen Namen sie nicht verraten dürfe. Sie hatten sie gefragt: Sie kennen Herrn Kundera? Sie hatte gesagt, daß sie mich kenne; ist etwas Schlimmes dabei? Sie hatten ihr geantwortet: es sei nichts Schlimmes dabei; aber wissen Sie, daß sich Herr Kundera für Astrologie interessiert? Das ist

etwas, was ich nicht weiß, hatte sie gesagt. Das ist etwas, was Sie nicht wissen? Und diesmal wurden sie ironisch. Ganz Prag spricht davon, und Sie wissen es nicht? Sie hatten noch eine Weile von dem Atomphysiker geredet, bis einer der Polizisten anfing zu schreien: Sie solle vor allem nicht leugnen!
Sie hatte ihnen dann die Wahrheit gesagt. Die Redaktion der Zeitschrift wünschte eine gut lesbare Rubrik über Astrologie, wußte aber nicht, an wen sie sich wenden sollte, R. kannte mich und hatte mich um Hilfe gebeten. Sie war sicher, damit gegen kein Gesetz zu verstoßen. Sie hatten ihr recht gegeben. Nein, sie hatte gegen kein Gesetz verstoßen. Sie hatte nur gegen interne Dienstvorschriften verstoßen, wonach die Zusammenarbeit mit gewissen Leuten verboten ist, die das Vertrauen von Partei und Staat mißbraucht haben. Sie hatte eingewandt, daß nichts Schwerwiegendes daraus entstanden sei. Der Name von Herrn Kundera war durch sein Pseudonym verdeckt geblieben und hatte also nicht Anstoß erregen können. Was die Honorare betreffe, die Herr Kundera erhalten hatte, so waren sie nicht der Rede wert. Sie hatten ihr wieder recht gegeben. Es war nichts Schwerwiegendes passiert, das war richtig, sie würden sich damit begnügen, das Protokoll aufzunehmen, sie würde unterschreiben, und sie würde nichts zu befürchten haben.
Sie hatte das Protokoll unterschrieben, und zwei Tage danach war sie zum Chefredakteur gerufen worden, um gesagt zu bekommen, daß sie mit sofortiger Wirkung entlassen sei. Noch am selben Tag war sie ins Funkhaus gegangen, wo Freunde ihr schon seit langem eine Anstellung anboten. Sie war freudig begrüßt worden, aber als es am nächsten Tag um das Erledigen der Formalitäten ging, hatte ihr der Personalchef, der ihr gewogen war,

mit unglücklichem Gesicht eröffnet: »Was haben Sie da für eine Dummheit gemacht, Kleine? Sie haben Ihr Leben ruiniert. Ich kann absolut nichts für Sie tun.«
Zuerst hatte sie nicht gewagt, mit mir zu reden, weil bei der Polizei von ihr verlangt worden war, über das Verhör Stillschweigen zu bewahren. Als sie jedoch eine neuerliche Vorladung erhalten hatte (für den folgenden Tag), war sie zu dem Entschluß gekommen, mich insgeheim zu treffen und sich mit mir abzusprechen, damit wir keine widersprüchlichen Aussagen machten, falls auch ich vorgeladen würde.
Wohlverstanden, die R. war kein Hasenfuß, sondern nur jung und unerfahren in dieser Welt. Sie hatte den ersten schweren Schlag erhalten, einen unerwarteten und unverständlichen Schlag, den sie nie mehr vergessen würde. Was mich betraf, war nun unübersehbar, daß ich zum Boten ausersehen war, der den Menschen Warnungen und Strafmaße zuzustellen hatte. Mich packte Entsetzen über mich selbst.
»Meinen Sie«, fragte sie mit zugeschnürter Kehle, »daß die dort über die tausend Kronen für das Horoskop Bescheid wissen?«
»Keine Angst. Wer in Moskau drei Jahre lang Marxismus-Leninismus studiert hat, kann nie und nimmer zugeben, daß er sich Horoskope stellen läßt.«
Sie lachte, und obwohl dieses Lachen kaum länger als eine halbe Sekunde dauerte, klang es mir wie ein schüchternes Heilsversprechen in den Ohren. Denn nach genau diesem Lachen hatte ich mich während des Schreibens der stupiden Beiträge über die Fische, die Jungfrau und den Steinbock gesehnt, genau dieses Lachen hatte ich mir als Belohnung erhofft, aber es war von nirgendwoher ertönt, weil die Engel überall auf der Welt die entscheidenden Positionen und alle Generalstäbe besetzt halten,

weil sie die politischen Linken und die politischen Rechten, die Araber und die Juden, die russischen Militärs und die russischen Dissidenten beherrschen. Von überall her musterten uns die Engel mit ihrem kalten Blick, der uns den sympathischen Habitus der fröhlichen Mystifikatoren nahm und uns zu erbärmlichen Betrügern machte, die für eine Zeitschrift der sozialistischen Jugend arbeiteten, obwohl sie weder an die Jugend noch an den Sozialismus glaubten, die dem Chefredakteur ein Horoskop stellten, obwohl sie sich sowohl über den Chefredakteur als auch über das Horoskop mokierten, die sich mit Nichtigkeiten beschäftigten, während ringsum alle (die Rechten und die Linken, die Araber und die Juden, die Militärs und die Dissidenten) für eine bessere Zukunft der Menschheit kämpften. Wir fühlten uns von ihrem Blick getroffen, er verwandelte uns in Insekten, die man unterm Fuß zertritt.

Ich bezwang meine Angst und versuchte für die R. einen vernünftigen Plan zu ersinnen, nach dem sie am folgenden Tag bei der Polizei aussagen konnte. Während des Gesprächs ging sie noch einige Male auf die Toilette. Ihre Rückkehr war jedesmal vom Rauschen des Wassers begleitet und von starker Verlegenheit gezeichnet. Dieses tapfere Mädchen schämte sich seiner Furcht. Diese Frau mit Feingefühl schämte sich ihrer Eingeweide, die ihr vor einem fremden Mann immer wieder einen Streich spielten.

8

In den Bänken saßen etwa fünfundzwanzig Jungen und Mädchen unterschiedlicher Nationalität und schauten ziemlich uninteressiert auf Michaela und Gabriela; aufgeregt standen sie neben dem Pult, hinter dem Frau

Professor Rafael saß. Jedes der beiden Mädchen am Pult hielt Blätter mit dem eigenen Teil des Referatstextes in der einen Hand, in der anderen einen seltsamen Gegenstand aus Karton mit Gummischlaufe.

»Wir haben über das Stück *Die Nashörner* von Ionesco zu sprechen«, sagte Michaela und senkte tief den Kopf, um sich den seltsamen Gegenstand – ein mit bunten Papierfetzchen beklebtes langes Horn – über die Nase zu stülpen und das Gummiband über den Kopf zu streifen. Gabriela tat das gleiche. Danach sahen die beiden Mädchen einander an und gaben einen hohen, abgerissenen Ton von sich.

Die Klasse konnte unschwer erkennen, was die zwei Mitschülerinnen zum Ausdruck bringen wollten: erstens, daß ein Nashorn statt der Nase ein Horn trug, und zweitens, daß Ionescos Stück komisch war.

Gabriela und Michaela hatten beschlossen, ihre Erkenntnisse nicht nur mit Worten, sondern auch durch Aktionen an und mit ihrem Körper darzustellen. Die langen Hörner schaukelten ihnen vor dem Gesicht, und die Klasse verfiel in eine Art verlegenes Mitleid, als präsentiere jemand vor den Bänken einen amputierten Arm. Einzig Frau Professor Rafael freute sich über den Einfall ihrer zwei Lieblingsschülerinnen und beantwortete deren hohen, abgerissenen Ton mit einem ähnlichen.

Da bewegten die Referentinnen gleich zufriedener ihre langen Nasen auf und ab, und Michaela begann ihren Teil vorzulesen.

Unter den Schülern befand sich ein jüdisches Mädchen namens Sarah. Die hatte vor kurzem die beiden Amerikanerinnen gebeten, einen Blick in ihre Notizhefte werfen zu dürfen (es war allgemein bekannt, daß sie sich kein Wörtchen der Frau Professor entgehen ließen), aber eine Abfuhr mit den Worten erhalten:

*Niemand liegt ungestraft am Strand, wenn Unterricht ist.* Seither haßte sie Gabriela und Michaela aufrichtig, und jetzt natürlich genoß sie es, daß die beiden ihre Dämlichkeit zur Schau stellten.
Michaela und Gabriela lasen abwechselnd aus ihrer Analyse der *Nashörner*, wobei die langen Papphörner wie ein vergebliches Rufen aus den Gesichtern ragten. Sarah sagte sich, daß es schade wäre, die Gelegenheit der Revanche nicht zu nutzen. Als Michaela ein Stück ihres Referatsteils fertiggelesen hatte und sich Gabriela zuwandte, um dieser zu bedeuten, daß sie wieder an der Reihe sei, verließ Sarah ihre Bank und ging zu den beiden Mädchen nach vorn. Gabriela, anstatt loszulesen, richtete überrascht ihr Papphorn auf die nahende Mitschülerin. Sarah aber ging um die beiden Mädchen herum (weder Gabriela noch Michaela schauten ihr nach, man hätte meinen können, die zwei täten es wegen der langen Nasenmasken nicht), holte mit dem Fuß aus und trat Michaela in den Hintern, holte noch einmal aus und trat Gabriela in den Hintern. Nach dieser Aktion schritt sie ruhig, ja würdig auf ihre Bank zu.
Zunächst blieb es still.
Dann begannen aus Michaelas und gleich darauf aus Gabrielas Augen die Tränen zu fließen.
Dann brach die ganze Klasse in schallendes Gelächter aus.
Dann erreichte Sarah ihre Bank und setzte sich.
Dann hielt Madame Rafael, anfangs überrascht und verdutzt, Sarahs Aktion für einen Bestandteil des sorgfältig vorbereiteten Schüler-Sketches, der zum besseren Verständnis des behandelten Stoffes beitragen sollte (ein Kunstwerk ist nicht mehr nur auf theoretische, sondern auch auf moderne Weise zu deuten: praxisnah, durch eine Tat, mittels Happening!), und weil sie die Tränen

ihrer Lieblingsschülerinnen, die ihr den Rücken zudrehten, nicht sehen konnte, legte sie den Kopf nach hinten und brach in ein freudiges Lachen der Zustimmung aus.
Michaela und Gabriela fühlten sich verraten, als sie hinter ihrem Rücken das Lachen der geliebten Lehrerin vernahmen. Nun strömten die Tränen regelrecht aus ihren Augen. Die Erniedrigung schmerzte sie dermaßen, daß sie sich krümmten, als hätten sie Magenkrämpfe.
Madame Rafael hielt diese Bewegungen ihrer Lieblingsschülerinnen für einen Tanz, und sie wurde von einer Kraft, die stärker war als ihre professorale Würde, vom Stuhl gerissen. Sie lachte jetzt, daß auch ihr die Tränen kamen, breitete die Arme aus, und ihr Körper zuckte, daß ihr Kopf einmal nach vorn und einmal nach hinten flog, wie eine Meßglocke, die der Meßner mit der Öffnung nach oben schwingt. Und sie trat zu den sich windenden Mädchen und nahm Michaela bei der Hand. Da standen die drei vor den Bänken, wanden sich zu dritt, vergossen zu dritt ihre Tränen. Madame Rafael machte zwei Schritte auf der Stelle, hob das linke und dann das rechte Bein zur Seite, was die beiden weinenden Mädchen schüchtern nachzuahmen begannen. Die Tränen flossen ihnen an der Pappnase entlang, und sie wanden sich krampfhaft, und sie hüpften auf der Stelle. Nun faßte die Frau Professor auch Gabriela bei der Hand, der Kreis war geschlossen, die drei hielten einander bei den Händen und machten vor den Bänken in dieser Formation Schritte auf der Stelle und zur Seite und beschrieben auf dem Boden des Klassenzimmers einen Kreis. Sie warfen die Beine in die Höhe, zuerst das eine und dann das andere, auf den Gesichtern der beiden Mädchen verwandelten sich die Grimassen des Weinens allmählich in Grimassen des Lachens.
Die drei tanzten und lachten, die Pappnasen wippten, die

Klasse schwieg und schaute in stummem Entsetzen zu. Bald beachteten die Tanzenden die anderen nicht mehr, sie waren ganz auf sich selbst konzentriert, auf ihre Wonne. Und plötzlich stampfte Madame Rafael stärker mit dem Fuß auf, erhob sich einige Zentimeter über den Klassenboden, so daß sie beim nächsten Schritt das Parkett nicht mehr berührte. Sie zog die beiden Gefährtinnen mit, noch einen Augenblick, und die drei kreisten über dem Parkettboden und stiegen langsam empor, in einer Spirale. Als sie mit dem Haar die Decke berührten, öffnete sich diese langsam. Durch die Öffnung stiegen sie höher, es verschwanden die Pappnasen, man sah nur noch drei Paar Schuhe, gleich waren auch sie weg – und die betäubten Schüler im Klassenzimmer vernahmen aus der Höhe das sich entfernende, silbrig klingende Lachen dreier Erzengel.

9

Mein Treffen mit der R. in der überlassenen Wohnung sollte für mich entscheidend werden. Ich begriff endgültig, daß ich zum Unglücksboten geworden war und daß ich unter Menschen, die ich liebte, niemals mehr längere Zeit bleiben durfte, wenn ich ihnen keinen Schaden zufügen wollte; daß mir nichts anderes blieb, als mein Land zu verlassen.
Aber es gibt noch etwas, warum ich später an dieses letzte Zusammentreffen mit der R. zurückdenken mußte. Ich hatte sie stets geliebt, auf die unschuldigste, unsexuellste Weise. Als sei ihr Körper stets völlig verdeckt von ihrer funkelnden Klugheit, von der Gemessenheit ihres Benehmens und dem Geschmack ihrer Kleidung. Dieses Mädchen hatte vor mir nie auch nur durch den kleinsten

Spalt ihre Nacktheit aufblitzen lassen. Bei diesem Treffen aber hatte die Angst sie aufgeschlitzt wie mit einem Fleischermesser. Ich hatte den Eindruck, sie vor mir zu sehen wie den zerteilten Rumpf einer Färse, der im Fleischerladen an einem Haken hängt.

Wir saßen in der überlassenen Wohnung nebeneinander auf der Couch, in der Toilette füllte sich der Wasserbehälter wieder einmal hörbar, und mich überkam wilde Lust, sie zu nehmen. Genauer gesagt: die Lust, sie zu vergewaltigen. Ich hätte mich auf sie werfen und sie in einer einzigen Umarmung fassen mögen, mit allen ihren unerträglich aufregenden Widersprüchen, mit ihrer vollendeten Kleidung und ihren revoltierenden Eingeweiden, mit ihrem Verstand und ihrer Furcht, mit ihrem Stolz und ihrem Unglück. In diesen Widersprüchen schien sich mit ihr Wesen zu verbergen, dieser Schatz, dieser Klumpen Gold, dieser in tiefsten Tiefen ruhende Diamant. Ich hätte sie anspringen, alles aus ihr für mich herausreißen mögen. Ich wollte sie ganz haben mit ihren Exkrementen und ihrer grenzenlosen Seele.

Doch ich blickte in zwei furchtsam auf mich gerichtete Augen (furchtsame Augen in einem klugen Gesicht), und je furchtsamer diese Augen wurden, um so größer wurde zwar meine Vergewaltigungslust, desto absurder aber wurde sie auch, immer dümmer, skandalöser, unbegreiflicher und unrealisierbarer.

Als ich die Wohnung an jenem Tag verließ und auf die verödete Straße der Prager Hochhaussiedlung trat (die R. hatte noch in der Wohnung bleiben wollen, damit man uns nicht miteinander sah), konnte ich lange an nichts anderes denken als an die unermeßliche Lust, meine sympathische Freundin zu vergewaltigen. Diese Lust blieb in mir, war gefangen wie ein Vogel im Sack, wie ein Vogel, der von Zeit zu Zeit mit den Flügeln schlägt.

Möglich, daß meine wahnsinnige Lust, die R. zu vergewaltigen, lediglich der verzweifelte Versuch gewesen war, mich mitten im Fall an etwas festzuhalten. Denn seitdem ich damals aus dem Kreis ausgeschlossen wurde, falle ich unaufhörlich, falle und falle – und weiß plötzlich, daß man mir noch einen Stoß versetzt hat, damit ich noch tiefer falle, immer noch tiefer, endgültig heraus aus meinem Land und hinunter in den bodenlosen Weltenraum, wo das schreckliche Lachen der Engel hallt, das mit seinem Lärm alle meine Worte übertönt.

Ich weiß, irgendwo hier ist auch Sarah, das jüdische Mädchen Sarah, meine Schwester Sarah, aber wo finde ich sie?

Die Zitate in diesem Kapitel sind folgenden Werken entnommen: Anne Leclerc: Paroles de femmes, 1974; Paul Éluard: Le visage de la paix, 1951; Eugène Ionesco: Le rhinocéros, 1959.

*Vierter Teil*
# Die verlorenen Briefe

# 1

Ich habe errechnet, daß auf der Welt in jeder Sekunde zwei bis drei erdachte Gestalten getauft werden. Es macht mich deshalb stets verlegen, in die endlose Reihe der Täufer-Johannesse zu treten. Aber was tun? Irgendwie muß ich meine Gestalten doch nennen. Um unmißverständlich klarzumachen, daß meine Heldin diesmal nur mir und niemandem sonst gehört (ich hänge an ihr wie an niemandem sonst), gebe ich ihr einen Namen, den bislang keine Frau getragen hat: Tamina. Ich stelle mir vor, daß sie schön, groß, etwa dreiunddreißig Jahre alt und aus Prag ist.

Und ich sehe sie im Geiste durch die Straße einer Provinzstadt im Westen Europas gehen. Ja, Sie merken richtig an: Während ich das ferne Prag mit Namen nenne, belasse ich die Stadt, wo sich meine Geschichte abspielt, in der Anonymität. Dies verstößt zwar gegen alle Regeln der Perspektive, aber ich muß Sie trotzdem bitten, es zu akzeptieren.

Tamina arbeitet als Bedienung in einem kleinen Café, das einem Ehepaar gehört. Das Café bringt so wenig ein, daß sich der Ehemann irgendeine Stellung gesucht und seinen Platz Tamina überlassen hat. Der Unterschied zwischen dem elenden Salär, das der Cafébesitzer an seiner neuen Wirkungsstätte bezieht, und dem noch elenderen Salär, das Tamina von den Eheleuten erhält, ist deren kleiner Gewinn.

Tamina serviert den Gästen (es sind nicht viele, der Raum ist immer halb leer) Kaffee und Calvados, danach kehrt sie jedesmal gleich hinter die Theke zurück. Denn auf dem hohen Hocker an der Theke sitzt fast immer jemand, der mit ihr plaudern will. Alle lieben Tamina. Weil sie zuhören kann.

Doch hört sie wirklich zu? Oder schaut sie nur schweigsam und aufmerksam drein? Ich weiß es nicht, und es scheint mir auch nicht sonderlich wichtig. Wichtig ist, daß sie niemanden unterbricht.

Man kennt das ja: der eine erzählt etwas, und der andere fällt ihm ins Wort: *Das ist genau wie bei mir, ich* ... Und danach spricht der zweite über sich selbst, bis es wiederum dem ersten gelingt, sich einzuschalten: *Das ist genau wie bei mir, ich* ...

Dieses *Das ist genau wie bei mir, ich* ... wirkt wie beipflichtendes Anknüpfen, wie die Weiterführung der Überlegungen des anderen, aber es täuscht; in Wirklichkeit handelt es sich um die brutale Auflehnung gegen eine brutale Gewaltanwendung, um den Versuch, das eigene Ohr aus seiner Versklavung zu befreien und das Ohr des Gegners im Sturm zu nehmen. Denn das ganze Leben eines Menschen ist ein einziger Kampf um das Ohr seines Nächsten. Das ganze Geheimnis von Taminas Beliebtheit liegt darin, daß sie nicht über sich selbst zu sprechen wünscht. Sie wehrt die Besetzer ihres Ohres nie ab und sagt nie: *Das ist genau wie bei mir, ich* ...

2

Bibi ist zehn Jahre jünger als Tamina. Seit einem Jahr erzählt sie Tamina fast tagtäglich von sich. Neulich erst (und in diesen Augenblicken begann die ganze Geschichte eigentlich) hat sie erwähnt, daß sie im Sommerurlaub mit ihrem Mann nach Prag fahren möchte.

Da erwachte Tamina wie aus einem mehrjährigen Schlaf. Bibi wollte weitersprechen, aber Tamina fiel ihr (ganz gegen ihre sonstige Gewohnheit) ins Wort:

»Bibi, wenn ihr nach Prag fahrt, könntet ihr dann nicht

bei meinem Vater vorbeischauen und mir eine Kleinigkeit mitbringen? Wirklich nichts Großes! Bloß ein Päckchen, das verschwindet leicht in einem eurer Koffer.«
»Für dich alles«, antwortete Bibi bereitwillig.
»Ich wäre dir ewig dankbar«, sagte Tamina.
»Verlaß dich auf mich!«, sagte Bibi, und die beiden Frauen unterhielten sich noch ein Weilchen über Prag, und Taminas Wangen brannten.
Plötzlich wich Bibi vom Thema ab und sagte: »Ich möchte ein Buch schreiben.«
Tamina dachte an ihr Päckchen in Böhmen, und sie wußte, daß sie sich der Freundschaft Bibis vergewissern mußte. Darum hörte sie aufmerksam zu: »Ein Buch, worüber?«
Bibis einjähriges Töchterchen war unter den hohen Hokker gekrochen, auf dem die gleichsam abwesende Mutter saß. Sie machte Spektakel.
»Gib Ruh«, sagte Bibi nach unten und nahm nachdenklich einen Zug aus der Zigarette. »Über die Welt, wie ich sie sehe.«
Das Kind quengelte weiter, und Tamina fragte: »Du würdest es wirklich wagen, ein Buch zu schreiben?«
»Warum nicht?« Bibis Gesicht war nachdenklich geblieben. »Ich müßte mir natürlich erst mal beibringen lassen, wie man so was anstellt. Du kennst nicht zufällig Banak?«
»Wer ist Banak?«
»Ein Schriftsteller. Er lebt hier. Ich muß ihn unbedingt kennenlernen.«
»Was hat er geschrieben?«
»Ich weiß es nicht«, sagte Bibi. Nach kurzem Zögern fügte sie hinzu: »Vielleicht sollte ich vorher irgend etwas von ihm lesen.«

3

Im Hörer hätte ein Ausruf freudiger Überraschung laut werden müssen, statt dessen sprach die Stimme kühl: »Nicht möglich, daß du dich meiner erinnerst...«
»Du weißt, daß ich nicht gut bei Kasse bin. Telefonieren über solche Entfernungen ist teuer«, entschuldigte sich Tamina.
»Du könntest schreiben. Eine Briefmarke kostet schließlich nicht die Welt. Ich kann mich schon gar nicht mehr erinnern, wann ich von dir den letzten Brief gekriegt habe.«
Das Gespräch mit der Schwiegermutter hatte sich nicht gut angelassen. Tamina versuchte eine neue Einleitung und erkundigte sich rasch, wie es der Mama gehe und was sie mache. Erst danach sagte sie: »Ich möchte dich um etwas bitten. Vor unserer Abreise haben wir ein Päckchen bei dir deponiert.«
»Ein Päckchen?«
»Ja. Du hast es in Mireks Gegenwart im alten Schreibtisch von Vater eingeschlossen. In der Schublade, die Mirek bei Vater immer gehabt hat – du weißt doch? Den Schlüssel hast du behalten.«
»Ich weiß nichts von einem Schlüssel.«
»Aber, Mama, du mußt ihn haben. Mirek hat ihn dir ganz bestimmt dagelassen. Ich war dabei.«
»Nichts habt ihr mir dagelassen.«
»Nun, es ist schon Jahre her, vielleicht hast du es vergessen. Ich möchte nur, daß du den Schlüssel erst einmal suchst. Du findest ihn bestimmt.«
»Und was soll ich nachher damit?«
»Nachsehen, ob das Päckchen noch da ist.«
»Warum soll es das nicht sein? Es ist doch eingeschlossen worden, oder?«

»Ja, doch.«
»Wozu soll ich dann die Schublade aufsperren? Was glaubst du eigentlich, was ich mit euren Tagebüchern gemacht habe?«
Tamina stutzte: Woher wußte die Schwiegermutter, daß in dem Päckchen auch Tagebücher waren? Sie waren gut verpackt und mit Klebstreifen mehrfach umwickelt. Aber Tamina ließ sich die Überraschung nicht anmerken: »Nichts, denke ich. Ich möchte nur, daß du nachsiehst, ob das Päckchen noch an seinem Platz ist. Das weitere sage ich dir beim nächsten Anruf.«
»Und du kannst mir nicht gleich erklären, worum es geht?«
»Mama, ich kann nicht so lange reden. Es kommt zu teuer!«
Die Schwiegermutter begann zu weinen: »Dann rufe mich nicht an, wenn es zu teuer kommt.«
»Wein nicht, Mama«, sagte Tamina. Sie kannte dieses Weinen zur Genüge. So weinte die Schwiegermutter immer, wenn sie etwas erreichen wollte. Ihr Weinen war stets Anklage, es gab nichts Aggressiveres als ihre Tränen.
Der Hörer bebte vom Schluchzen der Schwiegermutter, und Tamina sagte: »Bis bald, Mama, ich rufe wieder an.«
Die Schwiegermutter weinte, und Tamina wagte nicht aufzulegen, bevor die Schwiegermutter nicht auf Wiedersehen gesagt hatte. Aber das Weinen nahm kein Ende, und jede Träne kostete viel Geld.
Tamina legte auf.
Die Cafébesitzerin deutete auf den Gebührenzähler und sprach voll Bedauern: »Frau Tamina, Sie haben fürchterlich lange geredet.« Dann rechnete sie aus, wieviel das Gespräch nach Böhmen kostete, und Tamina erschrak

über die hohe Summe. Sie mußte mit jedem Groschen rechnen, und bis zum nächsten Zahltag war es noch lange hin. Doch sie bezahlte, ohne mit der Wimper zu zucken.

4

Tamina und ihr Mann hatten Republikflucht begangen. Sie hatten beim staatlichen Reisebüro eine Gruppenfahrt nach Jugoslawien gebucht, um am Meer Urlaub zu machen. Dort hatten sie die Gruppe verlassen und waren über Österreich in den Westen gelangt.
Weil sie bei der Gruppenreise nicht hatten auffallen wollen, waren sie beide nur mit je einem Koffer gereist. Im letzten Moment hatten sie Angst bekommen, das Päckchen mit ihrer gemeinsamen Korrespondenz und Taminas Tagebüchern mitzunehmen. Wenn ein Grenzpolizist des besetzten Böhmen sie bei der Zollkontrolle hätte die Koffer öffnen lassen, wären sie sofort verdächtig gewesen, denn für vierzehn Tage Urlaub am Meer nahm man keine intimen Zeugnisse über das Eheleben mit. Weil der Staat die Wohnungen von Republikflüchtigen konfiszierte, waren sie mit dem Päckchen zu Taminas Schwiegermutter gegangen, um es in der Schublade zu verwahren, die Mirek im Schreibtisch seines verstorbenen Vaters so lange gehabt hatte.
In der Fremde war Taminas Mann erkrankt, und sie hatte zusehen müssen, wie der Tod ihn dahinraffte. Als er gestorben war, war sie gefragt worden, ob sie ihn beerdigen oder einäschern wolle. Sie hatte sich fürs Verbrennen entschieden. Danach vor die Wahl gestellt, ob sie die Asche in einer Urne aufbewahren oder verstreut haben wolle, hatte sie sich fürs Verstreuen entschieden. Weil sie

nirgends mehr recht zu Hause war, hatte sie gefürchtet, ihren Mann ein Leben lang im Handgepäck mitschleppen zu müssen.

Ich stelle mir vor, daß die Welt um Tamina wie eine Ringmauer emporwuchs und daß sie, Tamina, das Rasenstück unten auf dem Boden war. Aus diesem Rasenstück wuchs nur eine einzige Rose, die Erinnerung an ihren Mann.

Oder ich stelle mir vor, daß Taminas jetziges Dasein (bestehend aus dem Auftragen des Kaffees und dem Ausleihen ihres Ohrs) ein Floß war, das auf einem Strom schwamm, und daß sie auf diesem Floß nach hinten blickte, einzig nach hinten.

Seit einiger Zeit machte es sie verzweifelt, daß die Vergangenheit immer mehr verblaßte. Von ihrem Mann besaß sie lediglich das Foto aus seinem Paß, alle anderen Aufnahmen waren in Prag in der konfiszierten Wohnung geblieben. Sie betrachtete das schmuddelige Bildchen mit der abgerissenen Ecke oft; es zeigte ihren Mann von vorn (wie einen vom Gerichtsfotografen aufgenommenen Verbrecher), und er sah sich darauf nicht sehr ähnlich. Täglich vollzog sie vor diesem Bildchen eine Art geistige Übung: Sie versuchte, sich ihren Mann vom Profil, vom Halbprofil, vom Viertelprofil vorzustellen. Sie zeichnete im Geiste die Linie seiner Nase und seines Kinns nach und stellte jedesmal zu ihrem Entsetzen fest, daß ihr Gedächtnis beim Zeichnen der imaginären Skizze an stets neuen Stellen versagte.

Bei diesen Übungen versuchte sie auch, sich seine Haut, deren Farbe und alle die kleinen Unregelmäßigkeiten zu vergegenwärtigen, als da gewesen sind Wärzchen, Hökkerchen, Sommersprossen und Äderchen. Es war schwer, beinahe unmöglich. Die von ihrer Erinnerung benutzten Farben blieben unwirklich, sie taugten ganz und gar nicht dafür, menschliche Haut darzustellen. Darum eignete sich Tamina eine besondere Erinnerungstechnik an. Saß sie einem Mann gegenüber, benützte sie dessen Kopf als Bildhauermaterial: sie blickte ihn unverwandt an und modellierte im Geiste sein Gesicht um, verlieh ihm dunklere Schattierungen, placierte Sommersprossen oder Wärzchen, verkleinerte die Ohren und färbte die Augen blau.

All dieses Bemühen bewies ihr jedoch am Ende nur, daß ihr das Bild ihres Mannes unwiderruflich entglitt. Am Beginn ihrer Liebe hatte er (der zehn Jahre älter als sie gewesen war und bereits gewisse Erfahrung mit der Kläglichkeit des menschlichen Gedächtnisses besessen hatte) sie gebeten, Tagebuch zu führen und ihrer beider Lebensablauf festzuhalten. Sie hatte sich zuerst dagegen gewehrt und erklärt, dies sei eine Abwertung ihrer Liebe. Hatte sie ihn doch zu sehr geliebt, um sich einzugestehen, daß einmal in Vergessenheit geraten könnte, was sie als unvergeßlich empfand. Am Ende hatte sie ihm den Gefallen dennoch getan, freilich ohne Begeisterung. Die Tagebücher sahen entsprechend aus: viele Seiten waren leer und die meisten Eintragungen lückenhaft.

5

Elf Jahre hatte sie mit ihrem Mann in Böhmen gelebt, und es waren auch elf Tagebücher bei ihrer Schwiegermutter. Kurz nach dem Tod ihres Mannes dann hatte sie ein Heft gekauft und in elf Abschnitte unterteilt. Es gelang ihr zwar, sich viele halb vergessene Ereignisse und Situationen ins Gedächtnis zurückzurufen, aber es gelang ihr nicht, sich dabei an Tag und Stunde zu erinnern. Sie wußte absolut nicht, wo sie was eintragen sollte, nämlich

in welchen Heftabschnitt. Die chronologische Reihenfolge war unwiederbringlich verloren.
Wohl hatte sie zuerst Ereignissen nachgespürt, die als Orientierungspunkte auch im Zeitablauf hätten dienen und ein Skelett für die Rekonstruktion der Vergangenheit bilden können. Beispielsweise die Urlaube; es waren elf gewesen. Doch sie vermochte sich nur an neun zu erinnern. Zwei Urlaube waren wie ausgelöscht.
Die neun aufgespürten Urlaube hatte sie recht und schlecht in die elf Abschnitte des Hefts eingeordnet. Die Sicherheit jedoch, daß ihre Einordnung stimmte, war nur bei jenen Jahren gegeben, die sich von anderen durch etwas Außergewöhnliches abhoben. Im Jahr 1964 war Taminas Mutter gestorben, so daß man hatte erst einen Monat später in die Tatra fahren können, zu einem traurigen Urlaub obendrein. Mit Bestimmtheit wußte Tamina auch, daß sie im folgenden Jahr nach Bulgarien ans Meer gefahren waren. Außerdem erinnerte sie sich an den Urlaub von 1968 und von 1969, weil es ihre beiden letzten Urlaube in der Tschechoslowakei gewesen waren. Hatte sie die Urlaube wenigstens einigermaßen zusammengebracht, so war sie bei den Weihnachts- und Silvesterabenden völlig gescheitert. Von elf Weihnachtsabenden hatte sie in den Winkeln ihres Gedächtnisses nur zwei, von den zwölf Silvesterabenden nur fünf gefunden.
Sie wollte auch alle Kosenamen festhalten, die er ihr gegeben hatte. Mit ihrem richtigen Vornamen hatte er sie nur in den ersten zwei Wochen angesprochen. Seine Zärtlichkeit war eine Maschine, die fortwährend Kosenamen fabrizierte: sie nutzten sich rasch ab, und er hatte ihr immer wieder neue gegeben. In den zwölf Jahren ihres Zusammenlebens waren es etwa zwanzig oder dreißig gewesen, und jeder hatte zu einer bestimmten Phase gehört.

Wie aber die Verbindung zwischen einem Kosenamen und der entsprechenden Zeit herstellen? Es gelang Tamina nur in einigen wenigen Fällen. Beispielsweise für die Tage nach Mutters Tod. Eindringlich, als wollte er sie aus einem bösen Traum erwecken, hatte ihr Mann damals den Namen in ihr Ohr geflüstert (den Namen jener Tage und jener Phase). Diesen Namen konnte sie mit Sicherheit der Abteilung 1964 zuordnen. Alle übrigen Kosenamen schwebten frei außerhalb der Zeit, närrisch wie Vögel, die aus dem Käfig entkommen sind.
Darum wünschte sie sich so verzweifelt das Päckchen mit den Tagebüchern und den Briefen.
Freilich, in den Tagebüchern standen auch unschöne Dinge wie Unzufriedenheit, Streitigkeiten und sogar Langeweile, aber darum ging es ganz und gar nicht. Sie wollte der Vergangenheit nicht die Poesie zurückgeben, sondern die verlorene Gestalt. Was sie trieb, war nicht ein Verlangen nach Schönheit, es war ein Verlangen nach Lebendigkeit. Denn Tamina saß auf dem schwimmenden Floß und blickte nach hinten, immer nur nach hinten. Der Inhalt ihres Daseins bestand lediglich aus dem, was sie dort gerade noch gewahrte. Ihre Vergangenheit verkleinerte, verflüchtigte und verlor sich, und damit verkleinerte sich auch Tamina, und sie verlor ihre Konturen.
Sie wollte ihre Tagebücher wiederhaben, um das zerbrechliche Fachwerk der Ereignisse, wie sie es in ihrem Heft errichtet hatte, mit Mauerwerk ausfüllen und zu einem Haus ausbauen zu können, in dem sich leben ließ. Denn brach das wackelige Gebilde ihrer Erinnerungen zusammen wie ein schlecht aufgestelltes Zelt, blieb Tamina nichts als die bloße Gegenwart, dieser unsichtbare Punkt, ein Nichts gleichsam, das sich langsam auf den Tod zu bewegt.

# 6

Warum hatte Tamina die Schwiegermutter nicht schon längst gebeten, ihr das Päckchen zu schicken?
In Böhmen ging Korrespondenz häufig durch die Hände der Geheimpolizei, und für Tamina war die Vorstellung unerträglich, daß Polizeibeamte die Nase in ihr Privatleben steckten. Außerdem stand der Name ihres Mannes (sein Name war ihr Name geblieben) mit Sicherheit noch auf den schwarzen Listen, und die Polizei bezeigte ein nicht nachlassendes Interesse an allen Dokumenten aus dem Leben ihrer Widersacher, selbst der toten. (In einem täuschte sich Tamina bestimmt nicht: nur zwischen den Aktendeckeln der Polizeiarchive findet sich unsere Unsterblichkeit.)
Bibi war somit ihre einzige Hoffnung, und Tamina wollte alles tun, um sie sich zu verpflichten. Bibi wünschte Banaka kennenzulernen, und deshalb sagte sich Tamina, daß ihre Freundin wenigstens den Inhalt eines seiner Bücher kennen müsse. Es war unerläßlich, daß sie gelegentlich ins Gespräch einfließen ließ: *Ja, genau das sagen Sie in ihrem Buch!* oder: *Sie ähneln Ihren Figuren sehr, Herr Banaka!* Tamina wußte, daß Bibi kein einziges Buch besaß und daß Lesen sie langweilte. Darum würde sie, Tamina, sich über Banakas Bücher unterrichten und die Freundin dann auf die Begegnung mit dem Schriftsteller vorbereiten.
An einem der Tische saß gerade Hugo, und Tamina stellte eine Tasse Kaffee vor ihn hin: »Hugo, kennen Sie Banaka?«
Hugo roch aus dem Mund, insgesamt aber fand ihn Tamina sympathisch. Er war ein ruhiger, schüchterner Mann, ungefähr fünf Jahre jünger als sie. Einmal in der Woche kam er ins Café und teilte seine Blicke zwischen

den Büchern, die er mitbrachte, und Tamina, die hinter der Theke stand.
»Ja«, antwortete er.
»Ich müßte den Inhalt wenigstens eines seiner Bücher kennen.«
»Merken Sie sich eines, Tamina«, erwiderte Hugo, »von Banaka hat noch nie jemand etwas gelesen. Denn zuzugeben, in einem Buch von Banaka gelesen zu haben, hieße, sich völlig unmöglich zu machen. Jedermann hält Banaka für einen Schriftsteller zweiter, dritter bis zehnter Klasse. Ich versichere Ihnen, daß Banaka selbst schon Opfer des eigenen Rufs ist, und zwar in einem Maß, daß er Leute verachtet, die eines seiner Bücher gelesen haben.«
Tamina forschte darum nicht länger nach Banaka-Büchern, sie beschloß vielmehr, gleich ein Treffen zwischen Bibi und dem Schriftsteller zu arrangieren. Von Zeit zu Zeit stellte sie ihre kleine Wohnung, wo sie sich tagsüber nicht aufhielt, einer verheirateten Japanerin mit dem Spitznamen Joujou zur Verfügung. Joujou traf sich dort heimlich mit einem ebenfalls verheirateten Philosophieprofessor. Tamina nahm den Liebesleuten das Versprechen ab, Banaka einmal mitzubringen, wenn auch Bibi zu Besuch käme.
Als Bibi die Neuigkeit vernahm, sagte sie: »Vielleicht sieht Banaka gut aus, und dein Sexualleben ändert sich endlich.«

7

Es stimmte, Tamina hatte seit dem Tod ihres Mannes kein Verhältnis gehabt. Keineswegs aus prinzipiellen Gründen. Treue über den Tod hinaus schien ihr fast lächerlich, und sie rühmte sich dessen auch nirgends.

Aber jedesmal, wenn sie sich vorstellte (und dies tat sie oft), daß sie sich für einen Mann ausziehen sollte, tauchte das Bild ihres Mannes vor ihr auf. Kein Zweifel, sie würde dabei immer ihn sehen. Sie würde sein Gesicht sehen und seinen auf sie gerichteten Blick.

Das war natürlich unsinnig, ja dumm, und sie gestand es sich ja auch ein. Sie glaubte nicht ans Weiterleben der Seele ihres Mannes, noch meinte sie, das Andenken ihres Mannes zu schänden, wenn sie einen Liebhaber nahm. Aber sie konnte nicht anders.

In diesem Zusammenhang war ihr der sonderbare Gedanke gekommen: Es wäre ihr leichter gefallen, ihren Mann zu seinen Lebzeiten zu betrügen als jetzt. Er war heiter, stark, erfolgreich gewesen, sie hatte sich stets viel schwächer gefühlt als er und das Gefühl gehabt, ihn nicht verletzen zu können, selbst wenn sie es gewollt hätte.

Heute sah das ganz anders aus: Sie würde jemanden verletzen, der sich nicht wehren konnte, der ihr ausgeliefert war wie ein Kind. Denn jetzt, wo er tot war, hatte ihr Mann auf der ganzen Welt nur noch sie, sie ganz allein! Eben darum erschien ihr, sobald sie an körperliche Liebe mit einem anderen dachte, das Bild ihres Mannes und mit ihm eine quälende Sehnsucht und mit der Sehnsucht eine ungeheure Lust zu weinen.

*8*

Banaka war häßlich und hätte bei einer Frau kaum schlummernde Sinneslust wecken können. Tamina schenkte ihm Tee ein, und er dankte höflich. Auch die anderen fühlten sich bei Tamina wohl. Nach einiger Zeit unterbrach Banaka die nichtssagende Konversation, indem er Bibi lächelnd fragte:

»Stimmt es, daß Sie ein Buch schreiben wollen? Wovon soll es handeln?«
»Ganz einfach«, antwortete Bibi, »es soll ein Roman werden. Über die Welt, wie ich sie sehe.«
»Ein Roman?« Banakas Stimme verriet Mißbilligung.
»Es muß nicht unbedingt ein Roman sein«, korrigierte sich Bibi vage.
»Stellen Sie sich einen Roman bloß mal vor«, sagte Banaka. »Die vielen Figuren! Wollen Sie uns glauben machen, daß Sie alles über diese Leutchen wissen? Daß Sie wissen, wie jeder aussieht, was er denkt, wie er sich kleidet, aus welcher Familie er stammt? Geben Sie zu, das alles interessiert Sie gar nicht!«
»Richtig«, bekannte Bibi, »es interessiert mich nicht.«
»Wissen Sie«, erklärte Banaka, »ein Roman ist die Frucht der menschlichen Illusion, daß man den anderen zu begreifen vermag. Aber was wissen wir schon einer vom anderen?«
»Nichts«, sagte Bibi.
»Das ist wahr«, sagte Joujou.
Der Philosophieprofessor nickte zustimmend.
»Das einzige, was wir tun können«, sagte Banaka, »das ist, Bericht über uns selbst zu geben. Alles andere ist Kompetenzüberschreitung. Alles andere ist Lüge.«
Bibi rief begeistert: »Das ist wahr! Absolut wahr! Ich will auch gar keinen Roman schreiben. Ich habe mich ungeschickt ausgedrückt. Ich möchte genauso schreiben, wie Sie es gesagt haben, nämlich über mich selbst. Ich möchte einen Bericht über mein Leben geben. Dabei will ich nicht verbergen, daß mein Leben völlig alltäglich, gewöhnlich ist, daß ich nichts Besonderes erlebt habe.«
Banaka lächelte: »Das ist unwichtig! Von außen betrachtet, habe auch ich nichts Besonderes erlebt.«
»Jawohl«, rief Bibi wieder, »das ist richtig gesagt! Von

*außen* betrachtet, habe ich nichts erlebt! Von außen betrachtet! Aber ich habe das Gefühl, daß meine *innere* Erfahrung es wert ist, aufgezeichnet zu werden, und daß sie jedermann interessieren könnte.«

Tamina schenkte immer wieder jemandem Tee nach, und sie war zufrieden, daß die beiden Männer, die vom Olymp des Geistes in ihre Wohnung herabgestiegen waren, sich nett zu ihrer Freundin verhielten.

Der Philosophieprofessor sog an seiner Pfeife und ging hinter der Rauchwolke in Deckung, als schäme er sich.

»Bereits seit James Joyce wissen wir«, sagte er, »daß das größte Abenteuer unseres Lebens die Absenz von Abenteuer ist. Der homerische Odysseus, der bei Troja kämpfte, über die Meere heimkehrte, sein Schiff selbst steuerte, auf jeder Insel eine Geliebte hatte – nein, das ist nicht unser Leben. Homers Odyssee hat sich nach innen verlagert. Sie hat sich verinnerlicht. Inseln, Meere, Sirenen, die uns locken, Ithaka, das uns zurückruft, das sind heute nur die Stimmen unseres Inneren.«

»Genau! Genau so empfinde ich es!« schrie Bibi fast. Sie wandte sich wieder an Banaka. »Deshalb wollte ich Sie fragen, wie man es angeht. Ich habe oft das Gefühl, mein ganzer Körper sei von dem Verlangen erfüllt, sich auszudrücken. Zu sprechen. Sich verständlich zu machen. Manchmal meine ich, verrückt zu werden, so zum Platzen voll fühle ich mich. Ich würde am liebsten schreien. Sie kennen das sicher, Herr Banaka. Ich möchte mein Leben zum Ausdruck bringen, meine Empfindungen, die, ich weiß es, etwas wirklich Besonderes sind, aber wenn ich mich dann vor das Papier setze, weiß ich mit einemmal nicht mehr, was ich schreiben soll. Da habe ich mir gesagt, daß es eine Sache der Technik sein muß. Daß es einen Dreh gibt, der mir abgeht, den Sie aber beherrschen. Sie haben so schöne Bücher geschrieben ...«

Ich erspare Ihnen den Vortrag über die Kunst des Schreibens, den die beiden Sokratese der jungen Frau hielten. Ich möchte etwas anderes dazu berichten. Unlängst fuhr ich im Taxi durch Paris, von einem Ende der Stadt zum anderen, und der Fahrer wurde gesprächig. Er könne in der Nacht nicht schlafen. Er leide an Schlaflosigkeit. Er habe sich die im letzten Krieg geholt. Als Seemann. Sein Schiff sei versenkt worden. Er sei drei Tage und drei Nächte geschwommen. Dann habe man ihn aufgefischt. Einige Monate lang habe er zwischen Leben und Tod geschwebt. Er sei zwar durchgekommen, aber um den Schlaf gekommen.
»Ich habe ein Drittel mehr Leben als Sie«, sagte er mit einem Lächeln.
»Und was fangen Sie mit diesem Drittel an?« fragte ich.
»Ich schreibe«, antwortete er.
Ich erkundigte mich, was er schreibe.
Er beschreibe sein Leben. Die Geschichte eines Mannes, der drei Tage und drei Nächte im Meer schwamm, mit dem Tode rang, den Schlaf verlor und trotzdem seinen Lebenswillen behielt.
»Schreiben Sie das für Ihre Kinder auf? Als Familienchronik?«
Er lachte bitter: »Meine Kinder würde das nicht interessieren. Ich schreibe es als Buch. Von dem ich glaube, daß es vielen Leuten helfen könnte.«
Das Gespräch mit dem Taxifahrer machte mir unvermittelt die schriftstellerische Tätigkeit klar. Wir schreiben Bücher, weil sich unsere Kinder nicht für uns interessieren. Wir wenden uns an die anonyme Welt, weil sich unsere Frauen die Ohren zuhalten, wenn wir auf sie einreden.

Manch einer mag einwenden, bei dem Taxifahrer handle es sich um einen Graphomanen und nicht um einen Schriftsteller. Klären wir also die Begriffe. Eine Frau, die ihrem Geliebten jeden Tag vier Briefe schreibt, ist keine Graphomanin, sondern eine verliebte Frau. Aber einer meiner Freunde, der seine Liebeskorrespondenz ablichten läßt, um sie irgendwann veröffentlichen zu können, ist ein Graphomane. Graphomanie ist nicht das Verlangen, Briefe, Tagebücher oder Familienchroniken zu schreiben (also für sich selbst oder für seine Angehörigen zu schreiben), sondern das Schreiben von Büchern (um ein Publikum aus unbekannten Lesern zu haben). In diesem Sinne sind die Leidenschaften des Taxifahrers und Goethes gleich. Was Goethe vom Taxifahrer unterscheidet, ist nicht eine andere Leidenschaft, sondern ein anderes Ergebnis der Leidenschaft.

Graphomanie (die Besessenheit vom Bücherschreiben) wird zwangsläufig zur Massenepidemie, wenn die gesellschaftliche Entwicklung drei grundlegende Voraussetzungen schafft:

1. hoher Grad allgemeinen Wohlstands, der es den Menschen ermöglicht, sich unnützen Tätigkeiten zu widmen;
2. hohes Maß an Atomisierung des gesellschaftlichen Lebens mit der daraus resultierenden allgemeinen Vereinsamung des Individuums;
3. radikaler Mangel an umfassenderen gesellschaftlichen Veränderungen im Innenleben der Nation. (Mir scheint bezeichnend, daß in Frankreich, wo im großen und ganzen nichts geschieht, der Prozentsatz an Schriftstellern einundzwanzigmal höher ist als in Israel. Bibi hatte sich übrigens präzise ausgedrückt, als sie sagte, daß sie *von außen betrachtet* nichts erlebt habe. Gerade der Mangel an Lebensinhalt, diese Leere, ist der Motor, der sie zum Schreiben treibt.)

Das Erlebnis beeinflußt jedoch durch Rückbezug die Ursache. Die allgemeine Vereinsamung verursacht Graphomanie, während die Massengraphomanie gleichzeitig die allgemeine Vereinsamung steigert und erhärtet. Die Erfindung des Buchdrucks hatte es den Menschen einst ermöglicht, sich untereinander leichter zu verständigen. In einer Zeit allgemeiner Graphomanie jedoch erhält das Bücherschreiben einen umgekehrten Sinn: jeder umgibt sich mit seinen eigenen Buchstaben wie mit einer Spiegelwand, die keine Stimme von außen eindringen läßt.

*10*

»Tamina«, sagte Hugo eines Tages im leeren Café, »ich weiß, daß ich keine Chance bei Ihnen habe. Ich werde also erst gar nichts versuchen. Darf ich Sie aber trotzdem am Sonntag zum Mittagessen einladen?«
Das Päckchen befand sich bei Taminas Schwiegermutter in einem Provinzort, und Tamina wollte, daß es nach Prag zu ihrem Vater komme, damit Bibi es dort abholen konnte. So etwas erscheint überaus einfach, doch Absprachen mit schrulligen alten Leuten kosten viel Zeit und Geld. Telefonieren ins Ausland ist teuer, und Taminas Gehalt reicht kaum für Miete und Verköstigung.
»Ja«, sagte Tamina, einfach deshalb, weil Hugo zu Hause ein Telefon hatte.
Er holte sie mit dem Wagen ab, und sie fuhren in ein Landgasthaus.
Taminas prekäre Situation hätte Hugo die Rolle des souveränen Eroberers eigentlich leicht machen müssen, aber er sah in ihr, der schlecht bezahlten Bedienung, die Ausländerin und Witwe mit geheimnisvoller Erfahrung.

Und fühlte sich unsicher. Taminas Freundlichkeit wirkte wie ein undurchdringlicher Panzer. Hugo wollte Taminas Aufmerksamkeit erregen, er wollte sie fesseln, wollte sich in ihre Gedanken drängen!

Er hatte sich etwas ausgedacht. Auf dem Weg zum Landgasthaus hielt er an, um Tamina durch einen zoologischen Garten zu führen, der im Park eines schönen Schlosses eingerichtet war. Sie gingen an den Affen und den Papageien vorbei, vor sich die gotischen Türme. Sie waren allein; lediglich ein dörfisch aussehender Gärtner kehrte das abgefallene Laub von den breiten Wegen. Sie spazierten an Wolf, Biber und Tiger vorüber und erreichten ein großes, mit Drahtgitter eingezäuntes Feldstück, auf dem sich Strauße befanden.

Es waren sechs. Als sie Tamina und Hugo gewahrten, liefen sie herbei. Sie drängten sich am Zaun, reckten die langen Hälse, beäugten die Besucher und klappten ihre flachen Schnäbel auf und zu, mit unglaublicher Geschwindigkeit, fast fiebernd, als wollten sie Wichtiges sagen und einer den anderen übertönen. Nur blieben diese Schnäbel hoffnungslos stumm, kein einziger Ton kam hervor.

Die Strauße wirkten wie Boten, die eine wichtige Nachricht auswendig gelernt hatten, aber denen der Feind unterwegs die Stimmbänder herausgeschnitten hatte, so daß sie am Ziel nur tonlos die Lippen bewegen konnten.

Tamina betrachtete sie wie gebannt, und die Strauße redeten immer weiter, redeten immer eindringlicher, und als Hugo und sie weggingen, folgten ihnen die Vögel am Zaun entlang und klappten unablässig die Schnäbel auf und zu, als wollten sie Tamina vor etwas warnen. Aber Tamina wußte nicht, wovor.

»Es war wie in einem schrecklichen Märchen«, sagte Tamina beim Zerteilen der Pastete. »Als wollten sie mir etwas schrecklich Wichtiges mitteilen. Aber was? Was bloß wollten sie mir mitteilen?«
Hugo erklärte, es seien junge Strauße, und diese verhielten sich nun mal so. Bei seinem letzten Besuch seien sie ebenfalls alle sechs zum Drahtgitter gekommen und hätten ihre stummen Schnäbel aufgerissen.
Tamina sprach erregt weiter: »Wissen Sie, ich habe etwas in Böhmen zurückgelassen. Ein Päckchen mit Schriftsachen. Würde man es mir mit der Post schicken, könnte es von der Polizei beschlagnahmt werden. Bibi will im Sommer nach Prag fahren. Sie hat mir versprochen, das Päckchen mitzubringen. Und jetzt habe ich Angst, die Strauße könnten gekommen sein, um mich zu warnen. Daß mit dem Päckchen etwas passiert sei.«
Hugo wußte, daß Tamina Witwe war und daß ihr Mann aus politischen Gründen hatte emigrieren müssen.
»Politische Dokumente . . .?« fragte er.
Tamina hatte längst begriffen, daß sie ihr Leben den hiesigen Menschen nur verständlich machen konnte, wenn sie es vereinfachte. Es wäre unendlich kompliziert gewesen, Hugo zu erklären, warum private Briefe und Tagebücher konfisziert werden durften und warum ihr überhaupt soviel an diesen Schriftsachen lag. Sie sagte darum: »Ja, politische Dokumente . . .«
Im gleichen Augenblick durchfuhr sie die Befürchtung, Hugo würde Einzelheiten über die Dokumente wissen wollen. Aber sie befürchtete es umsonst. Hatte man sie überhaupt je nach etwas gefragt? Mitunter hatten ihr Leute gesagt, was sie von ihrem Land hielten, doch für ihre Erfahrungen hatte sich keiner interessiert.

Hugo fragte: »Und weiß Bibi, daß es sich um politische Dinge handelt?«
»Nein«, antwortete Tamina.
»Das ist gut«, meinte Hugo. »Sagen Sie ihr nicht, daß es um Politik geht. Im letzten Moment würde sie zurückschrecken und Ihr Päckchen nicht mitbringen. Die Menschen sind furchtbar ängstlich, Tamina. Bibi muß das Gefühl haben, daß es um etwas völlig Unwichtiges und Gewöhnliches geht. Beispielsweise um Ihre Liebesbriefe. Ja, das wird am besten sein – sagen Sie ihr, daß sich in dem Päckchen Liebesbriefe befinden!« Hugo lachte über seinen Einfall. »Liebesbriefe! Haha! Das übersteigt ihren Horizont nicht! Das kann Bibi begreifen!«
Tamina dachte darüber nach, warum wohl Hugo Liebesbriefe als etwas völlig Unwichtiges und Gewöhnliches erachtete. Niemand hier vermutete, daß sie jemanden geliebt haben und daß dies wichtig gewesen sein könnte.
Hugo fügte hinzu: »Sollte Bibis Reise ins Wasser fallen, können Sie auf mich zählen. Ich hole Ihnen das Päckchen von dort drüben.«
»Ich danke Ihnen«, sagte sie warm.
»Ich hole es Ihnen«, beteuerte Hugo. »Und wenn die mich einsperren sollten.«
Tamina protestierte: »Aber, woher! Ihnen geschieht nichts!« Und sie versuchte ihm zu erklären, daß ausländischen Touristen in Böhmen keinerlei Gefahr drohe. Gefährlich sei das Leben dort nur für die Böhmen, doch auch ihre Landsleute seien sich dessen nicht mehr bewußt. Sie sprach lange und erregt, sie kannte ihr Land durch und durch – und ich kann Ihnen versichern, daß sie in allem recht hatte.
Eine Stunde später hielt sie den Hörer von Hugos Telefon ans Ohr. Dieses Gespräch mit der Schwiegermutter endete nicht besser als das vorausgegangene: »Ihr habt

mir nie einen Schlüssel gegeben. Ein Leben lang habt ihr immer alles vor mir verborgen! Warum zwingst du mich, wieder daran zu denken, wie ihr mich behandelt habt!«

12

Wenn Tamina so sehr an ihren Erinnerungen hing, warum kehrte sie dann nicht zurück? Emigranten, die ihr Land nach 1968 illegal verlassen hatten, waren inzwischen amnestiert und zur Rückkehr aufgefordert worden. Welche Befürchtungen hegte Tamina also? Sie war viel zu unbedeutend, um daheim in irgendeine Gefahr zu geraten!
Richtig, sie hätte ohne Bedenken zurückkehren können. Und dennoch brachte sie es nicht fertig.
Zu Hause hatten alle ihren Mann verraten. Und sie glaubte, mit der Rückkehr würde auch sie ihn verraten. Als man ihn beruflich immer mehr heruntersetzt und schließlich überhaupt hinausgeworfen hatte, war keiner für ihn eingetreten. Nicht einmal seine Freunde. Natürlich bestand für Tamina kein Zweifel, daß sie im innersten Herzen zu ihm gehalten und lediglich aus Furcht geschwiegen hatten. Aber weil es so gewesen war, hatten sich diese Freunde ihrer Furcht um so mehr geschämt und auf der Straße so getan, als sähen sie ihn nicht. Tamina und ihr Mann hatten sich aus Feinfühligkeit abzusondern begonnen. Bald waren sie sich wie Aussätzige vorgekommen. Nach ihrer Flucht aus Böhmen hatten die einstigen Kollegen eine öffentliche Verlautbarung unterschrieben, worin Taminas Mann verleumdet und verurteilt wurde. Gewiß hatten sie es nur getan, um nicht ihre Posten zu verlieren wie Taminas Mann. Aber sie hatten es getan! Und dadurch war der Abgrund zwischen

ihnen und den beiden Exilanten so tief geworden, daß Tamina nie mehr bereit sein würde, den Sprung zurück zu machen.

In der ersten Nacht nach ihrer Flucht, beim Erwachen in dem kleinen Alpenhotel, war ihnen bewußt geworden, daß sie ganz allein waren, abgeschnitten von jener Welt, in der sich ihr ganzes bisheriges Leben abgespielt hatte; sie hatten sich befreit und erleichtert gefühlt. Sie waren im Gebirge gewesen, wunderbar allein. Rundum hatte unglaubliche Stille geherrscht. Tamina hatte diese Stille als ein unverhofftes Geschenk empfunden und daran gedacht, daß ihr Mann aus Böhmen weggegangen war, um der Verfolgung zu entgehen, während sie das gleiche getan hatte, um Ruhe zu finden; Ruhe für ihren Mann und für sich selbst; Ruhe für die Liebe.

Beim Tod ihres Mannes dann hatte plötzliches Heimweh sie erfaßt, sie mußte immerzu an das Land denken, wo zehn Jahre gemeinsamen Lebens so viele Spuren hinterlassen hatten. In einer Anwandlung von Sentimentalität hatte sie an ein Dutzend Freunde Todesanzeigen geschickt. Nicht eine einzige Antwort war eingetroffen. Einen Monat danach war sie mit dem Rest ihrer Ersparnisse ans Meer gefahren. Dort hatte sie ihren Badeanzug angezogen und ein Röhrchen Beruhigungstabletten geschluckt. Dann war sie weit hinausgeschwommen. Sie hatte geglaubt, die Tabletten würden tiefe Müdigkeit bewirken und sie untergehen lassen. Aber das kalte Wasser und ihre Sportlichkeit (sie war stets eine ausgezeichnete Schwimmerin gewesen) hatten den Schlaf abgewehrt, zudem mochten die Tabletten schwächer als erhofft gewesen sein.

Sie war zum Ufer zurückgekommen, war in ihr Zimmer gegangen und hatte zwanzig Stunden geschlafen. Beim Erwachen waren Ruhe und Friede in ihr gewesen. Sie hatte beschlossen, künftig in der Stille und für die Stille zu leben.

13

Das blausilberne Licht von Bibis Fernseher fiel auf die Anwesenden: Tamina, Joujou, Bibi und Dedé. Letzterer war Bibis Mann, der als Handelsvertreter arbeitete; er war erst am Vorabend nach viertägiger Reise heimgekehrt. Im Zimmer roch es schwach nach Urin, und auf dem Bildschirm sah man einen großen, runden, kahlen alten Schädel, zu dem ein unsichtbarer Redakteur provozierend sprach:
»Wir haben in Ihren Memoiren einige schockierende erotische Bekenntnisse gelesen.«
Es lief die wöchentliche Fernsehsendung, zu der ein bekannter Redakteur Autoren einlud, Autoren, von denen in der Woche zuvor Bücher erschienen waren.
Der große kahle Schädel lächelte selbstgefällig: »O nein! Nichts Schockierendes! Nur eine absolut präzise Berechnung! Rechnen Sie mit. Mein Sexualleben hat mit fünfzehn begonnen« – der alte Kahlschädel blickte stolz in die Runde – »jawohl, mit fünfzehn. Heute bin ich fünfundsechzig. Ich habe also fünfzig Jahre Sexualleben hinter mir. Ich darf annehmen, und das ist eine sehr bescheidene Schätzung, durchschnittlich zweimal pro Woche geliebt zu haben. Das macht hundertmal pro Jahr, somit fünftausendmal in meinem Leben. Rechnen Sie weiter. Dauert ein Orgasmus fünf Sekunden, dann habe ich fünfundzwanzigtausend Sekunden Orgasmus hinter mir. Insgesamt also sechs Stunden und sechsundfünfzig Minuten Orgasmus. Nicht schlecht, was?«
Alle im Zimmer nickten ernst, und Tamina stellte sich

den kahlköpfigen Alten vor, wie er den ununterbrochenen Orgasmus erlebte, wie er sich wand, wie er sich ans Herz griff, wie ihm nach einer Viertelstunde das Gebiß aus dem Mund fiel und wie er nach weiteren fünf Minuten tot zusammensank. Sie brach in Lachen aus.

»Warum lachst du?!« sagte Bibi tadelnd. »Das ist doch keine schlechte Bilanz! Sechs Stunden und sechsundfünfzig Minuten Orgasmus.«

Joujou sagte: »Ich wußte jahrelang überhaupt nicht, was Orgasmus ist. Aber jetzt, seit einigen Jahren, habe ich regelmäßig Orgasmus.«

Man begann über Joujous Orgasmus zu reden. Als auf dem Bildschirm ein anderes Gesicht in nervöse Erregung geriet, fragte Dedé: »Warum regt der sich so auf?«

Der Schriftsteller auf dem Bildschirm gestikulierte: »Das ist wichtig. Sehr wichtig. Ich erläutere es ausführlich in meinem Buch.«

»Was ist sehr wichtig?« fragte Bibi.

»Daß er seine Kindheit im Dorf Rourou verlebt hat«, sagte Tamina.

Der Mann mit der Kindheit im Dorf Rourou hatte eine so lange Nase, daß sie wie übergewichtig wirkte und sein Fernsehgesicht immer tiefer zog, bis man meinen konnte, er werde aus dem Bildschirm ins Zimmer kippen. Das Gesicht mit der übergewichtigen Nase war nun äußerst erregt, als es sagte: »Ich beschäftige mich damit in meinem Buch eingehend. Mein gesamtes Schaffen ist mit dem einfachen Dorf Rourou verquickt, und wer dies nicht begreift, kann mein Werk nicht begreifen. Sogar meine ersten Verse habe ich dort geschrieben. Jawohl. Ich halte das für überaus wichtig.«

»Es gibt Männer«, sagte Joujou, »mit denen habe ich niemals Orgasmus.«

»Vergessen Sie nicht«, sagte der Schriftsteller auf dem

Fernsehschirm, und sein Gesicht war, wenn möglich, noch erregter, »daß ich in Rourou zum erstenmal Rad gefahren bin. Jawohl, ich schildere es anschaulich in meinem Buch. Und Sie alle wissen, welche Bedeutung das Fahrrad in meinem Werk besitzt. Es ist ein Symbol. Das Fahrrad ist für mich der erste Schritt der Menschheit aus der patriarchalischen Welt in die zivilisierte Welt. Der erste Flirt mit der Zivilisation. Der Flirt einer Jungfrau vor dem ersten Kuß. Noch Jungfernschaft und doch schon Sünde.«
»Das stimmt«, sagte Joujou. »Meine Kollegin Tanaka hat ihren ersten Orgasmus als Jungfrau bei einer Fahrt mit dem Rad gehabt.«
Die Unterhaltung im Zimmer drehte sich daraufhin um Tanakas Orgasmus, und Tamina fragte Bibi: »Kann ich von hier aus telefonieren?«


14

Im Nebenzimmer war der Uringeruch noch stärker. Hier schlief Bibis Tochter.
»Ich weiß, daß ihr nicht miteinander redet«, sagte Tamina flüsternd, »aber anders kriege ich es doch nicht von ihr. Die einzige Möglichkeit, du gehst zu ihr und holst es. Findet sie den Schlüssel nicht, zwingst du sie, das Schloß auszubrechen. Es sind doch meine Sachen! Briefe und so. Ich habe ein Recht darauf.«
»Tamina, zwing mich nicht, mit der zu reden!«
»Papa, überwinde dich und tue es für mich. Vor dir hat sie Angst, dir schlägt sie das nicht ab.«
»Hör zu, wenn deine Bekannten nach Prag kommen, gebe ich ihnen einen Pelzmantel für dich mit. Der ist wichtiger als die alten Briefe.«

»Ich will keinen Pelzmantel. Ich will mein Päckchen!«
»Sprich lauter! Ich verstehe dich nicht!« sagte der Vater, aber seine Tochter konnte es nicht, sprach sie doch absichtlich leise, weil Bibi die tschechischen Sätze nicht hören sollte. Bibi würde bei diesem Auslandsgespräch als Telefoninhaberin jede Gesprächseinheit teuer bezahlen müssen.
»Ich will mein Päckchen und keinen Pelzmantel«, bekräftigte Tamina.
»Du willst immer die sinnlosen Sachen!«
»Papa, das Gespräch wird grausam teuer. Ich bitte dich – kannst du wirklich nicht zu ihr fahren?«
Das Gespräch wurde immer schwieriger. Der Vater ließ sie fast jedesmal wiederholen, was sie gerade gesagt hatte, und lehnte es hartnäckig ab, ihre Schwiegermutter aufzusuchen. Schließlich sagte er: »Ruf doch deinen Bruder an! Soll er zu ihr fahren. Er kann mir ja dein Päckchen bringen.«
»Aber der kennt sie ja gar nicht.«
»Das eben ist der Vorteil«, meinte der Vater lachend. »Sonst führe er nie und nimmer hin.«
Tamina überlegte: Kein schlechter Einfall, den Bruder hinzuschicken, der ist energisch und tritt herrisch auf . . . Aber Tamina mochte, konnte ihn nicht anrufen. Seit sie im Ausland war, hatten sie und ihr Bruder einander kein einziges Mal geschrieben. Er hatte eine gut bezahlte Stellung, und diese konnte er sich nur erhalten, wenn er den einmal abgebrochenen Kontakt mit der emigrierten Schwester nicht wieder erneuerte.
»Papa, ich kann ihn nicht anrufen. Könnest du ihm nicht alles erklären? Ich bitte dich darum, Papa!«

Der Vater war klein und schmächtig, und wenn er einst Tamina auf der Straße geführt hatte, war er stolz einhergeschritten, als führe er der ganzen Welt das Denkmal jener heroischen Nacht vor, in der er sie erschaffen hatte. Seinem Schwiegersohn war er nie freundlich gesinnt gewesen und er hatte ihn ständig bekriegt. Wenn er Tamina nun einen Pelzmantel anbot (sicher stammte das Stück von irgendeiner verstorbenen Verwandten), dachte er keineswegs an die Gesundheit seiner Tochter, sondern an die alte Rivalität. Er wollte, daß die Tochter dem Vater (Pelzmantel) den Vorzug vor dem Ehemann (Päckchen) gebe.
Tamina war entsetzt bei dem Gedanken, daß das Schicksal ihres Päckchens in den Händen zweier verfeindeter Alter lag. Seit einiger Zeit drängte sich ihr immer häufiger die Vorstellung auf, daß ihre Tagebücher von fremden Augen gelesen würden, und sie vermeinte, die Blicke der anderen seien wie Regen, der Maueraufschriften abwäscht. Oder wie Licht, das beim Entwickeln eines Films vorzeitig ins Fixierbad fällt und das Bild verdirbt.
Ihr war klar geworden: Wert und Sinn ihrer schriftlichen Erinnerungen beruhten einzig darin, daß diese *für sie allein* bestimmt waren. Sobald die Blätter diese ihre Eigenschaft verloren, zerriß das enge Band, das die Aufzeichnungen mit ihr verknüpften. Nie mehr würde sie fähig sein, mit eigenen Augen zu lesen, was ihr einmal erinnernswert schien, sondern sie würde immer mit den Augen einer Öffentlichkeit lesen, die sich über private, fremde Dokumente Kenntnis verschafft. Auch sie selbst, die Schreiberin, würde sich fremd werden. Die dennoch zwischen ihr und der Schreiberin verbleibende frappierende Ähnlichkeit würde auf sie wie eine Parodie, wie

Hohn wirken. Nein, sie würde ihre Tagebücher nie mehr lesen können, wenn fremde Augen darin gelesen hatten.
Deshalb bemächtigte sich ihrer eine gewaltige Ungeduld, sie sehnte sich geradezu heiß danach, die Tagebücher und die Briefe möglichst schnell wiederzubekommen, denn das Bild der Vergangenheit, das darin fixiert war, sollte nicht verdorben werden.

## 16

Bibi betrat das Café und setzte sich an die Theke: »Hallo, Tamina! Gib mir einen Whisky.«
Gewöhnlich trank Bibi Kaffee, ab und zu auch Portwein. Das Verlangen nach Whisky zeugte davon, daß sie sich in ungewöhnlicher Gemütsverfassung befand.
»Geht es mit dem Schreiben vorwärts?« erkundigte sich Tamina, während sie den Whisky einschenkte.
»Dazu müßte ich in besserer Stimmung sein«, erklärte Bibi. Sie leerte das Glas in einem Zug und bestellte ein zweites.
Eine Gruppe von Gästen kam ins Café. Tamina nahm die Bestellungen auf, kehrte zur Theke zurück, schenkte der Freundin den zweiten Whisky ein und bediente dann die Gäste. Als sie wieder hinter der Theke stand, eröffnete ihr Bibi:
»Ich kann Dedé nicht mehr riechen. Kommt er von einer Reise heim, legt er sich zwei Tage ins Bett. Zwei Tage lang zieht er den Schlafanzug nicht aus. Würdest du das ertragen? Am schlimmsten ist, wenn er es mit mir machen will. Er kann nicht begreifen, daß mir das keinen Spaß macht, überhaupt keinen. Ich muß weg von ihm. Die meiste Zeit verbringt er damit, diesen blöden Urlaub

vorzubereiten. Er hockt im Bett herum, mit dem Atlas in der Hand. Zuerst wollte er nach Prag. Davon hat er inzwischen genug. Er hat ein Buch über Irland entdeckt und will um jeden Preis dorthin.«
»Dann fahrt ihr im Urlaub also nach Irland?« Taminas Kehle zog sich zusammen.
»*Wir?* Wir fahren nirgendwo hin. Ich werde daheim bleiben und schreiben. Der kriegt mich nirgendwo hin. Ich komme ohne Dedé aus. Er interessiert sich ohnehin nicht für mich. Ich schreibe, und stell dir vor, er hat mich noch kein einziges Mal gefragt, was ich schreibe. Mir ist klar geworden, daß wir uns nichts mehr zu sagen haben.«
Tamina hätte gern die direkte Frage gestellt: Ihr fahrt nicht nach Böhmen?, aber ihre Kehle war wie zugeschnürt.
In diesem Augenblick erschien die Japanerin Joujou im Café und schwang sich auf den Hocker neben Bibi. Sie sagte: »Könntet ihr es in aller Öffentlichkeit treiben?«
»Wie meinst du das?« wollte Bibi wissen.
»Meinetwegen hier, im Café, auf dem Boden, vor aller Augen. Oder in einem Kino, während der Vorstellung.«
»Sei still!« rief Bibi nach unten zu den Hockerbeinen, wo ihr Töchterchen quengelte. Dann sagte sie: »Warum nicht? Das ist schließlich was ganz Natürliches. Warum sollte ich mich einer natürlichen Sache schämen?«
Tamina schickte sich von neuem an, Bibi die bange Prag-Frage zu stellen. Doch sie begriff, daß die Frage unnütz wäre. Bibi würde nicht in die Tschechoslowakei fahren.
Aus der Küche trat die Cafébesitzerin, lächelte Bibi an und reichte ihr die Hand: »Wie geht es Ihnen?«
»Mir täte so was wie eine Revolution gut«, erwiderte Bibi. »Es müßte etwas geschehen! Es müßte endlich irgendwas geschehen!«

In dieser Nacht träumte Tamina von den Straußen. Wieder standen sie vor ihr am Gitterzaun und redeten alle gleichzeitig auf sie ein. Die Vögel versetzten sie in solche Angst, daß sie sich nicht von der Stelle rühren konnte und wie hypnotisiert auf die stumm klappernden Schnäbel starrte. Krampfhaft preßte sie die Lippen zusammen. Denn sie hatte einen goldenen Ring im Mund und fürchtete, ihn zu verlieren.

17

Warum stelle ich mir vor, daß sie einen goldenen Ring im Mund hatte?
Ich kann nichts dafür, ich stelle sie mir eben so vor. Und plötzlich kommt mir ein Satz in den Sinn: *einen leisen, hellen metallischen Ton . . . Es war, wie wenn ein goldener Ring in ein silbernes Becken fällt.*
In jungen Jahren schrieb Thomas Mann eine naiv-ergreifende Erzählung vom Tod; darin ist der Tod schön, wie er für alle jene schön ist, die in jungen Jahren vom Tod träumen, einem Tod, der noch unwirklich ist und bezaubernd wirkt gleich der blauen Stimme der Ferne.
Ein todkranker junger Mann besteigt den Zug, verläßt ihn an einem unbekannten Bahnhof, geht in die Stadt, deren Namen er nicht kennt, und mietet in einem Haus bei einer alten Frau mit blatternarbiger Stirn ein Zimmer. Nein, ich will nicht erzählen, was in dem gemieteten Quartier geschah, ich möchte nur ein unbedeutendes Ereignis in Erinnerung rufen: Als der kranke junge Mann durchs Zimmer schritt, *glaubte er, zwischen dem Geräusch seiner Schritte nebenan, in jenen anderen Räumlichkeiten, einen Klang zu hören, einen leisen, hellen, metallischen Ton . . . aber es ist ganz unsicher, ob es*

*nicht Täuschung war. Es war, wie wenn ein goldener Ring in ein silbernes Becken fällt.*
Dies kleine akustische Ereignis findet bei Mann weder erzählerische Fortsetzung noch Deutung. Vom Standpunkt der Handlung könnte es ohne Folgen weggelassen werden. Der Ton hatte sich einfach ereignet; wegen nichts und wieder nichts; nur so.
Ich meine, Thomas Mann hat den leisen, hellen, metallischen Ton erklingen lassen, damit Stille entsteht. Er brauchte sie, damit man die Schönheit vernehmen konnte (weil der Tod, von dem er berichtete, die *Tod-Schönheit* ist); soll Schönheit vernehmlich werden, benötigt sie ein bestimmtes Mindestmaß an Stille (deren Gradmesser eben jener Ton des goldenen Ringes ist, der in die silberne Schale fiel).
(Ja, ich weiß, daß Sie nicht wissen, wovon ich spreche, denn die Schönheit ist seit langem verschwunden. Sie ist unter der Oberfläche des Lärms verschwunden, des Wörter-, Musik-, Auto-, Buchstabenlärms, in dem wir leben. Sie ist untergegangen wie Atlantis. Von ihr ist nichts geblieben als ein Begriff, der von Jahr zu Jahr sinnentleerter wird.)
Tamina hatte diese Stille (wertvoll wie das Fragment einer Marmorstatue des versunkenen Atlantis) zum erstenmal vernommen, als sie nach der Flucht aus Böhmen in dem von dichtem Wald umgebenen Alpenhotel erwacht war. Sie hatte sie zum zweitenmal vernommen, als sie im Meer geschwommen war, den Magen voll Tabletten, die ihr statt des Todes unerwarteten Frieden bringen sollten. Diese Stille wollte sie mit ihrem Körper und in ihrem Körper schützen. Darum sehe ich sie in ihrem Traum am Gitterzaun stehen, den goldenen Ring im krampfhaft verschlossenen Mund.
Gegen sie recken sich sechs lange Hälse mit kleinen

Köpfen und flachen Schnäbeln, die tonlos auf und zu klappen. Sie versteht sie nicht. Sie weiß nicht, ob die Strauße sie bedrohen, warnen, ermahnen oder anflehen. Und weil sie es nicht weiß, verspürt sie unendliche Angst. Sie hat Angst um den goldenen Ring (diese Stimmgabel der Stille) und schützt ihn krampfhaft in ihrem Mund.
Tamina wird nie erfahren, was ihr die Vögel sagen wollten. Aber ich weiß es. Sie waren nicht gekommen, um sie zu warnen, zu ermahnen oder zu bedrohen. Sie interessierten sich gar nicht für Tamina. Sie waren gekommen, um über sich selbst zu reden. Jeder hatte ihr sagen wollen, wie er gefressen und geschlafen hat, wie er mal zum Zaun gelaufen ist und was er dahinter gesehen hat. Daß er seine wichtige Kindheit in dem wichtigen Dorf Rourou verlebt hat. Daß sein wichtiger Orgasmus sechs Stunden gedauert hat. Daß er einmal hinterm Zaun eine Alte mit Kopftuch gesehen hat. Daß er geschwommen, krank und danach wieder gesund geworden ist. Daß er in seiner Jugend Rad gefahren ist und daß er heute einen Sack Gras gefressen hat. Allesamt standen sie vor Tamina und redeten durcheinander, ungestüm, eindringlich und aggressiv, weil es auf der Welt nichts Wichtigeres gab als das, was sie ihr sagen wollten.


*18*


Einige Tage später erschien Banaka im Café. Er war völlig betrunken, kletterte auf einen Hocker, rutschte herunter, kletterte wieder hinauf, rutschte noch einmal herunter, kletterte zum drittenmal hinauf. Endlich konnte er seinen Calvados bestellen, und er legte den Kopf auf die Theke. Tamina sah, daß er weinte.
»Was fehlt Ihnen, Herr Banaka?«

Banaka blickte sie aus tränenumflorten Augen an und deutete auf seine Brust: »Ich bin nicht, verstehen Sie? Ich bin nicht! Ich existiere nicht!«

Dann ging er auf die Toilette . . . Und von dort begab er sich direkt auf die Straße. Ohne zu zahlen.

Als Tamina Hugo davon erzählte, zeigte dieser ihr zur Erklärung eine Zeitungsseite mit Buchbesprechungen. Banakas jüngstes Produkt war darauf mit vier sarkastischen Zeilen abqualifiziert.

Die Begebenheit mit Banaka, der auf seine Brust gedeutet und geweint hatte, weil er nicht existierte, erinnert mich an eine Frage in Goethes West-östlichem Diwan: *Lebt man denn, wenn andre leben?* In Goethes Frage verbirgt sich das Geheimnis aller Schriftstellerei: Durch Bücherschreiben wird der Mensch selbst zu einem Universum, und die signifikante Eigenschaft eines Universums ist seine Einmaligkeit. Die Existenz eines anderen Universums bedroht es in seinem ureigentlichen Wesen.

Zwei Schuhmacher, die ihre Läden nicht gerade in der gleichen Straße haben, können in schönster Harmonie leben. Sobald aber beide ein Buch über das Los des Schuhmachers zu schreiben beginnen, beginnt einer dem anderen im Wege zu sein, und beide fragen sich: *Lebt der Schuhmacher, wenn andere Schuhmacher leben?*

Tamina meint, daß ein einziger fremder Blick imstande ist, ihren Tagebüchern jeden Wert zu nehmen, und Goethe hat das Gefühl, daß der einzige Blick eines einzigen Menschen, der nicht auf seine Zeilen fällt, die Goethesche Existenz als solche in Frage stellt. Der Unterschied zwischen Tamina und Goethe ist der Unterschied zwischen Mensch und Schriftsteller.

Wer Bücher schreibt, ist alles (eine für sich und alle anderen einmalige Welt) oder nichts. Und weil niemandem je gegeben ist, *alles* zu sein, sind wir Bücherschreiber alle *nichts*. Wir sind verkannt, eifersüchtig, verwundet und wünschen dem anderen den Tod. Darin gleichen wir uns übrigens alle: Banaka, Bibi, ich und Goethe.

Das unaufhaltsame Anwachsen der Massengraphomanie unter Politikern, Taxifahrern, Gebärerinnen, Verliebten, Mördern, Dieben, Prostituierten, Bürokraten, Ärzten und Patienten beweist mir, daß ausnahmslos jeder Mensch den Schriftsteller als Möglichkeit in sich trägt, so daß die Menschheit mit gutem Recht durch die Straßen ziehen und rufen könnte: Wir sind alle Schriftsteller!

Denn jedermann leidet unter der Vorstellung, in einer gleichgültigen Welt ungehört und unbemerkt unterzugehen, weshalb er rechtzeitig eine Welt der Wörter werden will.

Und an dem Tag (er ist nicht mehr fern), wo in jedem Menschen der Schriftsteller erwachen wird, wird die Zeit allgemeiner Taubheit und Verständnislosigkeit angebrochen sein.

## 19

Jetzt stellte Hugo ihre einzige Hoffnung dar. Er hatte sie zum Abendessen eingeladen, und diesmal hatte sie nur zu gern angenommen.

Hugo saß ihr gegenüber am Tisch und dachte ausschließlich an eines: Tamina entglitt ihm immer wieder. In ihrer Gegenwart fühlte er sich unsicher und unfähig, sie direkt anzugehen. Und je mehr er darunter litt, daß er es nicht schaffte, ein so bescheidenes und deutliches Ziel zu erreichen, desto größer war sein Verlangen, die Welt zu erobern, dieses Unendlich-Unfaßbare, dieses Unfaßbar-Unendliche. Er zog eine Zeitschrift aus der Tasche, schlug sie auf und reichte sie Tamina. Ihr Blick fiel auf

einen langen Artikel, der mit seinem Namen gezeichnet war.
Hugo setzte zu einer langen Rede an. Er sprach zunächst über die Zeitschrift. Zwar werde sie kaum außerhalb der Stadt gelesen, sei aber ein gutes theoretisches Periodikum, und die Leute, die sie machten, hätten Mut und würden eines schönen Tages bedeutend sein. Hugo sprach und sprach, seine Worte sollten Metaphern erotischer Aggressivität bilden, sollten als Kraft paradieren. Sie enthielten anfangs auch die flimmernde Verfügbarkeit des Abstrakten, das herbeigeeilt war, um das nicht zu bewältigende Konkrete zu ersetzen.
Tamina musterte Hugo während seiner Rede und gestaltete sein Gesicht um. Diese geistige Übung, obgleich zur Gewohnheit geworden, strengte sie jedesmal von neuem an. Alle Vorstellungskraft wollte mobilisiert sein. Aber dann veränderten Hugos braune Augen wirklich ihre Farbe, sie waren plötzlich blau. Tamina fixierte ihn, denn sollte sich das Blau nicht wieder verflüchtigen, mußte sie es mit der ganzen Kraft ihres Blicks halten.
Ihr Blick beunruhigte Hugo, weshalb er weiter sprach und sprach, seine Augen waren dabei von herrlichem Blau und seine Stirn verlängerte sich langsam an den Seiten, so daß sein Haar bald nur noch ein schmales Dreieck bildete, dessen Spitze nach unten wies.
»Ich habe meine Kritik stets gegen unsere westliche Welt gerichtet. Aber die bei uns herrschende Ungerechtigkeit darf uns nicht zu falscher Nachsicht gegenüber anderen Ländern verleiten. Dank Ihnen, jawohl, dank Ihnen, Tamina, habe ich begriffen, daß das Problem der Macht überall gleich ist, in Ihrem Land und bei uns, im Westen wie im Osten. Wir dürfen nicht bloß bestrebt sein, eine Art Macht durch eine andere zu ersetzen, sondern wir müssen das *Prinzip* der Macht verneinen – überall.«

Hugo beugte sich über den Tisch, und Tamina roch seinen sauren Atem, der sie in ihrer geistigen Übung störte. Auf Hugos Stirn wuchs das dichte Haar nun wieder weit herunter. Hugo wiederholte, daß er das alles dank ihr begriffen habe.
»Wieso?« fragte Tamina, was sie hätte schon früher tun müssen. »Wir haben doch nie miteinander darüber gesprochen!«
In Hugos Gesicht war nur noch ein Auge blau, und auch dieses wurde langsam braun.
»Es war nicht nötig, daß Sie mir etwas dazu sagen, Tamina. Es genügte, daß ich viel über Sie nachgedacht habe.«
Der Kellner stellte die Teller mit der Vorspeise auf den Tisch.
»Ich werde es zu Hause lesen«, sagte Tamina und steckte die Zeitschrift in ihre Handtasche. Dann brach es aus ihr hervor: »Bibi wird nicht nach Prag fahren.«
»Das habe ich gewußt. Aber keine Angst, Tamina. Versprochen ist versprochen. Ich fahre für Sie hin.«

20

»Ich habe eine gute Nachricht für dich. Ich habe mit deinem Bruder gesprochen. Er fährt am Samstag zu deiner Schwiegermutter.«
»Wirklich?! Und du hast ihm alles genau erklärt? Hast du ihm auch gesagt, daß er das Schloß aufbrechen soll, wenn die Schwiegermutter den Schlüssel nicht mehr findet?«
Als Tamina auflegte, war sie wie berauscht.
»Gute Nachricht?« fragte Hugo.
»Ja«, bestätigte Tamina.

Sie hatte noch die fröhliche, energische Stimme des Vaters im Ohr und sagte sich, daß sie ihm Unrecht getan habe.
Hugo stand auf und ging zu seiner Hausbar. Er nahm zwei kleine Gläser heraus und schenkte Whisky ein: »Tamina, Sie können aus meiner Wohnung telefonieren, wann Sie wollen und so oft Sie wollen. Ich kann nur wiederholen, was ich Ihnen schon gesagt habe – ich fühle mich in Ihrer Gesellschaft wohl, auch wenn ich weiß, daß Sie nie mit mir schlafen werden.«
Er hatte sich nur deshalb gezwungen zu sagen, *ich weiß, daß Sie nie mit mir schlafen werden,* um sich selbst zu beweisen, daß er den Mut besaß, dieser unzugänglichen Frau gewisse Worte zu sagen (wenngleich vorsichtigerweise in Form einer Verneinung), und er kam sich fast kühn vor.
Tamina stand nun ebenfalls auf und trat auf Hugo zu, um ihm ihr Glas abzunehmen. Dabei jedoch dachte sie an ihren Bruder: Obwohl sie jeglichen Kontakt miteinander abgebrochen hatten, liebten sie einander sehr und waren bereit, sich gegenseitig zu helfen.
»Auf daß Ihnen alles gelingt!« sagte Hugo und hob sein Glas. Er trank es in einem Zug leer.
Auch Tamina leerte ihr Glas. Ruhig stellte sie es auf den niedrigen Tisch. Als sie sich wieder setzen wollte, nahm Hugo sie in die Arme.
Sie wehrte sich nicht, drehte nur den Kopf zur Seite, verzog den Mund und legte die Stirn in Falten.
Er hatte sie in die Arme genommen, ohne zu wissen, wie. Im ersten Augenblick war er selbst darüber erschrocken, und hätte ihn Tamina abgewehrt, wäre er zurückgewichen und würde sich wohl entschuldigt haben. Doch Tamina wehrte ihn nicht ab. Ihr verzogenes Gesicht und ihr zur Seite gedrehter Kopf erregten ihn ungeheuer. Die

wenigen Frauen, mit denen er bisher beisammen gewesen war, hatten auf seine Annäherungsversuche nie mit solcher Beredtheit reagiert. Waren sie entschlossen gewesen, mit ihm zu schlafen, hatten sie sich ausgezogen und ruhig, fast gleichgültig gewartet, was er mit ihnen tun würde. Taminas verzogenes Gesicht verlieh dieser seiner Umarmung eine Bedeutung, von der er sich nicht hatte träumen lassen. Wild hielt er Tamina fest und versuchte ihr die Kleider herunterzureißen.

Warum wehrte sich Tamina nicht?

Seit drei Jahren hatte sie diesen Augenblick erwartet, mit schlimmsten Befürchtungen daran gedacht. Seit drei Jahren war sie davon wie hypnotisiert; und nun war es geschehen, genau so, wie sie es sich vorgestellt hatte. Deshalb wehrte sie sich nicht. Deshalb nahm sie es hin, wie man das Unabwendbare hinnimmt.

Nur den Kopf konnte sie zur Seite drehen. Doch es half nichts. Sie sah das Bild ihres Mannes vor sich, und drehte sie den Kopf weiter, bewegte es sich mit. Es war das große Bild ihres grotesk großen Mannes, ihres Mannes in Überlebensgröße, wie sie es sich seit drei Jahren vorstellte.

Dann hatte sie nichts mehr an, und Hugo, erregt durch ihre vermeintliche Erregung, stellte bestürzt fest, daß Taminas Schoß trocken war.

21

Viel früher einmal hatte an ihr ein kleiner chirurgischer Eingriff ohne Narkose vorgenommen werden müssen, und dabei hatte sie sich gezwungen, unregelmäßige englische Verben herzusagen. Jetzt versuchte sie ähnlich zu verfahren, indem sie ihre Gedanken auf die Tagebücher

konzentrierte. Sie dachte daran, daß diese bald bei ihrem Vater in Sicherheit sein würden und daß der gute Kerl Hugo sie holen werde.
Der gute Hugo bewegte sich auf ihr schon eine ganze Weile hin und her, als sie merkte, daß er dabei seltsamerweise einen Liegestütz einnahm und die Hüften verdrehte. Vermutlich war er mit ihren Reaktionen unzufrieden, mit dem Grad ihrer Erregtheit, weswegen er versuchte, aus verschiedenen Winkeln in sie zu dringen, um irgendwo in ihren Tiefen den geheimnisvollen Empfindungspunkt zu finden, der sich vor ihm verbarg.
Sie wollte seine emsigen Bemühungen nicht mitansehen und schaute weg. Den Kopf wieder zur Seite gedreht, richtete sie ihre Gedanken erneut auf die Tagebücher. Erneut zwang sie sich, die Reihenfolge ihrer Urlaube zu repetieren, die sie bislang nur unvollkommen hatte rekonstruieren können: Der erste Urlaub an einem kleinen tschechischen Teich; dann Jugoslawien; noch einmal der kleine tschechische See und ein Badeort in Böhmen, aber die Reihenfolge blieb ungewiß. 1964 waren sie in der Tatra gewesen, im Jahr darauf in Bulgarien, dann verlor sich die Spur. 1968 waren sie während des ganzen Urlaubs in Prag geblieben, im Jahr darauf in einen Badeort gereist – dann in die Emigration gegangen, ja, und ihren letzten Urlaub hatten sie in Italien verbracht.
Hugo hielt in seinen Bewegungen inne und versuchte sie umzudrehen. Sie begriff, daß er sie auf allen vieren haben wollte. Ihr wurde bewußt, daß Hugo jünger war als sie, und sie schämte sich. Doch sie drängte jedes Gefühl zurück und zwang sich, ihm mit völliger Gleichgültigkeit zu willfahren. In harten Stößen prallte sein Körper an ihr Gesäß. Natürlich, er wollte ihr durch Kraft und Ausdauer imponieren, er führte einen entscheidenden

Kampf, er machte seine Reifeprüfung, bei der er den Beweis erbringen mußte, daß er sie bezwingen konnte und ihrer würdig war.

Sie wußte nicht, daß Hugo sie nicht anschaute. Das schnelle Betrachten ihres Gesäßes (des offenen Auges, dieses erwachsenen und schönen Gesäßes, des Auges, das ihn erbarmungslos ansah) hatte ihn dermaßen erregt, daß er seine Augen sofort geschlossen, seine Bewegungen verlangsamt und seinen Atem angehalten hatte. Auch er bemühte sich jetzt, fest an etwas anderes zu denken (es war ihr einziges Gemeinsames), um sie noch eine Weile lieben zu können.

Immer noch sah Tamina das große Gesicht ihres Mannes, jetzt auf der weißen Fläche von Hugos Kleiderschrank. Schnell schloß sie die Augen und wiederholte erneut die Reihenfolge der Urlaube, wie man unregelmäßige Verben aufsagt: Zuerst der Urlaub am See, dann Jugoslawien, der See, der Badeort – oder nein der Badeort, Jugoslawien, der See; es folgte die Tatra, dann kam Bulgarien – und die Spur verlor sich; einmal in Prag, der Badeort, zuletzt Italien.

Hugos geräuschvolles Atmen riß sie aus dem Repetieren. Sie öffnete die Augen, und sie sah das Gesicht ihres Mannes auf dem Kleiderschrank.

Auch Hugo öffnete die Augen. Er sah das Auge in Taminas Gesäß, und Wonne durchfuhr ihn wie ein Blitz.

22

Der Bruder fuhr tatsächlich zu Taminas Schwiegermutter. Er brauchte kein Schloß aufzubrechen. Die Schublade war unverschlossen und enthielt sämtliche elf Tagebücher. Sie waren nicht verpackt, sondern lagen lose

darin. Die Briefe waren einfach hineingestopft und bildeten einen formlosen Papierhaufen. Taminas Bruder schmiß alles in sein Köfferchen und brachte es dem Vater.
Beim nächsten Prag-Telefonat bat Tamina den Vater, alles sorgsam einzupacken und das Päckchen mit Klebstreifen zu verschließen. Vor allem drang sie darauf, daß weder er noch ihr Bruder etwas lasen.
Fast beleidigt versicherte ihr der Vater, daß es ihm nicht im Traum eingefallen sei, Taminas Schwiegermutter zu kopieren und Dinge zu lesen, die ihn nichts angingen. Ich aber weiß (und Tamina wußte es auch), daß der Mensch gewisse Blicke nicht zu unterlassen vermag; zum Beispiel bei Verkehrsunfällen oder in Liebesbriefe anderer.
Ihre privaten Schriftsachen also befanden sich endlich beim Vater. Doch wollte Tamina sie jetzt wirklich noch haben? Hatte sie sich nicht hundertmal gesagt, fremde Blicke seien wie Regen, der Maueraufschriften abwäscht?
Nein, sie hatte sich getäuscht. Sie sehnte sich weiterhin nach den Schriftsachen, mehr als vorher. Diese waren ihr jetzt noch teurer. Ihre Erinnerungsblätter waren besudelt und vergewaltigt worden, und sie selbst war als Frau beschmutzt worden. Also hatten beide, Tamina und ihre aufgezeichneten Erinnerungen, das gleiche schwesterliche Schicksal. Tamina liebte ihre fernen Schriftsachen darum noch mehr.
Aber sie fühlte sich gedemütigt.
Wie damals, als sie, etwa sieben Jahre alt, von einem Onkel splitternackt in ihrem Zimmer überrascht worden war. Sie hatte sich schrecklich geschämt, und dieses Schämen hatte sich schnell in Trotz verwandelt. Sie hatte sich in kindlich-feierlicher Weise geschworen, den Onkel im Leben nie mehr anzusehen. Fortan hatte man sie

ermahnen, schelten, verspotten können, soviel man wollte, nie mehr hatte sie den Blick zum Onkel erhoben, der oft zu Besuch gekommen war.

Jetzt befand sie sich in einer ähnlichen Situation. Sie war dem Vater und dem Bruder dankbar, wollte aber weder den einen noch den anderen wiedersehen. Sie wußte, klarer als je zuvor, daß sie nie mehr zurückkehren würde.

23

Der unerwartete sexuelle Erfolg bescherte Hugo eine ebenso unerwartete Enttäuschung. Durfte er auch künftig jederzeit mit ihr schlafen (sie konnte ihm schwerlich verweigern, was sie ihm einmal gewährt hatte), so gelang es ihm doch nicht, sie tiefer zu beeindrucken und an sich zu fesseln. Oh, wie gleichgültig konnte ihr nackter Körper unter dem seinen bleiben, wie unerreichbar, fern und fremd! Obwohl er sie doch zum Bestandteil seiner inneren Welt machen wollte, diesem großartigen Gebilde aus Blut und Gedanken!

Hugo saß Tamina in einer Gaststätte gegenüber und sprach: »Ich will ein Buch schreiben, Tamina, ein Buch über die Liebe, ja, über dich und mich, über uns beide, unser intimes Tagebuch soll es werden, das Tagebuch unserer beiden Körper, ja, ich will darin alles sagen, ich will rücksichtslos bekennen, was ich bin und was ich denke, und es wird gleichzeitig ein politisches Buch sein, ja, ein politisches Buch über die Liebe und ein Liebesbuch über die Politik...«

Tamina musterte Hugo, der ihren Blick plötzlich nicht mehr ertrug, und allmählich den Faden verlor. So sehr er sich auch bemühte, sie in die Welt aus seinem Blut und seinen Gedanken aufzunehmen, sie blieb völlig in ihre

eigene Welt eingeschlossen; er konnte sich ihr nicht mitteilen, darum lagen ihm die Worte immer schwerer im Mund, der Fluß seiner Rede verlangsamte sich: ».... ein Liebesbuch über die Politik, ja, weil die Welt nach dem Maße des Menschen erschaffen werden muß, nach unserem Maß, nach dem Maß unserer Körper, Tamina, deines Körpers, meines Körpers, ja, damit man eines Tages endlich anders küssen und lieben kann ...«
Die Worte flossen ihm nicht mehr über die Lippen, blieben ihm wie unzerkaubare Fleischbrocken im Mund. Hugo verstummte. Tamina war schön – und er empfand unvermittelt Haß auf sie. Ihm schien, daß sie ihr Schicksal mißbrauchte. Sie hatte sich auf ihre Vergangenheit als Emigrantin und Witwe gestellt wie auf einen Wolkenkratzer aus falschem Stolz, von wo sie auf alle herunterschauen konnte. Neiderfüllt dachte Hugo an seinen eigenen Turm, den er gegenüber ihrem Wolkenkratzer aufbaute und den sie nicht zur Kenntnis nahm: den Turm, der aus einem veröffentlichten Artikel und aus einem geplanten Buch über ihrer beider Liebe bestand.
Dann sagte Tamina: »Wann fährst du nach Prag?«
Hugo sagte sich, daß sie ihn nie lieben würde, daß sie nur bei ihm blieb, weil sie jemanden brauchte, der für sie nach Prag fuhr. Ihn erfaßte unwiderstehliches Verlangen, sich an ihr zu rächen.
»Tamina«, sagte er, »ich dachte, du hättest es begriffen. Du hast doch meinen Artikel gelesen!«
»Habe ich«, sagte Tamina.
Er glaubte es ihr nicht. Und falls sie seinen Artikel gelesen hatte, hatte er sie nicht interessiert. Sie war nie darauf zu sprechen gekommen. Ihm wurde klar, daß das einzige große Gefühl, dessen er in ihrer beider Verhältnis von jetzt an noch fähig sein würde, die Treue zu seinem verkannten und verlassenen Turm sein würde (dem

Turm aus einem geplanten Buch über seine Liebe zu Tamina) und daß er von jetzt an einzig noch fähig sein würde, für diesen Turm in den Kampf zu ziehen, um Tamina zu zwingen, den Turm zur Kenntnis zu nehmen und über seine Höhe zu staunen.

»Du weißt, daß ich in meinem Artikel das Problem der Macht behandle. Ich analysiere das Funktionieren der Macht. Unter Bezugnahme auf die Vorgänge bei euch. Dabei nehme ich kein Blatt vor den Mund.«

»Ich bitte dich, du wirst doch nicht glauben, daß man in Prag deinen Artikel kennt?«

Hugo fühlte sich durch ihre Ironie verletzt: »Du lebst schon lange im Ausland und hast vergessen, wessen die Polizei in eurem Land fähig ist. Dieser Artikel hat großes Echo geweckt. Ich habe eine Menge Briefe bekommen. Eure Polizei weiß, wer ich bin. Darüber besteht kein Zweifel.«

Tamina schwieg, und sie war immer noch schöner. Mein Gott, hundertmal hätte er die Reise nach Prag und zurück gemacht, wenn sie nur ein Stückchen der Welt zur Kenntnis genommen hätte, in die er sie aufnehmen wollte – in seine Welt aus seinem Blut und seinen Gedanken! Und er schlug einen anderen Ton an. »Tamina«, sagte er traurig, »ich weiß, du nimmst es mir übel, daß ich nicht nach Prag fahren kann. Zuerst hatte ich ja gemeint, mit der Veröffentlichung des Artikels warten zu können, aber dann zeigte sich immer deutlicher, daß ich nicht länger schweigen darf. Verstehst du mich?«

»Nein«, antwortete Tamina.

Hugo machte sich nicht vor, daß seine Gesprächsführung gut war, im Gegenteil, er hatte sich in Ungereimtheiten verrannt, konnte aber nicht mehr zurück, und das machte ihn verzweifelt. Sein Gesicht wurde fleckig, seine Stimme bebte: »Was, du verstehst mich nicht? Ich möchte einfach nicht, daß es bei uns ein Ende nimmt wie bei euch! Wenn alle schweigen, werden wir als Sklaven enden!«

Im selben Augenblick wurde Tamina von einer schrecklichen Abscheu erfaßt, sie stand auf und lief zur Toilette, ihr hob sich der Magen, sie kniete vor der Schüssel nieder, erbrach sich, ihr Körper wurde wie von Weinkrämpfen geschüttelt, und sie sah Schwanz, Eier, Haare dieses Kerls vor sich, roch seinen sauren Atem, spürte seine Schenkel an ihrem Gesäß, und ihr schoß durch den Kopf, daß sie sich die Geschlechtsteile und die Behaarung ihres Mannes nicht mehr würde vorstellen können, das Gedächtnis des Ekels war stärker als das Gedächtnis der Zärtlichkeit (ach, Gott, daß das Gedächtnis des Ekels stärker sein muß als das Gedächtnis der Zärtlichkeit!), in ihrem armen Kopf würde nichts bleiben als dieser Kerl mit seinem schlechten Atem, und sie erbrach sich wieder, schüttelte sich und erbrach sich, erbrach sich.

Dann verließ sie die Toilette und hielt (weil sie noch den scharfen Geschmack auf der Zunge hatte) den Mund fest geschlossen.

Hugo war ratlos. Er bot ihr an, sie nach Hause zu begleiten, doch sie sagte kein Wort und hielt nur immer den Mund fest geschlossen (wie in dem Traum, in dem sie einen Goldring im Mund hatte).

Er redete auf sie ein. Doch statt einer Antwort beschleunigte sie den Schritt. Als er nichts mehr zu sagen wußte, ging er zwar noch ein Stück stumm neben ihr her, blieb dann aber stehen. Sie setzte ihren Weg fort, ohne sich noch einmal umzudrehen.

Sie bediente weiter im Café und telefonierte nie mehr nach Böhmen.

*Fünfter Teil*
# Lítost

## Wer ist Christine?

Christine ist eine Frau in den Dreißigern, sie hat ein Kind und einen Fleischer zum Mann, führt eine gute Ehe und unterhält ein sporadisches Verhältnis mit dem örtlichen Automechaniker. Mit diesem pflegt sie in ziemlich langen Zeitabständen der Liebe, und zwar nach Arbeitsschluß in dessen unbequemer Werkstatt. Das Städtchen bietet wenig Möglichkeiten für außereheliche Liebe, oder – anders ausgedrückt – man braucht viel Scharfsinn und Mut dafür, Eigenschaften, mit denen Frau Christine leider nicht gesegnet ist.
Die Begegnung mit dem Studenten verursacht ihr daher übermäßiges Kopfzerbrechen.
Er war über die Ferien zu seiner Mutter ins Städtchen gekommen, hatte die Fleischerin hinter dem Ladentisch zweimal lang angesehen und beim drittenmal angesprochen, was allerdings in der Badeanstalt stattfand. Er sprach sie mit so bezaubernder Schüchternheit an, daß die junge, an Fleischer und Automechaniker gewöhnte Frau ihm nicht widerstehen konnte. Seit ihrer Heirat (die gut zehn Jahre zurücklag) war das Fremdgehen für sie nicht ratsam gewesen, und sie hatte es denn auch, wie erwähnt, lediglich in der fest und sicher verriegelten Werkstatt zwischen zerlegten Autos und alten Reifen getan. Jetzt jedoch brachte sie plötzlich die Kühnheit auf, unter freiem Himmel zum Rendezvous zu gehen, allen neugierigen Blicken ausgesetzt. Die beiden wählten für ihre Spaziergänge wohl entlegene Orte, wo die Wahrscheinlichkeit unliebsamer Begegnungen gering war, doch Frau Christine blieb von erregender Angst erfüllt und hatte oft Herzklopfen. Ihre Kühnheit angesichts der ständigen Gefahr stand freilich in seltsamem Gegensatz zu ihrer Zurückhaltung bei Liebkosungen durch den

Studenten. Er kam bei ihr nicht weit, durfte sie nur an sich ziehen und zärtlich küssen. Mitunter jedoch entwand sie sich ihm sogar vor dem Kuß. Und führten die Liebkosungen dennoch einmal weiter, preßte sie die Beine zusammen.
Solches tat Frau Christine keineswegs deshalb, weil sie den Studenten nicht gemocht hätte. Es hatte einen anderen Grund. Sie war von Anfang an nur in seine zarte, schüchterne Art verliebt gewesen, und diese wollte sie sich erhalten. Noch nie hatte die Fleischersfrau erlebt, daß ein Mann ihr seine Lebensbetrachtungen darlegte und obendrein Dichter und Philosophen zitierte. Selbstverständlich überrascht dies nicht beim armen Studentlein, konnte doch sein Vorrat sprachlicher Verführungskünste naturgemäß nur klein sein, außerdem tat es sich schwer bei der Anpassung an die unterschiedlichen sozialen Stellungen seiner Bekanntschaften. Darüber jedoch brauchte er hier nicht unzufrieden zu sein, denn seine Philosophenzitate wirkten auf die einfache Fleischersfrau viel stärker als in Prag auf Studienkolleginnen. Allerdings entging ihm, daß diese Zitate zwar auf die Seele seiner Begleiterin wirkten, gleichzeitig aber eine Barriere zwischen ihrem und seinem Körper errichteten. Denn Frau Christine hegte die unbestimmte Befürchtung, daß sie durch körperliche Hingabe ihre Beziehung zu dem Studenten auf das Fleischer- beziehungsweise Automechanikerniveau herabziehen und nie mehr etwas von Schopenhauer zu hören bekommen würde.
In Gegenwart des Studenten litt sie unter einer Scheu, die sie sonst nicht kannte. Mit dem Fleischer und dem Automechaniker konnte sie sich mühelos und heiter über alles verständigen. Beispielsweise darüber, daß beide sehr vorsichtig sein mußten, weil der Arzt ihr bei der Niederkunft gesagt hatte, sie dürfe kein zweites Kind bekommen,

wenn sie nicht ihre Gesundheit oder gar ihr Leben aufs Spiel setzen wolle. Die Geschichte spielt zu einer Zeit, wo Abtreibungen noch streng verboten waren und die Frauen keine Möglichkeit hatten, ihre Fruchtbarkeit selbst zu bestimmen. Der Fleischer und der Automechaniker hatten volles Verständnis für Christines Befürchtungen, und sie kontrollierte, bevor sie einen der beiden zu sich ließ, mit fröhlicher Sachlichkeit, ob die verlangten Vorkehrungen auch getroffen waren. Sann sie darüber nach, ob sie so auch mit ihrem studentischen Engel verhandeln könne, der von einer Wolke, wo er mit Schopenhauer parliert hatte, zu ihr herabgestiegen war, kamen ihr beträchtliche Zweifel, ob sie im entscheidenden Moment die richtigen Worte finden würde. Daraus darf ich schließen, daß sich ihre Zurückhaltung in den Dingen der Liebe durch zweierlei erklärte: den Studenten möglichst lange im bezaubernden Bereich der zärtlichen Schüchternheit halten zu wollen und möglichst lange zu verhindern, daß wegen der allzu praktischen Instruktionen und Vorkehrungen, ohne die nach ihrer Ansicht körperliche Liebe zumindest auf Abwegen nicht auskam, in ihm Widerwillen aufkam.

Doch der Student war bei all seiner Zartheit recht dickköpfig. Mochte Frau Christine ihre Schenkel noch so fest zusammenpressen, er gab nicht sogleich auf und hielt sie wenigstens tapfer am Gesäß fest, und sein Griff besagte, daß einer, der Schopenhauer zitierte, noch lange nicht gewillt war, auf einen Körper zu verzichten, der ihm gefiel.

Doch die Ferien gingen zu Ende, und die beiden Verliebten konnten nur noch konstatieren, daß sie allzu traurig wären, wenn sie einander ein ganzes Jahr nicht wiedersähen. Es würde nichts anderes übrig bleiben, als daß Christine ihren jugendlichen Liebhaber zu gegebener Zeit unter einem Vorwand besuchte. Beiden war klar, was dieser Besuch bedeuten würde. Der Student bewohnte in Prag eine kleine Mansarde, und in dieser würde die Frau des Fleischers zwangsläufig landen.

### *Was ist Lítost?*

Lítost ist ein tschechisches Wort, das sich nicht in andere Sprachen übersetzen läßt. Es bezeichnet ein unermeßliches Gefühl, ähnlich dem Ton einer auseinandergezogenen Harmonika, ein Gefühl also, das die Synthese mehrerer Gefühle ist: Trauer, Mitleid, Selbstvorwurf und Wehmut. Die erste Silbe dieses Worts, mit Betonung und Dehnung gleichzeitig zu sprechen, klingt wie das Klagen eines verlassenen Hundes.
Unter bestimmten Bedingungen allerdings gewinnt Lítost eine sehr eingeengte, eine spezielle, präzise und geschärfte Bedeutung wie die Schneide eines Messers. Auch für diese Bedeutung des tschechischen Wortes suche ich in anderen Sprachen vergeblich ein Äquivalent; dabei kann ich mir kaum vorstellen, daß man die menschliche Seele ohne dieses Wort Lítost begreifen kann.
Dazu ein Beispiel: Der Student schwimmt mit einer Freundin im Fluß. Das Mädchen ist sportlich, er hingegen ein schlechter Schwimmer. Er ist langsam, kann nicht mit dem Gesicht im Wasser, sondern nur mit krampfhaft erhobenem Kopf schwimmen. Das Mädchen liebt ihn einfältig, ist aber taktvoll genug, nicht schneller zu schwimmen als er. Erst am Schluß läßt sie ihrem sportlichen Drang freien Lauf und schwimmt mit raschen Zügen ans andere Ufer. Der Student möchte es ihr gleichtun, schwimmt schneller und schluckt Wasser. Er fühlt

sich gedemütigt, bloßgestellt in seiner körperlichen Minderwertigkeit. Und empfindet Lítost. In ihm taucht die Erinnerung an seine Kindheit auf, seine damalige Kränklichkeit, das Fehlen von sportlicher Betätigung und von Spielkameraden wegen der allzu fürsorglichen Aufsicht durch Mama. Gleich gerät er in Verzweiflung über sich und sein Leben. Auf einem Feldweg gehen die beiden dann ins Städtchen zurück, er schweigt. Verletzt und erniedrigt, hat er das unwiderstehliche Verlangen, sie zu schlagen. *Was hast du?* fragt sie ihn. Er wirft ihr vor, sie wisse doch, daß auf der anderen Flußseite Wirbel seien, er habe ihr verboten, hinüberzuschwimmen, sie hätte ertrinken können – und er schlägt sie ins Gesicht. Das Mädchen beginnt zu weinen, beim Anblick ihrer Tränen erfaßt ihn Mitleid, er nimmt sie in die Arme, und sein Lítost zerfließt.

Noch ein Beispiel, diesmal aus der Kindheit des Studenten: Er bekommt Geigenstunden. Den durchaus Begabten unterbricht der Lehrer häufig mit kühler, unerträglicher Stimme, um ihn auf kleinste Fehler aufmerksam zu machen. Dadurch fühlt er sich erniedrigt, möchte am liebsten weinen. Doch anstatt sich zu bemühen und besser zu spielen, um immer weniger Fehler zu machen, greift er absichtlich daneben, die Stimme des Lehrers wird noch unerträglicher, und er taucht immer tiefer und tiefer in seine Lítost.

Was also ist Lítost?

Lítost ist ein quälender Zustand, hervorgerufen durch den Anblick unserer eigenen, plötzlich enthüllten Erbärmlichkeit.

Zu den gängigen Heilmitteln für die eigene Erbärmlichkeit zählt die Liebe. Wer absolut geliebt wird, kann nicht erbärmlich sein. Alle seine Unzulänglichkeiten werden aufgewogen durch den magischen Blick der Liebe, unter dem sogar unsportliches Schwimmen mit krampfhaft erhobenem Kopf bezaubernd sein kann.

Die Absolutheit der Liebe ist im Grunde die Sehnsucht nach absoluter Identität: das Verlangen, daß die geliebte Frau genauso langsam schwimmt wie man selbst und daß sie keine eigene Vergangenheit besitzt, an die sie voll Glück zurückdenken könnte. Wird jedoch die Illusion der absoluten Identität negiert (das Mädchen schwimmt schneller und denkt voll Glück an die Vergangenheit zurück), wird die Liebe sogleich zum unversiegbaren Quell jener großer Qual, die wir Lítost nennen.

Wer ausreichende Erfahrung mit der allgemeinen Unvollkommenheit des Menschen hat, ist relativ gefeit gegen Schübe von Lítost. Der Anblick eigener Erbärmlichkeit ist dem Erfahrenen geläufig und daher uninteressant. Lítost stellt somit ein Charakteristikum des Alters der Unerfahrenheit dar. Sie ist die Zierde der Jugend.

Lítost funktioniert wie ein Zweitaktmotor. Auf das Gefühl der Qual folgt das Verlangen nach Rache. Ziel der Rache ist es, den Partner so weit zu bringen, daß er sich gleichermaßen erbärmlich zeigt. Der Mann kann nicht schwimmen, aber die geohrfeigte Frau weint. Danach können sie sich wieder gleich fühlen und in ihrer Liebe weitermachen.

Weil die Rache ihren wirklichen Grund nicht verraten kann (der Student kann dem Mädchen nicht sagen, daß er sie schlägt, weil sie schneller schwimmt als er), muß sie ein falsches Motiv anführen. Lítost kommt daher nie ohne pathetische Heuchelei aus: Der junge Mann verkündet, er sei vor Angst, das Mädchen könnte ertrinken, schier wahnsinnig geworden, und das Kind greift bis zum Überdruß daneben, um verzweifelte Talentlosigkeit vorzuschützen.

Dieses Kapitel hatte ursprünglich heißen sollen: Wer ist

der Student? Weil es aber eingehend die Lítost behandelt, spricht es ohnehin vom Studenten, der letztlich nichts anderes ist als personifizierte Lítost. Kein Wunder darum auch, daß ihn die Studentin, die sich in ihn verliebt hatte, am Ende verließ. Es ist nicht angenehm, sich ohrfeigen zu lassen, nur weil man schwimmen kann.

Die Fleischersfrau, der er in seinem Geburtsstädtchen begegnet, bedeutet für ihn Balsam auf seine Wunden. Sie bewundert ihn, vergöttert ihn, und wenn er ihr von Schopenhauer erzählte, versuchte sie nicht (wie es die Studentin unseligen Andenkens getan hatte), durch Einwände ihre eigene, von ihm unabhängige Persönlichkeit zu behaupten, sondern sie sah ihn mit Augen an, in denen er, gerührt von Frau Christines Gerührtheit, Tränen zu erblicken glaubte. Außerdem hatte er – was nicht vergessen werden darf – seit der Trennung von der Studentin keine Frau mehr gehabt.

## Wer ist Voltaire?

Voltaire ist Assistent an der Philosophischen Fakultät, er ist witzig und angriffslustig, und seine Blicke bohren sich in das Gesicht des Gegners. Alles Eigenschaften, die ausgereicht hätten, ihn eines Tages Voltaire zu nennen. Er mochte den Studenten gern, und das war keine geringe Auszeichnung, denn Voltaire stellte hohe Ansprüche, bevor er seine Sympathie vergab. Nach dem Seminar hielt er ihn auf und fragte, ob er, der Student, morgen abend Zeit habe. Aber ach, an diesem Abend sollte Christine kommen. Der Student mußte seinen ganzen Mut zusammennehmen, um Voltaire zu erwidern, daß er schon vergeben sei. Voltaire machte eine wegwerfende Handbewegung: »Dann verschieben Sie das eben. Es

wird sich lohnen.« Danach eröffnete er ihm, daß am nächsten Abend die besten Dichter des Landes im Literarischen Club zusammenkommen würden, und er, Voltaire, möchte, daß auch der Student sie kennenlerne.
Ja, es werde auch der große Dichter anwesend sein, über den Voltaire eine Monographie verfasse und den er oft aufsuche. Der Dichter sei krank und gehe an Krücken. Man sehe ihn deshalb selten unter Menschen, und die Gelegenheit, mit ihm zusammenzukommen, sei somit etwas sehr Kostbares.
Der Student kannte Bücher von all den Dichtern, die kommen sollten, und aus dem Werk des großen Dichters kannte er sogar ganze Seiten mit Versen auswendig. Er hätte sich nichts glühender gewünscht, als einen Abend in der Nähe solcher Männer zu verbringen. Aber er war seit Monaten mit keiner Frau mehr beisammen gewesen, und so beteuerte er erneut, daß er unmöglich teilnehmen könne.
Voltaire verstand nicht, daß etwas wichtiger sein konnte als die Begegnung mit großen Männern. Eine Frau? Ließ sich das denn nicht auf später verschieben? Seine Brillengläser funkelten plötzlich vor Ironie. Aber der Student hatte die Fleischersfrau vor Augen, die sich ihm während eines langen Ferienmonats scheu entzogen hatte. Auch wenn es ihn große Überwindung kostete, er schüttelte den Kopf. Für den Studenten wog Christine in diesem Augenblick die ganze Poesie seines Landes auf.

*Der Kompromiß*

Sie war schon am Morgen eingetroffen. Tagsüber hatte sie irgendwelche Gänge erledigt, die ihr als Alibi für die Prag-Reise dienten. Der Student traf sich mit ihr erst am

Abend, in einer Gaststätte, die er selbst bestimmt hatte. Als er eintrat, erschrak er fast. Das Lokal war überfüllt mit Trinkfreudigen, und die Kleinstadtfee seiner Ferien saß in der Ecke bei den Toiletten an einem Tischchen, das nicht für Gäste, sondern für abserviertes Geschirr bestimmt war. Sie hatte sich zu fein gemacht, wie es nur eine Provinzdame tut, wenn sie nach langer Zeit in die Hauptstadt fährt, um von deren Vergnügungen zu kosten. Sie trug einen Hut, eine Korallenkette und schwarze Schuhe mit hohen Absätzen.

Der Student spürte, wie ihm das Blut in die Wangen stieg – nicht vor Erregung, sondern vor Enttäuschung. Vor dem Hintergrund der Kleinstadt mit ihren Fleischern, Mechanikern und Rentnern hatte sich Christine ganz anders ausgenommen, hier in Prag jedoch, dieser Stadt der Studentinnen und hübschen Friseusen, erschien sie ihm mit ihren lächerlichen Korallen und dem versteckten Goldzahn (in der oberen Zahnreihe, in Höhe des Mundwinkels) als personifizierter Gegensatz zu der vormals geliebten Studentin, jener jugendlichen Jeans-Schönheit, die ihn vor Monaten grausamerweise verlassen hatte. Unsicheren Schrittes ging er auf Christine zu, und die Lítost ging mit.

Wenn der Student enttäuscht war, so war es Frau Christine nicht weniger. Das Lokal, in das er sie eingeladen hatte, trug den schönen Namen *Zum König Wenzel*, und Christine, die Prag nicht sonderlich gut kannte, hatte angenommen, es handle sich um ein luxuriöses Restaurant, wo der Student mit ihr speisen werde, um sie danach durch das Feuerwerk der Prager Vergnügungen zu führen. Als sie feststellen mußte, daß *Zum König Wenzel* eine Kneipe des Typs war, wo der Automechaniker sein Bier trank, und daß sie in der Ecke bei den Toiletten auf den Studenten warten mußte, empfand sie

nicht, was ich mit dem Wort Litost bezeichne, sondern ganz gewöhnliche Wut. Damit will ich sagen, daß sie sich durchaus nicht erbärmlich und erniedrigt vorkam, sondern daß sie den Eindruck gewann, ihr Student habe keine Manieren. Dies sagte sie ihm auch gleich. Die Wut stand ihr im Gesicht, und sie redete mit dem Studenten wie mit dem Fleischer.
Fleischersfrau und Student standen einander gegenüber. Sie machte ihm laut und wortreich Vorwürfe, er wehrte sich nur schwach. Widerwille erwachte in ihm. Er mußte etwas tun. Sie rasch in seine Behausung bringen, sie vor allen Leuten verstecken und abwarten, ob in der Intimität der Mansarde der verlorene Zauber sich erneuerte! Aber sie lehnte ab. Wenn sie schon nach langer Zeit wieder einmal in die Hauptstadt komme, dann wolle sie etwas erleben, sie wolle ausgehen, schauen, sich amüsieren. Die schwarzen Schuhe und die dicke Korallenkette forderten energisch ihr Recht.
»Das hier ist ein großartiges Gasthaus, die besten Leute kommen hierher«, bemerkte der Student, womit er der Fleischerin zu verstehen gab, daß ihr jegliches Verständnis dafür abgehe, was in der Hauptstadt ›in‹ sei. »Leider ist es heute hier voll, ich muß dich woandershin führen.« Aber wie durch geheime Absprache waren alle anderen Lokale ebenfalls voll, die Wege von einem zum anderen waren lang, und auf den Studenten wirkte Frau Christine mit ihrem Hütchen, ihren Korallen und ihrem blitzenden Goldzahn unerträglich komisch. Auf den Straßen begegneten ihnen junge Frauen, und dem Studenten dämmerte, daß er es sich nie verzeihen würde, wegen Christine auf die Gelegenheit verzichtet zu haben, einen Abend mit den Dichtergrößen seines Landes zu verbringen. Die Feindschaft der Fleischerin wollte er sich aber auch nicht zuziehen, denn er hatte, wie gesagt, seit längerem keine

Frau mehr gehabt. Lediglich ein meisterlich ausgedachter Kompromiß konnte die Situation retten.
Endlich fanden sie in einem abgelegenen Café ein freies Tischchen. Der Student bestellte zwei Aperitifs und blickte Christine lange traurig in die Augen: Das Leben in Prag sei voller Unwägbarkeiten und unvorhersehbarer Ereignisse. Erst gestern habe ihn der berühmteste Dichter des Landes angerufen.
Als er den Namen nannte, erstarrte Frau Christine. In der Schule hatte sie einige seiner Gedichte auswendig lernen müssen. Große Männer, deren Namen man in der Schule zu hören bekommt, haben etwas Unwirkliches und Körperloses, sie gehören bereits zu Lebzeiten in die erhabene Galerie der Toten. Christine konnte nicht glauben, daß der Student ihn persönlich kannte.
Natürlich kenne er ihn, verkündete der Student. Er schreibe sogar die Dissertationsarbeit über ihn, eine Monographie, die wahrscheinlich auch als Buch erscheinen werde. Er habe ihr nichts darüber gesagt, weil er nicht hatte in den Verdacht kommen wollen, überheblich zu sein, doch jetzt müsse er es sagen, weil der große Dichter überraschend ihrer beider Weg gekreuzt habe. Es finde nämlich heute abend im Literarischen Club in kleinem Kreis ein Gespräch mit den bedeutendsten Dichtern des Landes statt, zu dem nur einige Kritiker und Kenner geladen seien. Es handle sich um ein äußerst wichtiges Treffen. Eine Debatte sei zu erwarten, bei der Funken stieben würden. Aber er, der Student, werde natürlich nicht hingehen. Er habe sich viel zu sehr auf sie gefreut!
In meinem süßen, seltsamen Land bezaubern die Dichter noch immer die Herzen der Frauen. Christine empfand Bewunderung für den Studenten und gleichzeitig eine Art mütterlichen Wunsch, ihm Beraterin zu sein und seine

Interessen mit zu vertreten. Sie erklärte mit überraschender, bemerkenswerter Arglosigkeit, daß es schade wäre, wenn er nicht an dem Abend mit dem großen Dichter teilnähme.

Der Student erwiderte, alles mögliche unternommen zu haben, um Christine mitnehmen zu können, weil er wisse, daß sie den großen Dichter und seine Freunde gern gesehen hätte. Leider gehe es nicht. Denn nicht einmal der große Dichter bringe seine Frau mit. Es solle ein reines Fachgespräch geführt werden. Freilich, habe er ursprünglich wirklich nicht daran gedacht hinzugehen, so meine er jetzt, nach Christines großmütigem Ratschlag, daß er hingehen solle. Ja, das sei wahrlich ein guter Rat! Er werde für ein Stündchen hingehen. Christine könne unterdessen bei ihm warten, und danach wären sie wieder beisammen, nur sie beide.

Die Verlockungen durch Theater und Varietés waren vergessen, und Christine betrat die Mansarde des Studenten. Zunächst empfand sie eine ähnliche Enttäuschung wie im Gasthaus *Zum König Wenzel*. Eine Wohnung war dies hier bestimmt nicht, nur ein winziges Zimmer ohne Vorraum, das gerade Platz genug bot für eine Liege und einen Schreibtisch. Doch Christine war sich ihres Urteils nicht mehr sicher. Sie war in eine Welt geraten, wo es eine geheimnisvolle Wertskala gab, die sie nicht verstand. Sie fand sich darum schnell mit der ungemütlichen und unsauberen Bude ab und mobilisierte ihr ganzes weibliches Talent, um sich zu Hause zu fühlen. Der Student bat sie, den Hut abzunehmen, er küßte sie, setzte sie auf die Liege und deutete einladend auf seine kleine Bibliothek, damit sie sich von dort während seiner Abwesenheit die Langeweile vertreibe.

Christine sagte schnell: »Hast du ein Buch von ihm da?«
Sie dachte an den großen Dichter.

Ja, der Student hatte eines.
Zaghaft fuhr sie fort: »Würdest du es mir schenken? Und ihn bitten, mir eine Widmung hineinzuschreiben?«
Der Student strahlte. Eine Widmung vom großen Dichter würde Christine für Theater und Varieté voll entschädigen. Er hatte ein schlechtes Gewissen ihr gegenüber und war bereit, für sie alles zu tun. Wie er gehofft hatte, erneuerte sich in der Intimität seiner Mansarde allmählich wieder der Zauber Christines. Die Mädchen von den Straßen verblaßten sacht, die anmutige Bescheidenheit Christines breitete sich sanft im Raum aus. Beider Enttäuschung war verflogen. Als der Student wenig später in den Club aufbrach, war er wieder ausgeglichen, froh gestimmt vom fabelhaften Doppelprogramm, das ihm der angebrochene Abend nun versprach.

*Die Dichter*

Der Student wartete vorm Haus der Literatur auf Voltaire und ging mit ihm in den ersten Stock. Als sie an der Garderobe vorbeikamen und den Vorraum betraten, schlug ihnen fröhliches Stimmengewirr entgegen. Voltaire öffnete die Tür zum Salon, und der Student erblickte an einem großen Tisch die gesamte wesentliche Dichtung seines Landes.
Ich betrachte sie aus einer Entfernung von fast zweitausend Kilometern. Wir haben Herbst 1977, mein Land schlummert seit acht Jahren in der süßen und festen Umarmung des russischen Reiches, Voltaire hat man inzwischen von der Universität vertrieben, und meine Bücher hat man aus allen öffentlichen Büchereien entfernt und in einem staatlichen Keller eingesperrt. Ich hatte nach 1968 noch längere Zeit abgewartet, dann erst

war ich ins Auto gestiegen und weit nach Westen gefahren, bis in die bretonische Stadt Rennes, wo ich gleich am ersten Tag eine Wohnung ganz oben im höchsten Wohnturm fand. Am nächsten Morgen, als mich die Sonne weckte, gewahrte ich, daß die großen Fenster nach Osten gingen, in Richtung Prag.
Ich schaue also jetzt von meinem Aussichtsturm hinüber. Zunächst habe ich Sehschwierigkeiten. Zum Glück aber bildet sich mir eine Träne im Auge, die ähnlich der Linse eines Fernrohrs wirkt, so daß ich die Gesichter zu unterscheiden vermag. Deutlich erkenne ich nun inmitten der Runde den großen Dichter, der fest und breit dasitzt. Er hat die Siebzig überschritten, doch sein Gesicht ist schön geblieben, seine Augen sind lebendig und klug. Neben ihm am Tisch lehnen seine Krücken.
Ihn und alle die versammelten Dichter sehe ich vor dem Hintergrund des beleuchteten Prag, wie es vor fünfzehn Jahren war, als ihren Büchern noch nicht Lagerung in staatlichen Kellerkerkern drohte und sie fröhlich und lärmend an dem mit Flaschen beladenen Tisch debattierten. Ich habe sie alle gern, und es widerstrebt mir, sie mit Namen zu bedenken, die man im Telefonbuch findet. Muß ich ihre Gesichter schon hinter den Masken entliehener Namen verbergen, will ich ihnen letztere wenigstens als Geschenk darreichen können, als Zierde und Huldigung. Denn nannten die Studenten den Assistenten Voltaire, warum sollte ich den großen, vielgeliebten Dichter nicht Goethe nennen?
Ihm gegenüber sitzt Lermontow.
Und jenen mit den verträumten dunklen Augen will ich Petrarca taufen.
Anwesend sind noch Verlaine, Jessenin und einige andere, die kaum Erwähnung verdienen. Aber da ist noch ein Mann, der mir wie durch Irrtum in diese Runde

geraten scheint. Sogar aus der Ferne (von fast zweitausend Kilometern) wird erkenntlich, daß ihn die Muse der Poesie nicht geküßt hat und daß er den Vers nicht liebt. Er heißt Boccaccio.

Voltaire nahm zwei an der Wand stehende Stühle, rückte sie an den mit Flaschen beladenen Tisch und stellte den Studenten der Dichterrunde vor. Die Dichter nickten ihm freundlich zu, nur Petrarca beachtete ihn nicht, weil er gerade mit Boccaccio stritt: »Die Frau ist uns immer überlegen. Ich könnte ganze Wochen darüber erzählen.«
Goethe warf schmunzelnd ein: »Ganze Wochen wäre zu lange. Aber erzähle zehn Minuten davon.«

### Petrarcas Erzählung

»Vergangene Woche ist mir etwas Unglaubliches passiert. Meine Frau hatte gerade gebadet, sie trug ihren roten Morgenrock, hatte das goldene Haar aufgelöst, und sie war schön. Es mochte zehn nach neun gewesen sein. Abends. Plötzlich ging die Klingel. Als ich die Wohnungstür öffnete, stand ein junges Mädchen im Hausgang. Sie drückte sich seltsam an die Wand. Ich erkannte sie sofort. Einmal wöchentlich bin ich in einer Mädchenschule, wo es einen Zirkel für Poesie gibt. Die Mädchen vergöttern mich heimlich.

Ich, leicht verwirrt, fragte sie: ›Was willst du hier, ich bitte dich?‹
›Ich muß Ihnen etwas sagen.‹
›Was mußt du mir sagen?‹
›Etwas furchtbar Wichtiges – ich muß es Ihnen sagen!‹
›Hör zu‹, entgegnete ich, ›es ist spät, du kannst jetzt nicht hereinkommen, geh hinunter und warte vor der Kellertür auf mich.‹

Ich kehrte ins Wohnzimmer zurück und erklärte meiner Frau, jemand habe sich in der Tür geirrt. Bald darauf sagte ich wie beiläufig, ich müßte noch in den Keller gehen und Kohle holen. Und ich ergriff auch gleich die beiden leeren Eimer. Aber das war ein Fehler. Den ganzen Tag über hatte mir meine Galle Schwierigkeiten gemacht, ich hatte mich zeitweise sogar hinlegen müssen. Mein plötzlicher Eifer mußte meiner Frau verdächtig vorkommen.«
»Du hast Schwierigkeiten mit der Galle?« fragte Goethe interessiert.
»Seit Jahren schon«, antwortete Petrarca.
»Warum läßt du dich nicht operieren?«
»Nicht um alles in der Welt!« sagte Petrarca.
Goethe nickte verständnisinnig.
»Wo bin ich stehengeblieben?« fragte Petrarca in die Runde.
»Du hattest Gallenbeschwerden und die zwei Kohleneimer ergriffen«, soufflierte ihm Verlaine.
»Das Mädchen wartete tatsächlich an der Kellertür«, erzählte Patrarca weiter, »und ich nahm sie mit zur Kohlenbox. Während ich die Eimer vollschaufelte, versuchte ich aus ihr herauszubekommen, was sie denn wirklich wollte. Sie wiederholte immer nur, daß sie habe kommen *müssen*. Etwas anderes kriegte ich nicht aus ihr heraus.
Plötzlich hörte ich Schritte im Treppenhaus. Ich packte schnell einen Eimer und lief aus dem Keller. Meine Frau kam die Treppe herunter. Ich reichte ihr den Eimer und sage: ›Bitte nimm ihn schnell mit, ich fülle noch den zweiten!‹ Meine Frau trug netterweise den Kohleneimer hinauf. Ich kehrte zu dem Mädchen zurück und sagte ihr, wir könnten hier nicht bleiben, sie solle auf der Straße warten. Dann hastete ich mit dem zweiten Eimer nach

oben. Ich gab meiner Frau einen Kuß und forderte sie auf, ruhig schon ins Bett zu gehen, weil ich noch baden wolle. Sie legte sich hin, ich rannte ins Bad und drehte die Hahnen auf. Das Wasser rauschte in die Wanne. Noch im Bad, zog ich die Hausschuhe aus und schlich auf Strümpfen ins Vorzimmer. Dort standen die Schuhe an der Wohnungstür, die ich tagsüber angehabt hatte. Ich ließ sie stehen, als Beweis dafür, daß ich nicht aus dem Haus gegangen war. Statt dessen zog ich ein Paar aus dem Schränkchen, schlüpfte hinein und verschwand.«
Boccaccio ließ sich vernehmen: »Petrarca, wir wissen alle, daß du ein großer Lyriker bist. Doch wie ich sehe, bist du auch ein großer Methodiker, ein listiger Stratege, der sich keine Sekunde lang von Leidenschaften hinreißen läßt! Was du da mit deinen Pantoffeln und Straßenschuhen veranstaltet hast, ist eine diesbezügliche Meisterleistung!«
Alle anwesenden Dichter pflichteten Boccaccio bei und überschütteten Petrarca mit Lob, was diesem sichtlich schmeichelte.
»Das Mädchen wartete auf der Straße. Ich versuchte sie abzuwimmeln. Ich erklärte ihr, daß ich gleich wieder ins Haus zurück müsse, und schlug ihr vor, am nächsten Vormittag wiederzukommen, wenn meine Frau bei der Arbeit sei. Genau vor unserem Haus befindet sich eine Straßenbahnhaltestelle. Ich drängte darauf, daß sie mit der nächsten Bahn abfährt. Doch als die Bahn kam, lachte sie nur und wollte zurück zur Haustür laufen.«
»Du hättest sie unter die Straßenbahn stoßen sollen«, sagte Boccaccio.
»Freunde«, fuhr Petrarca fast feierlich fort, »es gibt Augenblicke, wo man, wenn auch ungern, zu einer Frau grob sein muß. Ich sagte zu ihr: ›Gehst du nicht freiwillig heim, sperre ich die Haustür vor dir ab. Vergiß nicht, daß

ich hier zu Hause bin und daß ich keinen Stall daraus machen kann!‹ Bedenkt dabei, Freunde, daß die ganze Zeit über, während ich vor dem Haus mit dem Mädchen stritt, oben in meinem Bad das Wasser lief und die Wanne jeden Moment überfließen konnte!
Ich machte kehrt und stürzte zur Haustür. Das Mädchen rannte mir nach. Zu allem Unglück betraten gleichzeitig mit mir andere Leute das Haus, so daß mein Mädchen hereinschlüpfen konnte. Ich stürmte die Treppe hinauf wie ein Rennläufer! Hinter mir hörte ich ihre Schritte. Wir wohnen im dritten Stock! Was für eine Leistung! Ich erwies mich als der Schnellere und schlug ihr die Wohnungstür vor der Nase zu. Und hatte gerade noch Zeit, die Klingeldrähte aus der Wand zu reißen, damit sie nicht wieder klingeln konnte. Denn mir war sonnenklar, daß sie sich an die Klingel lehnen und so stehen bleiben würde. Daß sie nicht mehr weggehen würde. Dann lief ich auf Zehenspitzen ins Bad.«
»Die Wanne war nicht übergeflossen?« fragte Goethe besorgt.
»Im letzten Augenblick konnte ich die Hahnen zudrehen. Danach ging ich zur Wohnungstür zurück. Ich öffnete das Guckloch und sah sie draußen stehen. Reglos. Ihren Blick hielt sie auf die Tür geheftet. Freunde, was für eine Angst ich hatte! Ich mußte tatsächlich fürchten, sie würde bis zum nächsten Morgen vor der Wohnung warten.«

### Boccaccio stört

»Petrarca, du bist ein unverbesserlicher Frauenverehrer«, fiel Boccaccio seinem Dichterkollegen ins Wort. »Ich kann mir die Dämchen, die einen Poesiezirkel gründen

und dich als ihren Apoll einladen, lebhaft vorstellen. Um nichts in der Welt möchte ich mit denen was zu tun haben, mit keiner einzigen. Eine dichtende Frau ist eine in die zweite Potenz erhobene Frau. Und das ist für einen Misogynen wie mich entschieden zu viel.«
»Hör mal, Boccaccio«, sagte Goethe, »warum prahlst du dauernd damit, daß du misogyn bist?«
»Weil die Misogynen den besseren Teil der Männerschaft darstellen.«
Auf dieses Wort reagierten die anwesenden Dichter mit bösem Buhen.
Boccaccio mußte die Stimme heben: »Versteht mich recht, der Misogyne verachtet die Frauen keineswegs. Der Misogyne liebt lediglich die Weiblichkeit nicht. Seit jeher unterteilen sich die Männer in zwei große Klassen. In die Frauenverehrer oder Adoranten, auch Dichter genannt, und in die Misogynen oder, besser ausgedrückt, Gynäkophoben. Die Adoranten oder Dichter vergöttern traditionell die weiblichen Tugenden wie Gefühl, Heimchenhaftigkeit, Muttertum, Fruchtbarkeit, die heiligen Blitze von Hysterie und die göttliche Stimme der Natur in ihnen, wohingegen den Misogynen oder Gynäkophoben diese Tugenden gewaltige Angst einflößen. In der Frau verehrt der Adorant die Weiblichkeit, wohingegen der Gynäkophobe immer der Frau den Vorzug vor ihrer Weiblichkeit gibt. Vergeßt eines nicht: eine Frau kann nur mit einem Misogynen glücklich sein. Mit euch ist doch keine Frau jemals glücklich gewesen!«
Das böse Buhen verstärkte sich.
»Der Adorant oder Dichter kann einer Frau nur Drama, Leidenschaft, Tränen, Sorgen bieten, aber niemals Behagen. Ich kannte einmal einen Gatten. Der vergötterte seine Frau. Dann begann er eine andere zu vergöttern. Aber er wollte die eine nicht demütigen, indem er sie

betrog, und er wollte die andere nicht demütigen, indem er sie zur heimlichen Geliebten machte. Er gestand seiner Frau alles und bat sie um Hilfe. Seine Frau wurde krank. Da lief er nur noch weinerlich herum, bis seine Geliebte es nicht mehr aushielt und ihm eröffnete, daß sie ihn verlassen würde. Er legte sich auf die Schienen, um sich von der Straßenbahn überfahren zu lassen. Unglücklicherweise aber sah ihn der Fahrer schon von weitem, und mein Adorant mußte fünfzig Kronen Strafe wegen Behinderung des öffentlichen Verkehrs zahlen.«
»Boccaccio lügt!« rief Verlaine.
»Die Geschichte, die uns Petrarca erzählt«, sprach Boccaccio weiter, »ist vom gleichen Tobak. Hat es deine Frau mit dem goldenen Haar verdient, daß du eine Hysterikerin ernst nimmst?«
»Was weißt du schon von meiner Frau!« fuhr Petrarca ihn an. »Meine Frau ist meine treue Freundin! Wir haben keine Geheimnisse voreinander.«
»Warum dann der Trick mit den Schuhen?« fragte Lermontow.
Petrarca ließ sich nicht beirren: »Freunde, in diesem schweren Augenblick, als das Mädchen im Treppenhaus stand und ich wirklich nicht mehr wußte, was tun, ging ich ins Schlafzimmer zu meiner Frau und vertraute mich ihr an.«
»Wie mein Adorant!« bemerkte Boccaccio sarkastisch. »Sich anvertrauen! Das ist die typische Reflexreaktion aller Adoranten! Sicher hast du sie auch noch um Hilfe gebeten!«
Petrarcas Stimme bekam einen zärtlichen Beiklang: »Ja, ich habe sie gebeten, mir zu helfen. Sie hat mir nie ihre Hilfe abgeschlagen. Auch in diesem Fall nicht. Sie ging zur Tür. Weil ich Angst hatte, blieb ich im Schlafzimmer.«

»Ich hätte in einem solchen Fall auch Angst«, sagte Goethe mitfühlend.
Als sie wiederkam, war sie vollkommen ruhig. Sie hatte durch das Guckloch hinausgeschaut, hatte die Tür geöffnet, aber niemanden gesehen. Sie mußte glauben, ich hätte alles erfunden. Plötzlich aber ertönte hinter uns ein gewaltiger Schlag und das Klirren von zerbrechendem Glas. Wie ihr wißt, wohnen wir in einem alten Haus, und die Fenster gehen auf eine Pawlatsche. Als dem Mädchen klar geworden war, daß auf ihr Klingeln nichts erfolgen würde, hatte sie sich eine Eisenstange geholt, ich weiß nicht, woher, und war auf die Pawlatsche hinausgetreten, um eines unserer Fenster nach dem anderen zu zertrümmern. Wir schauten ihr von innen zu, ohne etwas machen zu können, vor Schreck fast gelähmt. Dann sahen wir auf der anderen Seite der Pawlatsche, im Halbdunkel, drei helle Schatten auftauchen. Es waren die alten Damen aus der Wohnung gegenüber. Das Splittern der Scheiben hatte sie geweckt. Sie waren in ihren Nachthemden herausgelaufen, neugierig und begierig, glücklich vor allem über den unerwarteten Skandal. Stellt euch nur das Bild vor! Das junge Mädchen mit der Eisenstange, umringt von den unheilverkündenden Schatten dreier Hexen!
Nachdem sie auch unser letztes Fenster eingeschlagen hatte, kam sie herein.
Ich wollte auf sie zugehen, aber meine Frau hielt mich fest und flehte, *geh nicht zu ihr, sie erschlägt dich!* Das Mädchen stand mitten im Zimmer, die Eisenstange in der Hand wie die Jungfrau von Orleans ihre Lanze, schön und achtunggebietend. Ich entwand mich meiner Frau und trat zu ihr. Da verlor ihr Blick das Drohende, wurde milde, himmlisch sanft. Ich nahm ihr die Eisenstange ab, ließ das schwere Ding auf den Boden fallen und ergriff das Mädchen bei der Hand.«

## Beleidigungen

»Ich glaube dir kein Wort«, brummelte Lermontow.
»Versteht sich, daß die Sache nicht so passiert ist, wie Petrarca sie erzählt«, schaltete sich Boccaccio wieder ein, »aber ich glaube ihm, daß sie passiert ist. Das Mädchen war eine Hysterikerin, der jeder normale Mann in vergleichbarer Situation längst ein paar Ohrfeigen verpaßt hätte. Adoranten oder Dichter stellen seit jeher eine dankbare Beute für Hysterikerinnen dar, weil die wissen, daß sie von denen bestimmt keine Ohrfeigen kassieren. Adoranten sind wehrlos gegenüber Frauen, weil sie nie aus dem Schatten ihrer Mutter treten. Sie sehen in jeder Frau eine Botin ihrer Mutter und unterwerfen sich ihr. Die Röcke ihrer Mutter sind für sie das Himmelsgewölbe.« Dieser Satz gefiel Boccaccio über die Maßen, und er wandelte ihn ab: »Meine Herren Dichter, was ihr über euren Köpfen seht, ist nicht der Himmel, sondern der riesige Rock eurer Mutter! Ihr lebt alle unter dem Rock eurer Mutter!«
»Was sagst du da?« brüllte Jessenin und sprang vom Stuhl auf. Er schwankte. Wie gewöhnlich trank er am meisten. »Was sagst du da von meiner Mutter? Was...?«
»Ich habe nicht von deiner Mutter gesprochen«, erwiderte Boccaccio sanft, wie begütigend. Er wußte, daß Jessenin mit einer berühmten Tänzerin zusammenlebte, die dreißig Jahre älter war als er, und verspürte aufrichtiges Mitleid mit ihm. Doch in Jessenins Mund hatte sich schon Speichel angesammelt, er beugte sich vor und spuckte aus. Weil er jedoch zu betrunken war, landete sein Speichel auf Goethes Kragen. Boccaccio zog sogleich sein Taschentuch heraus und säuberte den großen Dichter.

Das Spucken hatte Jessenin völlig erschöpft, er fiel auf den Stuhl zurück.
Petrarca erzählte weiter: »Freunde, ich wünschte, ihr hättet hören können, was sie zu mir sagte. Es war unvergeßlich. Sie sagte, und es klang wie ein Gebet, wie eine Litanei, *ich bin ein einfaches Mädchen, ich bin ein ganz und gar einfaches Mädchen, ich kann mit nichts aufwarten, aber ich bin gekommen, weil mich die Liebe schickt, ich bin gekommen* – sie drückte meine Hand fester –, *damit du erkennst, was wahre Liebe ist, damit du es einmal im Leben erfährst!*«
»Und was sagte deine Frau zu dieser Liebesbotin?« fragte Lermontow mit unverhohlener Ironie.
Goethe lachte auf: »Was gäbe Lermontow nicht dafür, wenn ihm eine Frau die Fenster einschlüge! Er würde dafür zahlen!«
Lermontow warf Goethe einen feindseligen Blick zu.
Petrarca sprach zu Lermontow hin: »Meine Frau? Du täuschst dich, Lermontow, wenn du den Vorfall für eine Humoreske à la Boccaccio hältst. Das Mädchen drehte sich meiner Frau zu, mit himmlischem Blick, und sagte zu ihr, wie im Gebet, wie in einer Litanei, *Sie zürnen mir nicht, weil Sie gütig sind, ich liebe Sie auch, ich liebe euch beide,* und sie ergriff die Hand meiner Frau.«
»Wäre das ganze eine Sache aus einer Boccaccio-Humoreske, hätte ich nichts dagegen«, meinte Lermontow. »Aber was du da erzählst, ist schlimmer, es ist schlechte Dichtung.«
»Du beneidest mich bloß!« schrie ihn Petrarca an. »Dir ist es im Leben noch nicht passiert, daß du mit zwei schönen Frauen, die dich lieben, allein in einem Zimmer warst! Weißt du denn, wie schön meine Frau ist, wenn sie ihren roten Morgenrock trägt und das goldene Haar gelöst hat?«

Lermontow lachte hämisch. Goethe aber war entschlossen, ihn diesmal für seine sauertöpfischen Kommentare zu bestrafen: »Du bist ein großer Dichter, Lermontow, das wissen wir alle, doch warum hast du solche Minderwertigkeitskomplexe?«
Einige Sekunden lang saß Lermontow wie ein begossener Pudel da. Dann antwortete er, sich mühsam beherrschend: »Johann, das hättest du nicht sagen sollen. Das ist das Schlimmste, was du mir antun konntest. Das war eine Gemeinheit von dir.«
Goethe, ein Freund der Friedfertigkeit, wollte Lermontow nicht noch mehr reizen. Sein Biograph jedoch, der bebrillter Voltaire, legte grinsend los:
»Kein Zweifel, Lermontow, daß du voller Minderwertigkeitskomplexe bist.« Und er begann Lermontows Poesie zu analysieren, die weder Goethes glückliche Natürlichkeit noch Petrarcas leidenschaftlichen Atem besaß. Er untersuchte sogar einzelne Lermontowsche Metaphern, um geistvoll darzulegen, daß der Minderwertigkeitskomplex nachgerade direkter Quell für dieses Dichters Imagination war. Zum Schluß legte er noch die Wurzeln für all dies frei, sie reichten in des Dichters Kindheit, die von Armut und dem bedrückenden Einfluß des autoritären Vaters geprägt gewesen war.
Da neigte Goethe sich zu Petrarca und flüsterte so laut, daß alle es hörten, Lermontow eingeschlossen: »Woher denn! Das alles ist Unsinn. Seine Dichterei ist darauf zurückzuführen, daß er Keuschheit übt!«


*Der Student stellt sich an Lermontows Seite*


Der Student wahrte respektvolles Schweigen. Er schenkte sich Wein ein (der diskrete Kellner wechselte geräuschlos die leeren Flaschen gegen volle aus) und lauschte aufmerksam dem Gespräch, in dem die Funken stoben. Ihrem wilden Wirbel vermochte er kaum zu folgen.

Von Zeit zu Zeit fragte sich der Student, welcher der Dichter ihm am sympathischsten sei. Goethe vergötterte er, darin Frau Christine gleich, wie übrigens den Menschen im ganzen Land. Petrarca hatte ihn mit seinen flammenden Augen bezaubert. Die meiste Sympathie aber, und das war höchst verwunderlich, empfand er für den gekränkten Lermontow, zumal nach Goethes letzter Bemerkung, die ihm verdeutlicht hatte, daß ein überragender Dichter (und Lermontow war nicht nur für ihn ein solcher) ähnliche Schwierigkeiten haben konnte wie ein kleiner Student. Er schaute auf die Uhr und stellte fest, daß es an der Zeit war, nach Hause zu gehen, wenn er nicht enden wollte wie Lermontow.

Der Student konnte sich jedoch von den großen Männern nicht losreißen, und anstatt zu Frau Christine zu eilen, ging er auf die Toilette. In hohe Gedanken vertieft, stand er vor der weißgefliesten Wand und vernahm plötzlich neben sich Lermontows Stimme: »Hast du sie gehört? Sie sind nicht fein. Verstehst du, sie sind nicht fein.«

Das Wort *fein* sprach Lermontow, als wäre es in Kursiven gesetzt. Ja, es gibt Worte, die sind nicht wie die anderen, nein, ihnen wohnt eine besondere Bedeutung inne, die aber nur für Eingeweihte erkennbar ist. Der Student wußte nicht, warum Lermontow das Wort *fein* aussprach, als wäre es in Kursiven gesetzt, doch ich, der ich zu den Eingeweihten gehöre, weiß sehr wohl, daß Lermontow einst Pascals Betrachtung über den feinen Geist und den geometrischen Geist gelesen hatte und daß er seither die Menschen in Feine und Unfeine unterteilte. »Findest du sie etwa fein?« fragte er herausfordernd, als der Student stumm blieb.

Der Student knöpfte seine Hose zu, und ihm fiel auf, daß Lermontow genau die kurzen Beine hatte, von denen Gräfin N. P. Rostoptschina in ihren Tagebüchern schrieb. Dabei war er Lermontow dankbar, weil dieser als erster überragender Dichter ihn mit einer ernsten Frage bedacht hatte und nun eine ernste Antwort forderte.
»Nach meiner Ansicht sind sie tatsächlich nicht fein«, sagte er, nachdem der Dichter sich zum Gehen gewandt hatte.
Lermontow blieb auf seinen kurzen Beinen stehen: »Nein! Überhaupt nicht fein sind sie!« Mit erhobener Stimme fügte er hinzu: »Ich aber bin stolz! Verstehst du! Ich bin stolz!«
Auch das Wort *stolz* kam aus seinem Mund, als wäre es in Kursiven gesetzt. Was diesmal wohl zum Ausdruck bringen sollte, daß nur ein Dummkopf meinen könnte, Lermontow sei stolz wie ein Mädchen auf seine Hübschheit oder ein Kaufmann auf seinen Besitz, während es sich um einen ganz besonderen Stolz handelte, um einen berechtigten und erhabenen Stolz.
»Ich bin stolz!« schrie Lermontow wie zur Bekräftigung und kehrte mit dem Studenten in den Salon zurück, wo Voltaire gerade eine Huldigung an Goethe ausbrachte. Lermontow, nun schon in Fahrt, baute sich vor dem Tisch auf – und war jetzt einen Kopf größer als die Sitzenden –, um auszurufen: »Und jetzt werde ich euch meinen Stolz zeigen! Ich sage euch etwas, und das ist mein Stolz! In diesem Land gibt es nur zwei Dichter – Goethe und mich!«
Darauf erwiderte Voltaire mit ziemlicher Lautstärke: »Du bist vielleicht ein großer Dichter, aber als Mensch bist du zu klein, wenn du so etwas von dir selber behauptest.«

Lermontow stutzte kurz, dann entgegnete er zischend: »Und warum sollte ich das nicht von mir selber behaupten dürfen? Ich bin stolz!« Und er wiederholte noch einige Male, daß er stolz sei.
Voltaire wieherte vor Lachen, und die anderen wieherten mit. Der Student spürte, daß nun er aufgerufen war. Er stellte sich in der Manier Lermontows hin, schaute in die Runde der anwesenden Dichter und sprach: »Sie verstehen Lermontow leider nicht! Der Stolz des Dichters ist etwas völlig anderes als der gewöhnliche Stolz. Nur der Dichter selbst kennt den Wert dessen, was er schreibt. Die anderen begreifen es erst viel später oder begreifen es gar nicht. Der Dichter hat deshalb die Pflicht, stolz zu sein. Wäre er es nicht, würde er sein Werk verraten.«
Obwohl sie gerade noch gewiehert hatten vor Lachen, waren die Dichter mit dem Studenten einig. Denn sie waren genauso stolz wie Lermontow. Sie scheuten sich nur, es auszusprechen, weil ihnen nicht klar war, daß das Wort *stolz*, wird es entsprechend vorgebracht, nicht mehr lächerlich ist, sondern geistvoll und erhaben. Sie waren dem Studenten dankbar für seine zur rechten Zeit gekommene Belehrung, und einer am Tisch, es war wohl Verlaine, applaudierte sogar.

### *Goethe macht Christine zur Königin*

Der Student nahm wieder Platz, und Goethe wandte sich ihm mit einem freundlichen Lächeln zu: »Junger Mann, Sie wissen, was Poesie ist.«
Die anderen vertieften sich sofort wieder in ihre trunkene Debatte, so daß der Student gewissermaßen allein dem großen Dichter gegenübersaß. Er wollte die einmalige Gelegenheit nutzen, wußte aber plötzlich nichts zu sagen.

Weil er allzu eifrig nach einem passenden Satz suchte – Goethe lächelte ihn nur stumm an –, fand er keinen und rettete sich ebenfalls in ein Lächeln. Unvermittelt kam ihm die Erinnerung an Christine zu Hilfe:
»Ich gehe jetzt mit einem Mädchen, vielmehr mit einer Frau. Es ist die Frau eines Fleischers.«
Dies gefiel Goethe, und er lächelte noch freundlicher.
»Sie vergöttert Sie. Und sie hat mir eines Ihrer Bücher gegeben, damit Sie es ihr signieren.«
»Geben Sie her«, sagte Goethe und nahm dem Studenten den Gedichtband aus der Hand. Er schlug die Titelseite auf und sagte: »Erzählen Sie mir von ihr. Wie sieht sie aus? Ist sie schön?«
Im Angesicht Goethes vermochte der Student nicht zu lügen. Er bekannte, daß die Fleischersfrau keine Schönheit sei. Heute sei sie zudem in einer lächerlichen Aufmachung erschienen. Den ganzen Tag über sei sie mit einer dicken Korallenkette um den Hals und in schwarzen Abendschuhen, wie man beides längst nicht mehr trage, durch Prag spaziert.
Goethe hörte dem Studenten mit aufrichtigem Interesse zu und bemerkte plötzlich fast nostalgisch: »Das ist ja herrlich ...«
Der Student wurde kühner, und er gestand sogar, daß die Fleischersfrau einen Goldzahn habe, der in ihrem Mund funkle wie ein Leuchtkäfer.
Goethe lachte glücklich und berichtigte: »Wie ein güldener Ring.«
»Wie ein Leuchtturm«, meinte der Student, ebenfalls lachend.
»Wie ein Stern«, milderte Goethe lächelnd ab.
Der Student erklärte, daß die Fleischersfrau eigentlich eine ganz gewöhnliche Kleinstädterin sei, aber gerade das ziehe ihn so an.

»Wie gut ich Sie verstehe«, sprach Goethe da. »Gerade solche Details sind es, schlecht gewählte Kleidung, ein kleiner Gebißfehler, zauberhafte Einfalt der Seele, die eine Frau wirklich lebendig machen. Sieht unsereiner die Frauen auf den Plakaten und in den Modezeitschriften, die heutzutage allenthalben imitiert werden, müssen wir konstatieren, daß sie bar jeglichen Reizes sind, weil sie unwirklich sind, weil sie lediglich die Summe abstrakter Diktate sind. Sie kommen aus einer kybernetischen Maschine, gehen nicht aus einem Menschenleib hervor! Lieber Freund, ich garantiere Ihnen, daß Ihre Kleinbürgerin genau die richtige Frau für einen Dichter ist, und ich gratuliere Ihnen!«

Dann zog er seinen Kugelschreiber heraus, neigte sich über die Titelseite und begann zu schreiben. Er schrieb die ganze Seite voll, schrieb mit Begeisterung, schrieb wie in Trance, während sein Gesicht vom Licht der Liebe und des Verständnisses strahlte.

Der Student nahm das widmungsschwere Buch entgegen und errötete vor Stolz. Goethes Worte an die ihm unbekannte Frau waren schön und traurig, wehmütig und sinnlich, witzig und weise, und der Student glaubte fest, daß noch keine Frau eine so wunderbare Widmung erhalten hatte. Er dachte an Christine und sehnte sich unendlich nach ihr. Über ihre lächerlichen Kleider hatte die Poesie einen Mantel aus den herrlichsten Worten gelegt. Sie war zur Königin geworden.

*Ein Dichter wird hinabgetragen*

Der Kellner erschien wieder im Salon, diesmal jedoch ohne volle Flasche. Er bat die Dichter, an Aufbruch zu denken. Das Haus werde in Kürze geschlossen. Die

Hausmeisterin habe schon gedroht, abzusperren und alle hier bis zum Morgen eingeschlossen zu lassen.
Er mußte seine Aufforderung mehrmals wiederholen, laut und leise, vor der ganzen Runde und für jeden extra, bevor den Dichtern endlich bewußt wurde, daß mit der Hausmeisterin ja erfahrungsgemäß nicht zu spaßen war. Petrarca erinnerte sich plötzlich seiner Frau im roten Morgenrock und sprang vom Tisch auf, als habe ihn jemand von hinten getreten.
In diese Situation hinein sagte Goethe mit unendlich trauriger Stimme: »Freunde, laßt mich hier. Ich bleibe hier.« Sein Blick ruhte auf den Krücken, die neben ihm am Tisch lehnten. Die anderen Dichter versuchten sofort, ihn zum Mitkommen zu bewegen, aber er antwortete ihnen mit Kopfschütteln.
Alle kannten seine Frau, eine strenge, böse Dame. Alle hatten Angst vor ihr. Alle wußten, wenn Goethe nicht rechtzeitig nach Hause kam, würde sie ihnen, seinen trinkfesteren Freunden, eine schreckliche Szene machen. Sie flehten: »Johann, sei vernünftig, du mußt nach Hause!« Voll ehrfürchtiger Scheu faßten sie ihn unter den Achseln und versuchten, ihn vom Stuhl zu heben. Doch der König des Olymp war schwer, und die Scheu schwächte die Arme der Dichter. Goethe war mindestens dreißig Jahre älter als sie und ihr echter Patriarch; als sie ihn nun aufrichteten und ihm die Krücken reichen sollten, kamen sie sich allesamt klein und verlegen vor. Und der große Dichter wiederholte ständig, er wolle hierbleiben.
Natürlich konnte keiner damit einverstanden sein. Einzig Lermontow glaubte die Gelegenheit nutzen zu müssen, klüger als die anderen zu erscheinen: »Freunde, laßt ihn, ich bleibe mit ihm bis zum Morgen hier. Versteht ihr ihn denn nicht? In seiner Jugend ist er wochenlang von zu

Hause fortgeblieben. Er will sich die Jugend zurückholen! Begreift das doch einmal, ihr Esel! Nicht wahr, Johann, wir legen uns hier auf den Teppich, warten mit dieser Rotweinflasche zusammen auf den Morgen, und die alle sollen ruhig heimgehen! Petrarca mag schnellstens zu seiner Frau laufen, der Schönen im roten Morgenrock mit dem aufgelösten Haar!«
Voltaire jedoch wußte, daß nicht Sehnsucht nach der Jugend Goethe festhielt. Goethe war krank und hatte Alkoholverbot. Trank er, gehorchten ihm die Beine nicht mehr. Voltaire bemächtigte sich der Krücken und forderte die anderen auf, ihre Scheu abzulegen. Daraufhin faßten die geschwächten Hände der trunkenen Dichter Goethe erneut unter die Achseln und hoben ihn vom Stuhl. Sie trugen, vielmehr schleiften ihn durch den Salon in den Vorraum (Goethes Füße berührten mal den Boden, mal baumelten sie in der Luft wie bei einem Kind, mit dem die Eltern Engelchen spielen). Doch weil Goethe so schwer war, ließen sie ihn im Vorraum los, Goethe sank jammernd nieder und rief: »Kameraden, laßt mich hier sterben!«
Voltaire wurde wütend und schrie, die Dichter sollten Goethe augenblicklich wieder aufheben und stützen. Die Dichter schämten sich. Einige ergriffen Goethe erneut, einige bei den Armen, andere bei den Beinen, sie hoben ihn hoch und trugen ihn weiter durch die Clubtür ins Treppenhaus. Es trugen ihn alle. Voltaire trug ihn, Petrarca trug ihn, Verlaine trug ihn, Boccaccio trug ihn, und sogar der schwankende Jessenin hielt sich an Goethes Bein fest, um nicht zu fallen.
Auch der Student versuchte den großen Dichter zu tragen, denn er wußte, daß sich einem derartige Gelegenheiten im Leben nur selten boten. Doch er schaffte es nicht ganz. Lermontow, der Zuneigung zum ihm gefaßt hatte,

hielt ihn immer wieder am Arm fest, um ihm immer noch etwas zu sagen: »Sie sind nicht nur nicht fein, sondern auch ungeschickt. Muttersöhnchen sind sie alle. Schau bloß, wie sie ihn tragen! Sie werden ihn fallen lassen! Keiner hat je manuell gearbeitet. Ist dir bekannt, daß ich in der Fabrik gearbeitet habe?«
(Vergessen wir nicht, daß alle Helden jener Zeit in jenem Land durch einen Fabrikationsbetrieb gegangen sind, sei es freiwillig, aus revolutionärer Begeisterung, sei es unfreiwillig, als Folge einer Verurteilung. Im einen wie im anderen Fall waren sie stolz darauf, weil sie vermeinten, dort den Kuß jener erhabenen Göttin empfangen zu haben, die da Härte des Lebens heißt.)
An Armen und Beinen trugen die Dichter ihren Patriarchen hinab. Das Treppenhaus war viereckig, die Treppe schmal, Richtungsänderungen waren im rechten Winkel zu vollführen, was den Dichtern viel Geschick und Kraft abverlangte.
Lermontow redete weiter auf den Studenten ein: »Kamerad, weißt du, was es heißt, Querträger zu tragen? Du hast nie welche getragen. Du bist Student. Aber die da haben auch nie welche getragen. Schau bloß, wie blöd sie sich anstellen! Gleich fällt er ihnen runter!« Er fauchte die Dichter an: »Nehmt ihn doch auf die Schultern, ihr Hohlköpfe, sonst fällt er euch noch runter! Ihr habt mit euren Händen nie zulangen müssen!« Er hakte den Studenten unter und ging langsam mit ihm hinter den Dichtern her, die den immer schwerer werdenden Goethe weiter hinabtrugen. Schließlich langten sie auf dem Gehsteig an und lehnten den großen Dichter an einen Laternenpfahl. Petrarca und Boccaccio stützten ihn, damit er nicht fiel, Voltaire trat auf die Straße und versuchte ein Auto heranzuwinken. Keines hielt.
Lermontow sagte zum Studenten: »Bist du dir auch

bewußt, was du da siehst? Du bist Student und kennst nichts vom Leben. Das hier ist eines der großartigsten Schauspiele! Ein Dichter wird hinabgetragen! Weißt du, was das für eine Dichtung gäbe?«
Goethe war inzwischen auf den Gehsteig niedergesunken. Petrarca und Boccaccio versuchten ihn aufzuheben. »Sieh dir bloß an«, erklärte Lermontow dem Studenten, »was für Versager das sind! Nicht einmal Muskeln haben sie. Und keine Ahnung, was das Leben ist. ›Ein Dichter wird hinabgetragen‹ – was für ein herrlicher Titel! Ist dir das klar? Ich schreibe gerade zwei Gedichtbände auf einmal. Zwei völlig unterschiedliche. Der eine Band ist in streng klassischer Form gehalten, mit Reimen und korrekter Metrik. Der andere hat nur freie Verse. Der wird ›Dichterische Reportagen‹ betitelt sein. Als Schlußgedicht bringe ich ›Ein Dichter wird hinabgetragen‹. Das Gedicht fällt bestimmt hart aus, aber ehrlich. *Ehrlich.*«
Ehrlich war das dritte Wort, das Lermontow aussprach, als wäre es in Kursiven gesetzt. Dieses Wort bezeichnete den Gegensatz alles dessen, was nur Ornament und Spielerei des Geistes darstellte. Es bezeichnete das Gegenteil von der Träumerei Petrarcas und der Spaßmacherei Boccaccios. Es bezeichnete das Pathos der Arbeit des Arbeiters und des leidenschaftlichen Glaubens an die Göttin, die da Härte des Lebens heißt.
Verlaine, berauscht vom Alkohol und von der Nachtluft, stand mitten auf dem Gehsteig, schaute zu den Sternen empor und sang. Jessenin war mit dem Rücken an der Hausmauer herabgerutscht, sitzen geblieben und eingeschlafen. Voltaire winkte weiter auf der Fahrbahn und erwischte endlich ein Taxi. Mit Boccaccios Hilfe schob er Goethe auf den Rücksitz, dann forderte er Petrarca auf, beim Fahrer Platz zu nehmen. Denn dieser war als einziger imstande, Frau Goethe einigermaßen zu besänftigen.

Doch Petrarca wehrte sich wild: »Nicht ich! Nein! Ich habe Angst vor ihr!«
»Den schau dir an!« sagte Lermontow zum Studenten. »Wenn es darum geht, einem Freund zu helfen, reißt er aus. Keiner ist imstande, es der Alten von Goethe vernünftig beizubringen.« Er trat an den Wagen, auf dessen Rücksitz Goethe, Boccaccio und Voltaire zusammengepfercht saßen: »Freunde, ich fahre mit! Frau Goethe laßt meine Sorge sein.« Und er nahm auf dem Beifahrersitz Platz.

*Petrarca verurteilt Boccaccios Lachen*

Das Taxi mit den Dichtern verschwand, und dem Studenten fiel ein, daß es höchste Zeit sei, zu Frau Christine zu eilen.
»Ich muß nach Hause«, sagte er zu Petrarca.
Petrarca nickte, hakte ihn unter und schritt aus, in eine Richtung, die den Studenten noch weiter von seiner Mansarde wegführte. »Wissen Sie«, sprach er, »Sie haben viel Aufnahmefähigkeit bewiesen. Sie waren der einzige, der sich wirklich alles anhörte, was die anderen sagten.«
Der Student lieferte sogleich den Beweis: »Das Mädchen stand mitten im Zimmer wie die Jungfrau von Orléans mit ihrer Lanze – ich könnte Ihnen alles wiederholen, genau mit den Worten, die Sie gebraucht haben.«
»Diese Trunkenbolde haben mir nicht einmal bis zum Ende zugehört. Die interessieren sich nur für sich selber.«
»Oder wie Ihre Frau fürchtete, das Mädchen werde Sie erschlagen, und wie Sie zu dem Mädchen traten, worauf ihr Blick himmlisch sanft wurde – das war wie ein kleines Wunder.«

»Ach, mein Freund, *Sie* sind ein Dichter. Sie und nicht die anderen!« Petrarca hielt den Studenten noch immer am Arm und führte ihn weiter hinaus aus dem Zentrum, in die Vorstadt, wo er selber wohnte.
»Wie ist die Sache ausgegangen?« fragte der Student.
»Meine Frau hatte Mitleid mit ihr und ließ sie bei uns übernachten. Aber stellen Sie sich folgendes vor: Meine Schwiegermutter, die in der Kammer neben der Küche schläft, pflegt sehr früh aufzustehen. Als sie sah, daß die Fenster eingeschlagen waren, holte sie schnell die Glaser herbei, die zufällig im Nachbarhaus arbeiteten, und als wir erwachten, war der Schaden behoben. Von den Ereignissen des Vortags war keine Spur zurückgeblieben. Wir glaubten, geträumt zu haben.«
»Und das Mädchen?« fragte der Student.
»Sie war noch vor Morgengrauen geräuschlos verschwunden.« Petrarca blieb mitten auf der Straße stehen, sah den Studenten durchdringend an und erklärte: »Sie müssen wissen, mein Freund, daß ich schmerzlich getroffen wäre, wenn Sie meine Geschichte so verstünden wie irgendein Histörchen von Boccaccio, die im Bett enden. Lassen Sie sich eines gesagt sein: Boccaccio ist ein Ochse. Boccaccio wird nie jemanden begreifen, denn begreifen bedeutet Sich-Hineindenken, Verschmelzen. Das ist das Geheimnis der Poesie. Wir verglühen in der vergötterten Frau, wir verglühen in der Idee, der wir uns verschrieben haben, wir verglühen in der Landschaft, die uns gefesselt hat.«
Der Student lauschte Petrarca mit wachsender Begeisterung und sah dabei Christine vor sich, an der er vor ein paar Stunden noch gezweifelt hatte. Er schämte sich dieser Zweifel, weil sie zur schlechteren (boccacciomäßigen) Hälfte seines Wesens gehörten; sie waren nicht seiner Stärke, sondern seiner Feigheit entsprungen; sie

bewiesen, daß er nicht wagte, ganz und gar in die Liebe einzutreten, daß er nicht wagte, in der Frau zu verglühen, die ihn liebte.

»Liebe ist Poesie und Poesie ist Liebe«, sagte Petrarca, und der Student gelobte sich, Christine leidenschaftlich und glühend zu lieben. Goethe hatte sie vor einer Weile in einen Königsmantel gehüllt, und jetzt entzündete Petrarca im Herzen des Studenten ein Feuer für sie. Die Nachtstunden, die ihm noch verblieben, waren von zwei Dichtern gesegnet.

»Das Lachen dagegen«, belehrte ihn Petrarca weiter, »ist eine Explosion, die uns aus der Welt reißt und in kalte Einsamkeit stürzt. Der Scherz ist eine Barriere zwischen Mensch und Welt. Der Scherz ist ein Feind der Liebe und der Poesie. Deshalb sage ich Ihnen noch einmal, und ich möchte, daß Sie es sich gut merken: Boccaccio versteht die Liebe nicht. Liebe kann nicht lächerlich sein. Liebe hat nichts gemein mit dem Lachen.«

»Ja, ja«, pflichtete der Student ein ums andere Mal begeistert bei. Er sah die Welt in zwei Hälften geteilt, in die eine Hälfte der Liebe und in die andere Hälfte des Scherzes, und er wußte, daß er selbst zum Heer Petrarcas gehörte und immer gehören würde.

## *Engel schweben über der Studentenliege*

Sie ging nicht nervös im Zimmer auf und ab, zürnte nicht, schmollte nicht, stand auch nicht am geöffneten Fenster. Sie lag zusammengerollt unter seiner Decke, im Nachthemd. Er weckte sie mit einem Kuß auf den Mund, und um allen Vorwürfen zuvorzukommen, erzählte er ihr überstürzt von dem unglaublichen Abend, wo es zu einem dramatischen Zweikampf zwischen Boccaccio und

Petrarca gekommen war und wo Lermontow sämtliche übrigen Dichter beleidigt hatte.

Ihr lag nichts an Erklärungen. Nach einer Zeitlang aber unterbrach sie ihn mißtrauisch: »Und das mit dem Buch hast du sicher vergessen ...«

Sie traute ihren Augen nicht, als er ihr den Gedichtband mit Goethes langer Widmung reichte. Immer wieder las sie die unwahrscheinlichen Sätze, als sei ihnen ihr ebenso unwahrscheinliches Abenteuer mit dem Studenten einverleibt, ihr ganzer letzter Sommer mit den heimlichen Spaziergängen auf Waldpfaden, die ganze Zartheit und Zärtlichkeit, von denen sie nie geglaubt hatte, daß sie ihrer im Leben würde teilhaftig werden.

Unterdessen hatte sich der Student ausgezogen und neben sie gelegt. Sie umfaßte ihn fest und drückte ihn an sich. Es war eine Umarmung, wie er sie noch nie erlebt hatte. Eine aufrichtige, kraftvolle, innige, mütterliche, schwesterliche, kameradschaftliche und leidenschaftliche Umarmung. Lermontow hatte an diesem Abend mehrmals das Wort *ehrlich* gebraucht, und der Student dachte, daß Christines Umarmung diese synthetisierende Benennung mit den vielen Adjektiven verdiente.

Der Student spürte, daß sein Körper ausgezeichnet auf die Liebe eingestellt war. So verläßlich, dauerhaft und fest, daß er es nicht eilig hatte und zufrieden die lange, süße Zeit der reglosen Umarmung genoß.

Sie gab ihm einen sinnlichen Kuß, gleich darauf küßte sie ihm auf schwesterlichste Weise das ganze Gesicht ab. Er betastete mit der Zungenspitze ihren Goldzahn links oben und erinnerte sich dabei an Goethe: Christine komme nicht aus einer kybernetischen Maschine, sondern sei aus einem Menschenleib hervorgegangen! Sie sei eine Frau für einen Dichter! Vor Freude hätte er jubeln mögen. Und im Geiste hörte er Petrarcas Ausruf, Liebe

sei Poesie und Poesie sei Liebe, verstehen bedeute verschmelzen mit dem anderen und verglühen in ihm. (Ja, alle drei Dichter waren mit ihm da, sie schwebten über seiner Liege wie Engel, sie freuten sich, sangen und segneten ihn!) Überströmende Begeisterung erfüllte den Studenten, und er sagte sich, die Zeit sei gekommen, von der Lermontowschen Ehrlichkeit der reglosen Umarmung zum wirklichen Liebesakt überzugehen. Er legte sich auf Christine und versuchte mit den Knien ihre Beine zu öffnen.
Doch wie?! Christine wehrte sich. Sie preßte die Beine genauso beharrlich zusammen wie im Sommer während der Waldspaziergänge!
Er wollte sie fragen, warum sie sich wehre, konnte aber plötzlich nicht sprechen, brachte kein Wort über die Lippen. Frau Christine war im Augenblick so scheu, so zart, daß jetzt, in ihrer hautnahen Gegenwart, die Dinge der Liebe ihre Namen verloren. Er wagte nur, in der Sprache des Atems und der Berührungen zu sprechen. Worte wären zu schwerfällig gewesen. Er brannte doch in ihr! Beide loderten sie doch im gleichen Feuer! Also setzte er in beharrlichem Schweigen seine Versuche fort, Christines fest geschlossene Schenkel mit dem Knie aufzubrechen.
Auch Frau Christine schwieg. Auch sie scheute sich zu sprechen, wollte alles durch Küsse und Liebkosungen ausdrücken. Aber bei seinem fünfundzwanzigsten, brutalsten Ansatz, ihre Schenkel zu öffnen, sagte sie: »Nein, ich bitte dich. Nein. Ich würde sterben.«
»Was?«
»Ich würde sterben. Wirklich. Ich würde sterben.« Wieder gab ihm Frau Christine einen Zungenkuß, während sie ihre Schenkel wenn möglich noch fester zusammenpreßte.

Im Studenten mischten sich Verzweiflung und Seligkeit. Er hatte wahnsinniges Verlangen, sie zu lieben, gleichzeitig aber hätte er vor Glück weinen mögen, denn er begriff, daß ihn Christine liebte, wie ihn noch niemand geliebt hatte. Sie liebte ihn bis auf den Tod, sie liebte ihn so, daß sie Angst vor dem Lieben hatte, denn würde sie es tun, würde sie nie mehr ohne ihn leben können und vor Kummer und Sehnsucht sterben. Er war glücklich, närrisch glücklich, weil er plötzlich, unerwartet und völlig unverdient erreicht hatte, wonach er sich schon lange sehnte – nach jener unermeßlichen Liebe, neben der die Erdkugel mit allen ihren Kontinenten und Ozeanen nichts war.
»Ich verstehe dich! Ich sterbe mit dir!« murmelte er, streichelte und küßte sie und hätte fast vor Liebe geweint. Seine gewaltige Entbranntheit verzehrte jedoch sein körperliches Verlangen nicht, das schmerzhaft und schier unerträglich wurde. Er versuchte darum weiter, das Knie zwischen Christines Schenkel zu zwängen und sich so ihren Schoß zu eröffnen, der für ihn mit einemmal geheimnisvoller war als der heilige Gral.
»Nein, du wirst nicht sterben. *Ich* werde sterben!« flüsterte Christine.
Er stellte sich eine so übermäßige Lust vor, daß man daran starb, und stieß hervor: »Wir sterben zusammen! Wir sterben zusammen!« Und wieder drückte er das Knie zwischen ihre Schenkel, wieder ohne Erfolg.
Mehr wußten beide nicht zu sagen. Sie preßten sich weiter aneinander, Christine schüttelte von Zeit zu Zeit den Kopf, der Student griff die Festung ihrer Schenkel noch einige Male an, bevor er endgültig aufgab. Schicksalsergeben legte er sich neben sie auf den Rücken. Sie ergriff das Szepter seiner Liebe, das zu ihren Ehren aufragte, hielt es mit ihrer ganzen herrlichen Ehrlichkeit:

aufrichtig, kraftvoll, innig, mütterlich, schwesterlich, kameradschaftlich und leidenschaftlich.
Es mischten sich im Studenten die Seligkeit eines Menschen, der unermeßlich geliebt wird, und die Verzweiflung eines Körpers, der zurückgewiesen wird. Und die Fleischersfrau hielt ihn weiter, ohne ihm aber durch einige einfache Bewegungen den Liebesakt zu ersetzen, hielt ihn, als habe sie etwas Seltenes in der Hand, etwas Kostbares, das sie nicht beschädigen und noch lange so aufrecht und fest erhalten wollte.
Aber genug von dieser Nacht, in der es bis zum Morgen zu keinen wesentlichen Veränderungen mehr kam.

### *Das schmutzige Licht des Morgens*

Weil sie sehr spät eingeschlafen waren, wachten sie erst gegen Mittag auf, beide mit Kopfschmerzen. Ihnen blieb nicht viel Zeit, denn Christine mußte bald zum Zug. Ein Gespräch wollte nicht aufkommen. Christine packte ihr Nachthemd und Goethes Buch in die Reisetasche. Dann stand sie wieder in ihren unpassenden schwarzen Abendschuhen und ihrer unpassenden dicken Korallenkette da. Als habe das schmutzige Licht des Morgens das Siegel ihres Schweigens gebrochen, als sei auf die Nacht der Poesie der Tag der Prosa gefolgt, sagte Christine nun schlicht und einfach zum Studenten: »Weißt du, du darfst mir nicht böse sein, ich könnte wirklich sterben. Der Arzt hat mir nach der ersten Niederkunft gesagt, ich dürfe nie mehr in andere Umstände kommen.«
Der Student sah sie gequält an: »Meinst du, ich hätte dich geschwängert? Wofür hältst du mich?«
»So reagieren alle Männer. Alle versichern einem dasselbe. Ich weiß, was meinen Freundinnen passiert ist.

Junge Burschen wie du sind furchtbar gefährlich. Und wenn es erst einmal passiert ist, dann ist alles zu spät.« Mit verzweifelter Stimme erklärte er ihr, daß er kein unerfahrener Grünschnabel sei und ihr nie und nimmer ein Kind gemacht hätte. »Du wirst mich doch nicht mit den Kerlen deiner Freundinnen vergleichen!«
»Nein, nein«, sagte sie, und es klang wie eine Entschuldigung. Der Student konnte sich weitere Überzeugungsversuche sparen. Sie glaubte ihm. Er war sicher kein Hinterwäldler und kannte sich in der Liebe vielleicht besser aus als alle Automechaniker der Welt. Wahrscheinlich hatte sie sich in der Nacht umsonst gewehrt. Aber sie bereute es nicht. Eine Liebesnacht mit einer kurzen Umarmung (Christine konnte sich körperliche Liebe nur als kurzen, eiligen Akt vorstellen) war für sie zwar etwas Schönes, aber auch Gefährliches und Tückisches. Was sie mit dem Studenten erlebt hatte, war unendlich besser.
Er begleitete sie zum Bahnhof. Sie freute sich schon darauf, im Abteil zu sitzen und sich der Erinnerung hinzugeben. Mit dem Hang der einfachen Frau zur Besitzergreifung sagte sie sich zum wiederholten Male, daß sie etwas erlebt habe, was ihr niemand *nehmen könne*: Sie hatte die Nacht mit einem jungen Mann verbracht, der ihr stets unwirklich, nicht faßbar, fern erschienen war, und die ganze Zeit hatte sie sein aufgerichtetes Glied gehalten. Ja, die ganze lange Zeit! So etwas hatte sie wahrlich noch nicht erlebt. Möglich, daß sie ihn nicht wiedersehen würde, doch sie hatte ohnehin nicht damit gerechnet, daß es ein Liebesverhältnis auf Dauer werden würde, mit häufigen Wiederbegegnungen. Es beglückte sie, von ihm etwas Bleibendes zu besitzen: Goethes Gedichte mit der unglaublichen Widmung, die ihr jederzeit Gewißheit geben würde, daß ihr Abenteuer kein Traum gewesen war.

Der Student hingegen war verzweifelt. Ein einziger vernünftiger Satz in der Nacht, und es hätte genügt! Die Dinge beim richtigen Namen nennen, und er hätte sie gehabt! Sie hatte gefürchtet, er würde ihr ein Kind machen, und er hatte geglaubt, sie fürchte die Grenzenlosigkeit ihrer beider Liebe! Er blickte in die Abgründe seiner Dummheit und wäre am liebsten in Lachen ausgebrochen, in ein weinerlich-hysterisches Lachen!
Der Student von Prag kehrte vom Bahnhof in seine Wüstenei ohne Liebesnächte zurück, und die Lítost ging mit.

*Zusätzliche Anmerkungen zur Theorie der Lítost*

An zwei Beispielen aus dem Leben eines Studenten habe ich die beiden möglichen Grundreaktionen des Menschen auf die eigene Lítost erläutert. Ist unser Gegenüber schwächer als wir, tun wir ihm unter irgendeinem falschen Vorwand weh, wie der Student der Studentin weh getan hatte, als sie schneller geschwommen war.
Ist unser Gegenüber stärker, bleibt uns nur eine Art Rache auf Umwegen, eine indirekte Ohrfeige, ein Mord vermittels Selbstmord. Der kleine Junge spielt auf der Geige den falschen Ton so lange, bis es der Lehrer nicht mehr aushält und ihn zum Fenster hinauswirft. Während des Sturzes freut sich der Junge, daß der böse Lehrer des Mordes angeklagt werden wird.
Das sind die beiden klassischen Methoden, und ist die erste im Leben von Verliebten und Eheleuten üblich, findet man für die zweite zahllose Beispiele in der sogenannten großen Geschichte der Menschheit. Wahrscheinlich ist das, was unsere Lehrer Heldentum nannten, nichts als eine Form von Lítost, wie ich sie am Fall

des kleinen Jungen und des Geigenlehrers dargestellt habe. Die Perser eroberten den Peloponnes, und die Spartaner begingen einen militärischen Fehler nach dem anderen. Und wie das Jüngelchen sich weigerte, richtig zu spielen, so weigerten sich die Spartaner, blind vor Wut, irgend etwas Vernünftiges zu unternehmen, sie waren weder zu besserer Kampfweise noch zur Kapitulation oder zu rettender Flucht bereit und ließen sich aus Lítost bis zum letzten Mann niedermetzeln.

In diesem Zusammenhang fällt mir ein, daß Lítost nicht zufällig in Böhmen seinen Ursprung hat. Die Geschichte der Tschechen, eine Geschichte ewiger Revolten gegen Stärkere und ruhmreicher Niederlagen, die zwar auf den Lauf der Welt einwirkten, aber den Untergang des eigenen Volkes bewirkten – dies ist die Geschichte von Lítost. Als im August des Jahres neunzehnhundertachtundsechzig Tausende russischer Panzer in dieses kleine und herrliche Land einfielen, las ich an den Mauern einer böhmischen Stadt die Forderung: *Wir wollen keinen Kompromiß, wir wollen den Sieg!* Wohlgemerkt, zur Auswahl standen in diesem historischen Augenblick nur diverse Arten von Niederlagen, sonst nichts. Dennoch lehnte die Stadt jeden Kompromiß ab und verlangte den Sieg! Hier sprach nicht die Vernunft, hier sprach die Lítost! Wer den Kompromiß ablehnt, dem bleibt am Ende nur die schlimmste der denkbaren Niederlagen. Aber gerade dies wünscht die Lítost. Ein von Lítost besessener Mensch rächt sich durch Selbstvernichtung. Das Jüngelchen blieb zerschmettert auf dem Gehsteig liegen, aber seine unsterbliche Seele wird bis in alle Ewigkeiten die Genugtuung genießen, daß sich der Lehrer am Fenstergriff erhängte.

Wie aber hätte der Student Frau Christine wehtun sollen? Bevor er überhaupt in der Lage gewesen war, sie zu

verletzen, hatte sie schon den Zug bestiegen. Die Theoretiker kennen solche Situationen und behaupten, es komme dabei zu einem *Lítost-Stau*.
Das ist das Ärgste, was geschehen kann. Der Student hatte die Lítost in sich wie ein Geschwür, das von Minute zu Minute wuchs, und er wußte nicht, was anfangen. Da er niemanden hatte, an dem er sich rächen konnte, wollte er wenigstens Tröstung. Er erinnerte sich Lermontows. Er sah vor sich, wie Goethe ihn beleidigte und wie Voltaire ihn erniedrigte, wie aber Lermontow trotzdem immer wieder von neuem rief, daß er stolz sei, als wären sämtliche Dichter am Tisch Geigenlehrer, die er provozieren wollte, damit sie ihn zum Fenster hinauswürfen.
Der Student sehnte sich nach Lermontow wie nach einem Bruder. Geistesabwesend steckte er die Hand in die Tasche. Seine Finger bekamen einen gefalteten Zettel zu fassen. Es war ein Blatt aus einem Heft, und darauf stand: *Ich warte auf Dich. Ich liebe Dich. Christine. Mitternacht.*
Natürlich! Das Jackett, das er heute trug, hatte gestern abend in der Mansarde am Kleiderhaken gehangen. Die zu spät entdeckte Mitteilung bestätigte ihm, was er ohnehin schon wußte. Christines Körper war ihm aus eigener Dummheit entgangen. Die Lítost wuchs in ihm, bis er schier platzte, sie fand keinen Ausweg.

## *Auf dem Grunde der Hoffnungslosigkeit*

Es war später Nachmittag, und der Student sagte sich, die Dichter müßten trotz der gestrigen Trinkerei wieder auf den Beinen sein. Vielleicht waren sie sogar wieder im Literarischen Club. Er lief im Haus der Literatur in den ersten Stock hinauf, passierte die Garderobe, ging aber

nicht geradeaus in den Salon, sondern wandte sich nach rechts ins Restaurant. Weil er sich hier nicht auskannte, blieb er am Eingang stehen und hielt unsicher Umschau. Hinten im Lokal saßen Petrarca und Lermontow mit zwei Leuten, die er nicht kannte. In ihrer Nähe war ein Tisch frei. An diesem nahm er Platz. Niemand beachtete ihn. Petrarca und Lermontow hatten ihn mit dem Blick kurz gestreift, aber nicht wiedererkannt. Er bestellte Cognac. In seinem Kopf hallte die unendlich traurige und unendlich schöne Nachricht Christines: *Ich warte auf Dich. Ich liebe Dich. Christine. Mitternacht.*
Ungefähr zwanzig Minuten saß er allein am Tisch und trank seinen Cognac in kleinen Schlucken. Der Anblick Petrarcas und Lermontows brachte ihm statt Trost nun noch größere Traurigkeit. Alle hatten ihn verlassen, Christine und auch die Dichter. Er war ganz allein mit seinem Zettel, auf dem geschrieben stand: *Ich warte auf Dich. Ich liebe Dich. Christine. Mitternacht.* Ihn überkam die Lust, aufzustehen und den Zettel mit ausgestrecktem Arm zu schwenken, damit alle ihn sahen, damit alle sahen, daß er, der Student, geliebt wurde, unermeßlich geliebt wurde.
Statt dessen winkte er den Kellner herbei, um zu bezahlen. Bevor dieser kam, zündete er sich noch eine Zigarette an. Im Club mochte er nicht mehr bleiben, aber er mochte auch nicht in seine Bude zurück, wo ihn keine Frau erwartete. Als er die zu Ende gerauchte Zigarette im Aschenbecher ausdrückte, bemerkte er, daß Petrarca ihn inzwischen doch wiedererkannt hatte und ihm von seinem Tisch aus ein Zeichen gab. Doch es war zu spät, die Lítost trieb ihn aus dem Club in seine triste Einsamkeit. Er stand auf, um das Restaurant zu verlassen, zog jedoch im letzten Augenblick den Zettel mit der Liebesnachricht Christines aus der Tasche. Dieses Stück Papier stürzte

ihn, genau betrachtet, nur in ein Wechselbad der Gefühle. Er würde es hier liegen lassen, auf dem Tisch; vielleicht bemerkte es jemand und ersah daraus, daß der Student, der hier gesessen hatte, unermeßlich geliebt wurde.
Er wandte sich zum Gehen.


### Unverhoffter Ruhm

»Mein Freund!« erklang es hinter dem Studenten, der sich umdrehte und Petrarca gestikulierend auf sich zukommen sah: »Sie gehen schon?« sagte der Dichter und entschuldigte sich dafür, daß er ihn nicht gleich erkannt hatte: »Wenn ich trinke, bin ich am nächsten Tag wie verblödet.«
Der Student erklärte, er habe nicht stören wollen, weil er die beiden Herren an Petrarcas Tisch nicht kenne.
»Das sind Nullen«, erklärte Petrarca kurz und kehrte mit dem Studenten an dessen Tisch zurück. Der Student schaute besorgt auf das Stück Papier, das er hier hatte liegen lassen. Wäre es nur ein kleiner Fetzen gewesen! Dieses weiße Blatt jedoch schien geradezu schreiend auf die ungeschickte Absicht, mit der es liegen gelassen worden war, aufmerksam zu machen.
Petrarca bemerkte es sofort. Seine Augen rollten vor Neugier. Er griff zu und drehte den Zettel in der Hand: »Was ist das? Das gehört wohl Ihnen, mein Freund?«
Der Student versuchte ungeschickt, die Verlegenheit eines Menschen vorzuschützen, der versehentlich eine vertrauliche Mitteilung weggeworfen hatte. Er griff nach dem Zettel.
Aber Petrarca las bereits laut: »Ich warte auf Dich. Ich liebe Dich! Christine. Mitternacht.« Er schaute den Stu-

denten an und fragte: »Welche Mitternacht? Womöglich die gestrige?«
Der Student senkte den Blick. »Ja«, sagte er und versuchte nicht mehr, Petrarca das Papier abzunehmen.
Unterdessen war Lemontow auf seinen kurzen Beinen ebenfalls zum Tisch des Studenten gekommen. Er reichte diesem die Hand: »Es freut mich, Sie zu sehen. Die dort« – er deutete diskret zu dem Tisch hinter sich – »sind furchtbare Nullen.« Und er nahm Platz.
Petrarca las Lermontow sogleich Christines Nachricht vor, las sie mehrmals, las sie mit sonorer, melodiöser Stimme, als seien es Verse.
Das bringt mich auf den Gedanken, daß einem dort, wo man weder dem zu schnell schwimmenden Mädchen eine Ohrfeige versetzen noch sich von den Persern morden lassen kann, also wo einem keinerlei Ausweg aus der Lítost bleibt, die Gnade der Poesie zu Hilfe eilt.
Was bleibt uns von dieser mißratenen Geschichte? Einzig die Poesie. Die Widmungsworte in Goethes Buch, die Christine mitgenommen hat, sowie die Worte auf dem linierten Papier, die dem Studenten unverhofften Ruhm einbrachten.
»Guter Freund« – Petrarca ergriff die Hand des Studenten – »gestehen Sie, daß Sie Verse schreiben! Gestehen Sie, daß Sie ein Dichter sind!«
Der Student senkte erneut den Blick und gestand es.

*Und Lermontow bleibt allein*

Lermontows wegen war der Student in den Literarischen Club gekommen, doch nun war er für Lermontow verloren und Lermontow war für ihn verloren. Lermontow haßte glückliche Liebende. Er blickte finster drein und sprach verächtlich über die Poesie süßlicher Gefühle und großer Worte. Ein Gedicht, so sprach er, müsse ehrlich sein wie ein von Arbeiterhand hergestellter Gegenstand. Sein Gesicht verdüsterte sich noch mehr, er zürnte Petrarca und dem Studenten. Wir aber wissen Bescheid. Goethe hatte es gesagt. Es kam von Lermontows Keuschheitüben. Es war die furchtbare Lítost vom Keuschheitüben.

Wer hätte ihn besser verstehen können als der Student? Aber dieser unverbesserliche Dummkopf sah nur Lermontows düsteres Gesicht, hörte nur dessen böse Worte und war beleidigt.

Ich betrachte die drei aus der Ferne, von meinem französischen Wohnturm. Petrarca und der Student stehen vom Tisch auf. Sie verabschieden sich kühl von Lermontow. Und Lermontow bleibt allein.

Mein teurer Lermontow, Genius jener Qual, die man in meinem traurigen Böhmen Lítost nennt.

*Sechster Teil*
# Die Engel

## I

Im Februar 1948 trat der kommunistische Führer Klement Gottwald auf den Balkon seines Prager Barockpalais, um zu den Hunderttausenden von Bürgern zu sprechen, die Prags Altstädter Ring überschwemmt hatten. Es war ein historischer Augenblick für Böhmen. Schnee fiel, es war kalt, und Gottwald hatte keine Kopfbedeckung. Der fürsorgliche Clementis nahm seine Pelzmütze ab und setzte sie dem barhäuptigen Gottwald auf.

Weder Gottwald noch Clementis wußte, daß Franz Kafka acht Jahre lang fast jeden Tag die Treppe benutzt hatte, auf der sie zum historischen Balkon gelangt waren, denn unter Österreich-Ungarn hatte dieses Palais ein deutsches Gymnasium beherbergt. Genausowenig wußten sie, daß im Erdgeschoß desselben Gebäudes Herrmann Kafka, der Vater von Franz, ein Ladengeschäft gehabt hatte, dessen Schild neben dem Namen eine aufgemalte Dohle zeigte, weil im Tschechischen ›kavka‹ Dohle heißt.

Mochten Gottwald, Clementis und ihresgleichen nichts von Kafka gewußt haben, so hatte doch Kafka von ihrem Unwissen gewußt. Prag ist in seinem Roman die Stadt ohne Gedächtnis. Bei ihm hat sie sogar ihren eigenen Namen vergessen. In ihr merkt sich niemand etwas, niemand erinnert sich an etwas, nicht einmal Joseph K. scheint etwas von ihrem früheren Leben zu wissen. Dort erklingt kein einziges Lied, das durch Erinnern an ihre Geburt die Gegenwart mit der Vergangenheit verknüpfte.

Die Zeit in Kafkas Roman ist die Zeit einer Menschheit, die ihre Kontinuität mit der Menschheit verloren hat, eine Menschheit also, die nichts mehr weiß und sich an nichts mehr erinnert und in Städten haust, die keinen

Namen mehr haben und deren Straßen namenlos sind oder anders heißen, als sie gestern geheißen haben; denn bleibende Namen wären die Kontinuität mit der Vergangenheit; und die Menschen ohne Vergangenheit sind Menschen ohne Namen.

Prag ist, wie Max Brod sagte, die Stadt des Bösen. Als die Jesuiten nach der Niederwerfung der böhmischen Reformation im Jahr 1621 das Volk zum rechten katholischen Glauben umzuerziehen versuchten, überschwemmten sie Prag mit der Pracht barocker Kirchen. Tausende steinerner Heiliger, die euch heute noch von allen Seiten anschauen, die euch drohen, verfolgen, hypnotisieren, gehörten zur Heerschar jener Besatzer, die vor dreihundertfünfzig Jahren in Böhmen eingefallen waren, um dem Volk seinen Glauben und seine Sprache aus der Seele zu reißen.

Die Straße, in der Tamina geboren wurde, hieß Schweriner Straße. Es war Krieg, und Prag war von den Deutschen besetzt. Taminas Vater hatte das Licht der Welt in der Schwarzkosteletzer Straße erblickt. Es war die Zeit Österreich-Ungarns. Die Mutter hatte sich beim Vater in der Marschall-Foch-Straße eingerichtet. Es war nach dem Ersten Weltkrieg. Tamina hatte ihre Kindheit in der Stalinstraße verlebt, und ihr Mann hatte sie aus der Straße in den Weinbergen ins neue Heim geführt. In allen Fällen war es dieselbe Straße, man hatte nur ihren Namen immer wieder geändert, hatte ihr das Gehirn gewaschen, um sie zu verdummen.

Durch Straßen, die vor lauter Namensänderungen nicht mehr wissen, wie sie eigentlich heißen, irren die Spukgestalten umgestürzter Denkmäler. Umgestürzt hat die böhmische Reformation, umgestürzt hat die österreichische Gegenreformation, umgestürzt hat die tschechoslowakische Republik, umgestürzt haben die Kommunisten, umgestürzt wurden sogar die Stalindenkmäler. Statt all dieser Umgestürzten wachsen heute in ganz Böhmen Tausende Leninstatuen empor, sie wachsen wie Gras auf Ruinen, wie die melancholische Blume des Vergessens.


2

Ist Franz Kafka der Prophet einer Welt ohne Gedächtnis, so ist Gustáv Husák ihr Erbauer. Nach T. G. Masaryk, genannt Präsident der Befreiung (sämtliche seiner Denkmäler wurden umgestürzt), nach Beneš, Gottwald, Zápotocký, Novotný und Svoboda ist Husák der siebente Präsident meines Landes, zu nennen *Präsident des Vergessens*.
Die Russen haben ihn 1969 an die Macht gebracht. Seit 1621 hat es in der Geschichte des tschechischen Volkes kein solches Massaker der Kultur und der Intelligenz gegeben wie unter seiner Regierung. Allenthalben meint man, Husák habe seine politischen Widersacher einfach verfolgt. Der Kampf gegen die politische Opposition aber war eher Vorwand und willkommene Gelegenheit für die Russen, durch ihren Statthalter etwas viel Einschneidenderes zu erreichen.
Unter diesem Gesichtspunkt halte ich es für bedeutsam, daß Husák hundertfünfundvierzig Historiker von den Universitäten und aus den wissenschaftlichen Instituten vertrieb. (Es wird erzählt, daß für jeden von ihnen irgendwo in Böhmen – geheimnisvollerweise wie im Märchen – ein neues Lenindenkmal emporwuchs.) Einer dieser Historiker, mein guter Freund Milan Hübl, Träger einer Brille mit ungewöhnlich starken Gläsern, saß im Jahr 1971 bei mir in meinem Appartement in der Bartolomějská ulice. Durchs Fenster blickten wir auf den

Hradschin mit seinen Türmen. Wir waren mißgestimmt, traurig.
»Will man Völker liquidieren«, sagte Hübl, »nimmt man ihnen zuerst das Gedächtnis. Man vernichtet ihre Bücher, ihre Bildung, ihre Geschichte. Und irgendwer schreibt ihnen andere Bücher, gibt ihnen eine andere Bildung und erfindet ihnen eine andere Geschichte. Das Volk beginnt langsam zu vergessen, was es war und was es ist. Die Welt rundum vergißt es noch viel schneller.«
»Und die Sprache?«
»Warum sollte uns jemand unser Tschechisch nehmen? Es wird zur bloßen Folklore, die früher oder später eines natürlichen Todes stirbt.«
War dies eine von übermäßiger Trauer diktierte Übertreibung?
Oder stimmt es, daß ein Volk die Wüste organisierten Vergessens nicht lebend zu durchqueren vermag?
Niemand weiß, was einmal sein wird, aber eines ist sicher: in Augenblicken der Hellsichtigkeit kann das tschechische Volk den eigenen Tod vor sich sehen. Zwar nicht als Wirklichkeit, auch nicht als unausweichliche Zukunft, aber doch als ganz konkrete Möglichkeit. Sein Tod ist mit ihm.

3

Ein halbes Jahr später wurde Hübl verhaftet und zu mehrjähriger Haftstrafe verurteilt. Damals lag mein Vater im Sterben.
Im Verlaufe der letzten zehn Jahre hatte mein Vater allmählich die Sprache verloren. Anfangs konnte er sich nur an einige Wörter nicht mehr erinnern und ersetzte sie durch andere, ähnliche, worüber er selber lachen mußte.

Als sein Ende nahte, brachte er nur noch wenige Wörter hervor, und wollte er sich länger mitteilen, mündete alles Gemeinte in einen Satz, den letzten, dessen er mächtig bleiben sollte: *Das ist sonderbar.*

Wenn er *das ist sonderbar* sagte, stand in seinen Augen unendliche Verwunderung darüber, daß er alles wußte, jedoch nichts sagen konnte. Die Dinge hatten ihren Namen verloren und waren in ein einziges ununterscheidbares Sein verschmolzen. Lediglich ich konnte, wenn ich mit ihm sprach, für ein Weilchen die namenlose Unendlichkeit in die Welt der benannten Einzelheiten zurückverwandeln.

Die großen blauen Augen in seinem schönen Gesicht blickten weise wie eh und je. Ich führte ihn oft spazieren. Wir machten immer die gleiche Runde um einen Häuserblock; zu mehr reichte es beim Vater nicht mehr. Er konnte schlecht gehen, nur mit kleinen Schritten, und wurde er müde, was sehr schnell geschah, begann sein Körper vornüber zu kippen, und er verlor das Gleichgewicht. Wir mußten oft stehenbleiben. Die Stirn an eine Wand gelehnt, ruhte er sich aus.

Während dieser Spaziergänge plauderten wir manchmal über Musik. Solange Vater noch normal sprach, hatte ich selten Fragen gestellt. Jetzt wollte ich es nachholen. Wir unterhielten uns also, aber es war ein wunderliches Reden zwischen einem, der nichts wußte, aber viele Wörter kannte, und einem, der alles wußte, aber kaum mehr Wörter kannte.

Während der zehn Jahre seiner Krankheit schrieb Vater an einem umfänglichen Buch über Beethovens Sonaten. Er schrieb zwar etwas besser, als er sprach, aber auch beim Schreiben kostete es ihn immer größere Mühe, die richtigen Wörter zu finden. Sein Text wurde unverständlich, als Wörter auftauchten, die es gar nicht gab.

Eines Tages rief er mich in sein Zimmer. Auf dem Klavier waren die Variationen zur Sonate op. 111 aufgeschlagen. »Sieh«, sagte er und zeigte auf die Noten (auch Klavierspielen konnte er nicht mehr), »sieh«, wiederholte er, und nach langer Anstrengung brachte er noch zustande: »Jetzt weiß ich's!« Er versuchte mir etwas Wichtiges zu erklären, aber seine Mitteilung war nur eine Folge von unverständlichen Wörtern. Als er sah, daß ich ihn nicht verstand, warf er mir einen überraschten Blick zu, der besagte: »Das ist sonderbar.«
Natürlich wußte ich, worum es ging, weil ihn die Frage seit langem beschäftigte. Für Beethoven waren die Variationen gegen Ende des Lebens zur Lieblingsform geworden. Man könnte meinen, daß es sich dabei um die oberflächlichste aller Formen handle, um bloßes Brillieren mit musikalischer Technik, um eine Arbeit, wie sie eher einer Spitzenklöpplerin anstand als Beethoven. Beethoven jedoch machte die Variation (zum erstenmal in der Musikgeschichte) zu einer der gewichtigsten Formen, in die er seine schönsten Meditationen legte.
Zugegeben, dies ist hinlänglich bekannt. Doch Vater wollte wissen, wie das zu verstehen sei. Warum ausgerechnet Variationen? Welcher Sinn verbarg sich dahinter?
Weil er zu einer Erkenntnis gelangt war, hatte er mich in sein Zimmer gerufen, auf die Noten gezeigt und gesagt: »Jetzt weiß ich's!«

4

Das Schweigen meines Vaters, vor dem sich alle Wörter versteckt hatten, das Schweigen der hundertfünfundvierzig Historiker, denen Erinnerung verboten war, diese vielfache Stille, die aus Böhmen herüberdrang und -dringt, stellt den Hintergrund des Bildes dar, das ich von Tamina male.

Sie bediente weiter im Café der westeuropäischen Kleinstadt. Aber sie ist nicht mehr in das Leuchten der freundlichen Aufmerksamkeit gehüllt, die vordem Gäste angezogen hatte. Sie hatte die Lust daran verloren, den Menschen ihr Ohr zu leihen.

Als Bibi wieder einmal auf dem Hocker an der Theke saß und ihr Töchterchen unten quengelte, wartete Tamina ein Weilchen, ob die Mutter einschreiten würde; dann verlor sie die Geduld und fragte: »Kannst du sie nicht zur Ruhe bringen?«

Bibi erwiderte beleidigt: »Woher kommt eigentlich dein Haß auf Kinder?!«

Man kann nicht sagen, daß Tamina Kinder haßte. Haß schwang vielmehr in Bibis Stimme mit, unerwartet und leise, dennoch unüberhörbar für Tamina. Plötzlich waren die beiden keine Freundinnen mehr.

Eines Tages erschien Tamina nicht zur Arbeit. Dies hatte es noch nie gegeben. Die Cafébesitzerin ging nachsehen, was mit ihr los sei. Sie läutete an Taminas Wohnungstür, aber niemand öffnete. Am nächsten Tag ging sie wieder hin und klingelte wieder vergebens. Da rief sie die Polizei. Die Tür wurde aufgebrochen, doch in der sorgsam aufgeräumten Wohnung fehlte nichts. Und es fand sich nichts Verdächtiges.

Tamina erschien auch in der nächsten Zeit nicht. Die Polizei kümmert sich weiter um die Angelegenheit, jedoch ergebnislos. Taminas Verschwinden blieb unaufgeklärt, die Akte darüber wurde geschlossen und wurde als nicht aufzuklärender Fall zu den Akten gelegt.

5

An jenem schicksalhaften Tag nahm auf dem Hocker vor der Theke ein junger Mann in Jeans Platz. Um diese Stunde war Tamina meist allein im Café. Der junge Mann bestellte Cola und trank in kleinen Schlucken. Er betrachtete Tamina, aber Tamina schaute ins Leere.
Nach einer Weile sagte er: »Tamina.«
Wenn er geglaubt hatte, sie damit beeindrucken zu können, hatte er sich getäuscht. Es war nicht schwer, ihren Namen herauszubekommen, alle Gäste im Viertel hier kannten sie.
»Ich weiß, daß Sie traurig sind«, fügte der junge Mann hinzu.
Doch auch damit konnte er Tamina nicht beeindrucken. Es gibt viele Wege zur Eroberung einer Frau, und einer der sichersten in ihr Inneres führt über die Traurigkeit. Dennoch schaute sie den jungen Mann jetzt an, mit gelindem Interesse.
Schließlich schaffte er es, sie ins Gespräch zu ziehen. Er nahm Tamina für sich ein, weil er Fragen stellte. Nicht durch den Inhalt seiner Fragen nahm er sie für sich ein, sondern durch die einfache Tatsache, daß er sie stellte. Mein Gott, wie lange war es her, daß jemand Antworten von ihr erwartet hatte! Es schien ihr eine ganze Ewigkeit! Nur ihr Mann hatte nie aufgehört, ihr Fragen zu stellen, weil die Liebe unaufhörliche Befragung ist. Jawohl, ich kenne keine bessere Definition der Liebe.
(Mein Freund Hübl wendete ein, daß uns so gesehen niemand inniger liebe als die Polizei. Das stimmt. Genau wie jedes *Oben* seine Entsprechung im *Unten* hat, hat das Interesse der Liebe seine Entsprechung in der Neugier der Polizei. Der Mensch verwechselt gelegentlich oben und unten, und ich vermag mir vorzustellen, daß es Einsame

gibt, die sich wünschen, aufs Kommissariat gerufen zu werden, um über sich selbst reden zu können.)

6

Der junge Mann schaute ihr in die Augen, hörte ihr zu, dann erklärte er ihr, daß das, was sie Erinnern nenne, in Wirklichkeit etwas anderes sei: Wie behext starre sie immer nur auf ihr Vergessen.
Tamina nickte.
Der junge Mann fuhr fort: Der traurige Blick zurück sei keinesfalls noch Ausdruck ihrer Treue zum Toten. Der Tote sei aus ihrem Blickfeld verschwunden, und sie schaue ins Leere.
Ins Leere? Was mache dann ihren Blick so schwer?
Nicht die Erinnerungen machten ihn schwer, erläuterte der junge Mann, sondern die Vorwürfe. Tamina verzeihe sich nicht, daß sie vergessen könne.
»Was soll ich also tun?« fragte Tamina.
»Sie müssen Ihr Vergessen vergessen«, antwortete der junge Mann.
Tamina lächelte bitter: »Verraten Sie mir, wie man das anfängt.«
»Haben Sie nie Lust gehabt, wegzugehen?«
»Doch«, bekannte sie. »Ich habe schreckliche Lust, wegzugehen. Aber wohin?«
»Irgendwohin, wo die Dinge leicht sind wie ein Windhauch. Wo die Dinge ihre Schwere verloren haben. Wo es keine Selbstvorwürfe gibt.«
»Ja«, sagte Tamina, als träume sie plötzlich. »Irgendwohin gehen, wo die Dinge nichts wiegen.«
Und wie in einem Märchen, wie in einem Traum (ja, es ist ein Märchen! es ist ein Traum!) trat Tamina hinter der

Theke hervor, wo sie einige Jahre ihres Lebens gestanden hatte, und verließ mit dem jungen Mann das Café. Ein roter Sportwagen war am Gehsteig geparkt. Der junge Mann stieg ein und bot Tamina den Platz neben sich an.

7

Ich verstehe die Vorwürfe, die sich Tamina machte. Auch ich machte sie mir, auf nachhaltige Weise, als Vater gestorben war. Vor allem konnte ich mir nicht verzeihen, daß ich ihn so wenig gefragt hatte, daß ich so wenig von ihm wußte, daß ich mir ihn hatte entgehen lassen. Aber gerade diese Selbstvorwürfe enthüllten mir jäh, was er angesichts der aufgeschlagenen Noten des Opus 111 hatte sagen wollen.
Ein Vergleich soll mir helfen, es zu erläutern. Die Sinfonie ist eine musikalische Epopöe. Man könnte sagen, daß sie einem Weg gleicht, der durch die äußere Unendlichkeit der Welt führt, von einem Ding zum anderen, weiter und weiter. Die Variationen sind ebenfalls ein Weg, doch dieser führt nicht in die äußere Unendlichkeit. Bestimmt kennen Sie Pascals Gedanken, wo er sagt, daß der Mensch zwischen dem Abgrund des unendlich Großen und dem Abgrund des unendlich Kleinen lebt. Der Weg der Variationen führt in die *zweite* Unendlichkeit, in die unendliche innere Vielfalt, die sich in jedem Ding verbirgt.
In den Variationen entdeckte Beethoven also einen anderen Raum und eine andere Richtung des Suchens. Seine Variationen stellen in diesem Sinn eine neue *Aufforderung zur Reise* dar.
Die Form der Variation ist die Form maximaler Konzentration und ermöglicht es dem Komponisten, von dem

Ding als solchem zu sprechen, geradewegs zum Kern vorzudringen. Gegenstand der Variation ist das Thema, das oftmals nicht mehr als sechzehn Takte aufweist. Beethoven steigt in das Innere dieser sechzehn Takte, als steige er durch einen Schacht ins Innere der Erde.

Der Weg in die zweite Unendlichkeit ist nicht minder abenteuerlich als der Weg der Epopöe. Auf diesem gelangt zum Beispiel der Physiker ins wunderbare Innere des Atoms. Mit jeder Variation entfernte sich Beethoven weiter und weiter vom ursprünglichen Thema, das mit der letzten Variation keine größere Ähnlichkeit hat als eine Blume mit ihrem Teilbild unter dem Mikroskop.

Der Mensch weiß, daß er das Universum mit seinen Sonnen und Sternen nicht zu umfassen vermag. Weit unerträglicher findet er es, daß er dazu verurteilt ist, auch die zweite Unendlichkeit zu verfehlen, dieses nahe, scheinbar in Reichweite liegende Unendliche. Tamina hat das Unendliche ihrer Liebe verfehlt, ich habe den Vater verfehlt, und jeder von uns verfehlt sein eigenes Werk, weil man auf dem Weg zur Vollkommenheit zwar ins Innere der Dinge geht, aber niemals ans Ende gelangt.

Daß uns das äußere Unendliche entgangen ist, nehmen wir als selbstverständliches Geschick an. Doch daß uns auch die zweite Unendlichkeit entgeht, rechnen wir uns als Schuld an, bis zu unserem Tod. Denn wir dachten ans Unendliche der Sterne, kümmerten uns aber nicht um das Unendliche des Vaters.

Kein Wunder, daß die Variation zur Lieblingsform des gereiften Beethoven wurde, der genau wußte (wie es Tamina wußte und wie ich es weiß), daß nichts unerträglicher ist als das Verfehlen eines Menschen, den wir geliebt haben, wie auch das Verfehlen der sechzehn Takte mit dem inneren Universum ihrer unendlichen Möglichkeiten.

Dieses ganze Buch ist ein Roman in Form von Variationen. Die einzelnen Teile folgen aufeinander wie die einzelnen Abschnitte eines Weges, der ins Innere des Themas führt, ins Innere des Gedankens, ins Innere der einen einzigen Situation, deren Begreifbarkeit sich mir im Unabsehbaren verliert.

Es ist ein Roman über Tamina, und in dem Augenblick, wo Tamina die Szene verläßt, ist es ein Roman für Tamina. Sie ist die Hauptgestalt und die Hauptzuhörerin, und alle anderen Geschichten sind Variationen auf ihre Geschichte und laufen in ihrem Leben zusammen wie in einem Hohlspiegel.

Es ist ein Roman vom Lachen und vom Vergessen, vom Vergessen und von Prag, von Prag und von den Engeln. Es ist übrigens kein Zufall, daß der am Lenkrad sitzende junge Mann den Namen Raphael trägt.

Die Landschaft wurde immer öder, es gab immer weniger Grün und immer mehr Ockerfarbenes, immer weniger Gras und Bäume und immer mehr Sand und Lehm. Unvermittelt bog der Wagen von der Straße ab und folgte einem schmalen Weg, der plötzlich an einer steilen Böschung endete. Der junge Mann hielt. Er und Tamina stiegen aus. Beide standen am Rande der Böschung, zehn Meter unter ihnen erstreckten sich ein schmaler, lehmiger Uferstreifen und trübes, bräunliches Wasser, das ins Unabsehbare verlief.

»Wo sind wir?« fragte Tamina beklommen. Sie hätte gern zu Raphael gesagt, daß sie zurück wolle, wagte es aber nicht: es stand zu befürchten, daß er ablehnte, was ihre Beklommenheit zweifellos noch gesteigert hätte.

Beide standen also am Rande der Böschung, vor sich Wasser und hinter sich einzig Lehm, aufgeweichten

Lehm ohne Gras, als werde hier Tonerde abgebaut. Tatsächlich, unweit stand ein verlassener Bagger.
Die Landschaft erinnerte Tamina an jenen Winkel Böhmens hundert Kilometer hinter Prag, wo ihr Mann, nachdem er von seinem Posten vertrieben worden war, zuletzt als Baggerführer gearbeitet hatte. Die Woche über hatte er dort in einem Wohnwagen gehaust, und nur sonntags war er zu Tamina nach Prag gekommen. Einmal hatte sie ihn besucht, und sie waren spazierengegangen, in einer Landschaft, die der hiesigen glich: in aufgeweichtem Lehm ohne Gras und ohne Bäume, eingeschlossen von unten durch Ocker und Gelb, von oben durch niedrig hängende graue Wolken. Sie hatten Gummistiefel getragen, mit denen sie eingesunken und gerutscht waren. Sie waren allein auf der Welt gewesen, erfüllt von der Angst, der Liebe und der verzweifelten Sorge, die sich jeder um den anderen machte.
Ein Gefühl der Verzweiflung erfaßte Tamina auch jetzt, und es machte sie glücklich, daß sie unverhofft ein verlorenes Stück Vergangenheit zurückerhielt.
Es handelte sich um eine völlig verlorengegangene Erinnerung, die sie damit jetzt erstmals wiederbekam. Ihr fiel ein, daß sie diese Erinnerung in ihr Heft eintragen müsse! Sogar das genaue Jahr wußte sie!
Sie hätte also gern zu Raphael gesagt, daß sie zurück wolle. Nein, er hatte nicht recht gehabt, als er meinte, ihre Trauer sei lediglich eine Form ohne Inhalt! Nein, nein, ihr Mann war immer noch lebendig in ihrer Trauer, er war nur verlorengegangen, und sie mußte ihn suchen! Auf der ganzen Welt suchen! Ja, ja! Endlich hatte sie begriffen! Ein Mensch, der sich erinnern will, darf nicht am selben Ort bleiben und warten, bis die Erinnerungen von selbst kommen! Die Erinnerungen verstreuten sich über die ganze Welt, und man muß reisen, wenn man sie

wiederfinden und aus ihren Schlupfwinkeln holen will! Dies wollte sie dem jungen Mann sagen und ihn bitten, sie zurückzufahren. Im selben Augenblick jedoch ertönte von unten, vom Wasser her, ein Pfiff.

## 9

Raphael ergriff Tamina am Arm. Es war ein fester Griff, dem man sich nicht entwinden konnte. Ein schmaler, gewundener, glitschiger Steig führte die Uferböschung hinab. Auf diesem Steig brachte er Tamina zum Wasser. Am Ufer, wo es eben noch keinerlei Spur von einem Menschenwesen gegeben hatte, stand ein ungefähr zwölfjähriger Junge. An einem Tau hielt er einen Kahn, der auf dem Wasser schaukelte. Der Junge lächelte Tamina an.
Sie wandte sich Raphael zu. Auch er lächelte. Sie blickte von einem zum anderen. Da begann Raphael laut zu lachen, und der Junge stimmte mit ein. Es war ein sonderbares Lachen, weil nichts Komisches geschah; dennoch war es ein süßes und ansteckendes Lachen: es forderte Tamina auf, ihre Beklommenheit zu vergessen, und es versprach ihr etwas Unbestimmtes, vielleicht Freude, vielleicht Frieden, so daß Tamina, die ja ihrer Beklommenheit entfliehen wollte, gehorsam mitlachte.
»Sehen Sie«, sagte Raphael, »Sie haben nichts zu befürchten.«
Tamina stieg in den Kahn, der unter ihrem Gewicht ins Schlingern geriet. Sie setzte sich auf die hintere Bank. Die Bank war naß. Tamina trug einen leichten Rock und spürte die Nässe. Es war eine schlüpfrige Berührung, und sie weckte erneut Taminas Beklommenheit.
Der Junge stieß vom Ufer ab und ergriff die Ruder.

Tamina blickte zu Raphael, der am Ufer stand und ihnen nachschaute. Er lächelte. Tamina kam dieses Lächeln irgendwie wunderlich vor. Jawohl! Er lächelte und schüttelte dabei unmerklich den Kopf. Völlig unmerklich schüttelte er den Kopf.

10

Warum fragte Tamina nicht, wohin die Fahrt gehe?
Wer kein ortsgebundenes Ziel hat, fragt nicht, wohin die Reise geht.
Tamina betrachtete den Jungen, der ihr gegenübersaß und ruderte. Er kam ihr schwächlich vor, und die Ruder schienen ihr zu schwer für ihn.
»Möchtest du, daß ich dich ablöse?« fragte sie ihn. Er nickte heftig und ließ die Ruder los.
Tamina und der Junge wechselten die Plätze. Er nahm hinten Platz und schaute Tamina beim Rudern zu. Nach einer Weile zog er unter der Bank einen kleinen Kassettenrecorder hervor. Es erklang Popmusik mit elektrischen Gitarren und Gesang. Der Junge begann sich im Takt zu bewegen. Tamina fand es abstoßend: das Kind schwenkte kokett die Hüften, wie ein Erwachsener. Seine Bewegungen hatten etwas Obszönes.
Sie senkte den Kopf, um den Jungen nicht sehen zu müssen. Sofort drehte dieser die Musik lauter und begann selbst leise zu singen. Als Tamina ihn nach einer Weile wieder ansah, fragte er: »Warum singst du nicht?«
»Ich kenne das Lied nicht.«
»Was, du kennst es nicht? Das kennt doch jeder!« Er bewegte sich weiter im Takt.
Allmählich wurde Tamina vom Rudern müde: »Willst nicht du wieder eine Zeitlang . . .?«

»Rudere nur«, erwiderte er lachend.
Tamina war wirklich müde. Sie holte die Ruder ein, um sich auszuruhen: »Sind wir bald da?«
Er deutete mit der Hand hinter sie. Tamina drehte sich um. Ein Ufer war nahe. Dem Blick bot sich eine andere Landschaft als jene, die sie verlassen hatten: sie war grün, grasbedeckt, mit Bäumen bestanden.
Wenig später lief der Kahn auf Grund. Am Strand spielten etwa zehn Kinder mit einem Ball; neugierig beguckten sie die Ankömmlinge. Tamina und der Junge stiegen aus. Er machte den Kahn an einem Pflock fest. Hinter dem Sandstrand begann eine lange Platanenallee. Sie folgten ihr und erreichten nach knapp zehn Minuten ein niedriges ausgedehntes Gebäude. Davor befanden sich mehrere farbige Gegenstände, deren Sinn und Zweck ihr nicht aufging. Außerdem waren da mehrere Volleyballnetze gespannt. Sie hatten etwas Sonderbares, das Tamina stutzig machte. Sie hatten wenig Bodenfreiheit.
Der Junge steckte zwei Finger in den Mund und pfiff.

11

Ein kaum neunjähriges Mädchen erschien. Es hatte ein liebreizendes Gesichtchen und streckte kokett das Bäuchlein vor, wie wir es von Madonnen auf gotischen Bildern kennen. Es sah Tamina ohne sonderliches Interesse an, mit dem Blick einer Frau, die sich ihrer Schönheit bewußt ist und diese durch ostentative Gleichgültigkeit gegenüber allem, was nicht sie selber ist, unterstreichen will.
Das Mädchen öffnete die Tür des weiß getünchten Gebäudes. Tamina betrat direkt (es gab keinen Gang und keinen Vorraum) einen Saal mit Betten. Das Kind, das nach ihr eingetreten war, schaute durch den Raum, als

zählte es die Betten, und zeigte dann auf eines: »Hier wirst du schlafen.«
Tamina protestierte: »Was! In einem Schlafsaal soll ich schlafen?«
»Ein Kind braucht kein eigenes Zimmer.«
»Wieso Kind? Ich bin kein Kind!«
»Hier gibt es nur Kinder!«
»Aber hier muß es doch auch Erwachsene geben!«
»Nein, die gibt es hier nicht.«
»Was soll ich dann hier?!« rief Tamina.
Das kleine Mädchen beachtete ihre Erregung nicht und wandte sich der Tür zu. Auf der Schwelle blieb es stehen: »Ich habe dich zu den Eichhörnchen eingeteilt.«
Tamina begriff nicht.
»Ich habe dich zu den Eichhörnchen eingeteilt«, wiederholte das Kind im Ton einer unzufriedenen Lehrerin. »Hier sind alle einer Gruppe zugeteilt, und die Gruppen tragen Tiernamen.«
Tamina hatte keine Lust, über Eichhörnchen zu reden. Sie wollte zurück und fragte nach dem Jungen, mit dem sie hergekommen war.
Das kleine Mädchen tat, als höre es Tamina nicht, und setzte seine Ausführungen fort.
»Das interessiert mich nicht«, schrie Tamina. »Ich will zurück! Wo ist der Junge?«
»Schrei nicht!« Ein Erwachsener hätte nicht so erhaben sein können wie dieses bildschöne Kind. »Ich verstehe dich nicht!« Ein erstauntes Kopfschütteln begleitete seine Worte. »Warum bist du überhaupt hergekommen, wenn du wieder weg willst?«
»Ich wollte nicht hierher!«
»Tamina, lüg nicht. Niemand tritt eine lange Reise an, ohne zu wissen, wohin sie führen soll. Gewöhne dir das Lügen ab.«

Tamina kehrte dem Kind den Rücken zu und lief hinaus. Durch die Platanenallee stürmte sie zum Strand. Dort suchte sie den Kahn, den der Junge vor knapp einer Stunde am Pflock festgemacht hatte. Doch es gab weder einen Kahn noch einen Pflock mehr.
Sie rannte los, um das Ufer abzusuchen. Der Sandstrand ging bald in ein Sumpfgebiet über, das sie umrunden mußte. Erst nach geraumer Zeit des Umherirrens gelangte sie wieder ans Wasser. Das Ufer beschrieb einen gleichmäßigen Bogen, so daß Tamina (ohne eine Spur vom Kahn oder von einer Anlegestelle gefunden zu haben) nach ungefähr einer Stunde wieder an der Platanenallee stand. Ihr wurde klar, daß sie sich auf einer Insel befand.
Langsam kehrte sie durch die Allee zum Schlafhaus zurück. Dort hatte eine Gruppe von zehn Kindern, Mädchen und Jungen zwischen sechs und zwölf Jahren, einen Kreis gebildet. Als sie Tamina sahen, riefen sie: »Tamina, komm zu uns!« Sie öffneten den Kreis, um ihr Platz zu machen.
Da mußte sie an Raphael denken, an sein Lächeln und sein unmerkliches Kopfschütteln.
Ihr Herz verkrampfte sich vor Entsetzen. Achtlos ging sie an den Kindern vorbei in den Schlafsaal und kauerte sich auf ihr Bett.

12

Ihr Mann war im Krankenhaus gestorben. Sie hatte ihn so oft wie möglich besucht, doch er war in der Nacht gestorben, allein. Als sie am nächsten Tag im Krankenhaus sein Zimmer betreten hatte, war das Bett leer gewesen, und der alte Mann im Nachbarbett hatte

gesagt: »Madame, Sie sollten sich beschweren! Es ist schrecklich, wie mit den Toten umgegangen wird!« In seinen Augen hatte die Angst gestanden, denn er wußte, daß auch er bald sterben würde. »Man hat ihn an den Füßen gepackt und über den Boden geschleift. Die dachten, ich schlafe. Aber ich habe gesehen, wie sein Kopf gegen die Türschwelle schlug und drüberhüpfte.«
Der Tod bedeutet für uns zweierlei: Zum einen das Nichtsein. Zum anderen das erschreckende materielle Sein des Leichnams.
Als Tamina noch sehr jung war, hatte der Tod ihr nur das Nichtsein bedeutet, und ihre (übrigens sehr unbestimmte) Angst vor dem Tod war die Angst davor gewesen, daß sie einmal nicht mehr sein würde. Diese Angst hatte sich im Laufe der Jahre verringert und beinahe verloren (der Gedanke, daß sie eines Tages keinen Himmel und keine Bäume mehr sehen würde, erschreckte sie nicht länger), dafür aber mußte sie immer öfter an die andere materielle Bedeutung des Todes denken: der Gedanke, ein Leichnam zu sein, entsetzte sie.
Leichnam zu sein erschien ihr als größte Schmach. Da war man ein Menschenwesen, geschützt von Schamhaftigkeit und von Heilighaltung der Nacktheit und der Intimität überhaupt, aber die Sekunde des Todes genügte, um den eigenen Körper für jedermann verfügbar zu machen; gewissermaßen jeder, der wollte, konnte ihn entblößen, aufschlitzen, die Eingeweide untersuchen, sich vor lauter Gestank und Ekel die Nase zuhalten, ihn ins Kühlhaus oder ins Feuer verfrachten. Ihr damaliger Wunsch, ihren Mann einäschern und die Asche verstreuen zu lassen, war unter anderem darauf zurückzuführen, daß sie sich die qualvolle Vorstellung ersparen wollte, es geschehe Unrechtes mit dem geliebten Körper. Und einige Monate später, als ihr nach Selbstmord

zumute gewesen war, hatte sie beschlossen, sich im offenen Meer zu ertränken, um einzig die Fische, die stumm waren, von der Schmach ihres Körpers Kenntnis nehmen zu lassen.

Ich habe bereits von der Erzählung Thomas Manns gesprochen: Der todkranke Mann fährt mit dem Zug los und quartiert sich in der fremden Stadt ein. In seinem Zimmer steht ein Kleiderschrank, aus dem jede Nacht eine schmerzlich schöne Frau nackt heraustritt und ihm lange etwas Süß-Trauriges erzählt; diese Frau und das Erzählte sind der Tod.

Dieser Tod ist süß-blau wie das Nichtsein. Denn das Nichtsein ist unendliche Leere, und leerer Raum ist blau, und es gibt nichts Schöneres und Tröstlicheres als Blau. Sicher liebte Novalis, der Dichter des Todes, nicht zufällig Blau, das er auf allen seinen Wanderungen suchte. Die Süße des Todes kommt aus der blauen Farbe.

Das Nichtsein des jungen Mannes von Thomas Mann mag schön gewesen sein, doch was geschah mit seinem Körper? Wurde er an den Beinen über die Schwelle gezogen? Wurde ihm der Bauch aufgeschnitten? Wurde er in die Grube oder ins Feuer geworfen?

Thomas Mann war damals sechsundzwanzig, und Novalis hat die Dreißig nicht erreicht. Ich bin leider älter, und zum Unterschied von beiden muß ich an den Körper denken. Der Tod ist nämlich nicht blau, und Tamina wußte es, wie ich es weiß. Der Tod ist eine furchtbare Mühsal. Das Sterben meines Vaters zog sich über Tage hin, er lag im Fieber, und ich hatte den Eindruck, daß er arbeite. So schwitzte und konzentrierte er sich auf sein Sterben. Als übersteige der Tod seine Kräfte. Er merkte nicht einmal mehr, daß ich an seinem Bett saß, er vermochte mich nicht wahrzunehmen, weil ihn die Arbeit am Tod vollkommen beanspruchte. Seine Konzentration

erinnerte an jene eines Reiters, der ein entferntes Ziel erreichen will und nur noch einen letzten Rest Kraft hat.
Jawohl, er ritt.
Wohin ritt er?
Irgendwohin, um seinen Körper zu verbergen.
Ach, es ist ein Zufall, daß alle Gedichte vom Tod diesen als Reise verstehen. Thomas Manns junger Mann besteigt einen Zug, Tamina bestieg einen roten Sportwagen. Jeder Mensch hat unendliche Sehnsucht, wegzureisen, um seinen Körper zu verbergen. Aber seine Reise ist vergebens. Er reitet los, doch man findet ihn im Bett, und sein Kopf schlägt gegen die Türschwelle.

13

Warum ist Tamina auf der Insel der Kinder? Warum stelle ich sie mir gerade dort vor?
Ich weiß es nicht.
Vielleicht weil ich an dem Tag, als mein Vater ins Koma sank, von Kinderstimmen gesungene fröhliche Lieder hören mußte?
Östlich der Elbe sind die Kinder überall in sogenannten Verbänden der Jungen Pioniere organisiert. Sie tragen rote Halstücher, gehen zu Versammlungen wie Erwachsene und singen von Zeit zu Zeit die *Internationale*. Bei ihnen gibt es den freundlichen Brauch, das rote Halstuch gelegentlich bedeutenden Erwachsenen umzubinden und ihnen den Titel Ehrenpionier zu verleihen. Den Erwachsenen gefällt solches sehr, und je älter sie sind, desto größere Freude bereitet es ihnen, von den Kindern das rote Halstuch für den Sarg zu bekommen.
Alle haben eines bekommen, Lenin, Stalin, Masturbow, Scholochow, Ulbricht und Breschnew; Husák erhielt das

seine eben an jenem Tag, als mein Vater ins Koma sank, während einer großen Feier auf der Prager Burg.
Vaters Fieber war etwas zurückgegangen. Wir hatten Mai, und das Fenster zum Garten stand offen. Aus dem Haus gegenüber drang durch die blühenden Apfelbäume der Ton der Fernsehübertragung herüber. Man hörte Lieder in der hohen Tonlage von Kinderstimmen.
Der Arzt war gerade bei uns. Er beugte sich lange über den Vater, der kein einziges Wort mehr hervorzubringen vermochte. Schließlich drehte sich der gute Mann um und sagte laut: »Er nimmt nichts mehr wahr. Sein Gehirn beginnt sich zu zersetzen.« Ich sah, wie Vaters große blaue Augen noch größer wurden.
Als der Arzt gegangen war, wollte ich in meiner argen Verlegenheit schnell etwas sagen, um die Bemerkung des Arztes zu verscheuchen. Ich deutete aufs Fenster: »Hörst du? Spaßig, nicht wahr? Husák wird heute Ehrenpionier!«
Der Vater lachte. Er lachte, um mir zu zeigen, daß sein Gehirn noch lebte und daß ich weiter mit ihm sprechen und scherzen könne.
Dann drang Husáks Stimme durch die Apfelbäume zu uns: »Kinder! Ihr seid die Zukunft!«
Und nach einer Weile: »Kinder, blickt nie zurück!«
»Ich schließe das Fenster, damit wir ihn nicht hören müssen«, sagte ich und zwinkerte dem Vater zu. Er sah mich mit seinem unendlich schönen Lächeln an und nickte.
Einige Stunden später stieg das Fieber plötzlich stark an. Er saß auf dem Pferd und ritt noch einige Tage. Mich sah er nicht mehr.

14

Was konnte sie tun, nachdem sie nun unter den Kindern festsaß? Der Fährmann war mit dem Kahn verschwunden, und rundum gab es nur Wasser, Wasser, Wasser.
Sie versuchte zu kämpfen.
Wie traurig: In der westeuropäischen Kleinstadt hatte sie sich nie um etwas bemüht, und hier unter den Kindern (in der Welt, wo die Dinge nichts wiegen) wollte sie kämpfen?
Und wie wollte sie kämpfen?
Als sie am Tage ihrer Ankunft dem Spiel der Kinder ausgewichen war und sich in ihr Bett geflüchtet hatte wie in eine uneinnehmbare Festung, hatte sie die keimende Feindseligkeit der Kinder gespürt und war erschrocken. Sie wollte sie im Keim ersticken. Dazu mußte sie die Kleinen für sich gewinnen. Dies allerdings setzte Identifikation mit ihnen voraus, Annahme ihre Sprache. Also beteiligte sie sich freiwillig an allen Spielen, brachte ihre Einfälle und ihre körperliche Kraft in alle Unternehmungen der Kinder ein, die bald von ihr bezaubert waren.
Um der Identifikation willen mußte sie auch auf ihre Intimität verzichten. Sie ging mit den Kindern in den Baderaum, was sie am ersten Tag noch abgelehnt hatte, weil es ihr widerstrebte, unter deren Blicken Toilette zu machen.
Das Bad, ein großer gekachelter Raum, bildete den Mittelpunkt des Lebens und der geheimen Gedanken der Kinder. Auf der einen Seite befanden sich zehn Klosettschüsseln, auf der anderen zehn Waschbecken. Jeweils eine Gruppe saß mit hochgezogenen Nachthemden auf den Klos, während die andere Gruppe nackt an den Waschbecken stand. Die Sitzenden schauten zu den stehenden Nackten an den Waschbecken, die Nackten

schauten sich nach den Sitzenden um, und der ganze Raum war erfüllt von heimlicher Sinnlichkeit, die in Tamina eine undeutliche Erinnerung an etwas längst Vergessenes weckte.
Tamina saß im Nachthemd auf einer der Schüsseln, und die nackten Tiger an den Waschbecken hatten nur Augen für sie. Dann rauschte die Wasserspülung, die Eichhörnchen erhoben sich von den Klosetts, zogen ihre langen Nachthemden aus, die Tiger entfernten sich von den Waschbecken zum Schlafsaal, von wo jetzt die Katzen kamen, sich auf die freigewordenen Schüsseln setzten und zuschauten, wie sich die hochgewachsene Tamina mit dem schwarzen Schamberg und den großen Brüsten inmitten der Eichhörnchen wusch.
Sie schämte sich nicht mehr. Sie spürte, daß ihre erwachsene Sexualität sie zur Königin machte, die über jene herrschte, deren Schamberg noch kahl war.

15

Wie ihr schien, war die Reise auf die Insel kein Anschlag gegen sie, was sie beim ersten Blick in den Schlafsaal und auf ihr Bett geglaubt hatte. Im Gegenteil, sie befand sich endlich dort, wohin sie sich gesehnt hatte. Sie war weit zurückgefallen, in eine Zeit, wo es ihren Mann noch nicht gegeben hatte, weder in ihren Erinnerungen noch in ihrem Sehnen, und wo es demgemäß weder Schwere noch Selbstvorwürfe gab.
Sie, die immer eine ausgeprägte Schamhaftigkeit besessen hatte (Schamhaftigkeit war ihrer Liebe getreuer Schatten), zeigte sich jetzt nackt so vielen fremden Augen. Anfangs war es ihr befremdlich und unangenehm vorgekommen, aber sie hatte sich bald daran gewöhnt, weil

ihre Nacktheit nicht schamlos war, weil sie einfach die Bedeutung verloren hatte, und sie (so jedenfalls kam es Tamina vor) zu einer unberedten, stummen, toten Nacktheit geworden war. Ihr Körper, auf allen seinen Teilen beschriftet mit der Geschichte der Liebe, besaß also keine Bedeutung mehr, aber gerade diese Bedeutungslosigkeit brachte ihr Erleichterung und Ruhe.

Während die erwachsene Sinnlichkeit allmählich verschwand, tauchte nach und nach aus der fernen Vergangenheit eine Welt anderer Erregungen empor. Viele verschüttete Erinnerungen kamen ihr wieder. Darunter auch folgende (kein Wunder, daß sie diese verdrängt hatte, denn sie hatte der erwachsenen Tamina unerträglich anstößig und lächerlich erscheinen müssen): in der ersten Volksschulklasse hatte sie ihre hübsche junge Lehrerin vergöttert und monatelang davon geträumt, mit ihr auf dem Klosett sein zu dürfen.

Wenn sie jetzt auf der Schüssel thronte, lächelte sie und schloß halb die Augen. Sie stellte sich vor, daß sie selbst diese Lehrerin sei und daß das sommersprossige kleine Mädchen, das auf der Schüssel neben ihr saß und sie neugierig beguckte, die einstige kleine Tamina sei. Sie identifizierte sich so sehr mit dem sinnlichen Blick des sommersprossigen Mädchens, daß sie irgendwo in den fernen Tiefen ihres Gedächtnisses die alte, halb erweckte Erregung beben spürte.

16

Dank Tamina gewannen die Eichhörnchen fast alle Spiele, weshalb sie beschlossen, Tamina feierlich zu belohnen. Alle Belohnungen und Bestrafungen, mit denen sich die Kinder untereinander bedachten, wurden im Bad vollzogen, und Taminas Belohnung bestand darin, daß ihr dort alle dienen würden: sie würde sich selbst gar nicht berühren dürfen, alles würden die Eichhörnchen bereitwillig wie völlig ergebene Bedienstete für sie verrichten.

Und so dienten sie ihr auch: Zuerst säuberten sie sie gründlich auf der Schüssel, dann hoben sie sie hoch, betätigten die Wasserspülung, zogen ihr das Nachthemd aus, führten sie zum Waschbecken, alle wollten ihr die Brüste und den Bauch waschen, und alle wollten wissen, wie sie zwischen den Beinen beschaffen war und wie es sich dort anfühlte. Mitunter hätte sie sie gern weggejagt, doch es fiel ihr schwer: sie konnte doch nicht abweisend zu Kindern sein, zumal diese ihr Belohnungsspiel mit fabelhafter Konsequenz spielten und dreinschauten, als würden sie ihr wirklich einzig und allein dienen, um sie zu belohnen.

Schließlich brachten sie Tamina zu Bett, und dort fanden sie tausend neue reizende Vorwände, um sich an sie drücken und ihren ganzen Körper streicheln zu können. Es waren der Diener zu viele, als daß Tamina hätte zu unterscheiden vermögen, wem welche Hand und welcher Mund gehörte. Überall spürte sie die Berührungen, vornehmlich aber an Stellen, wo sie anders war als die Kinder. Sie schloß die Augen und glaubte zu spüren, daß ihr Körper schaukelte, langsam schaukelte, als läge er in einer Wiege: sie empfand eine gelinde, sonderbare Wonne.

Sie spürte, daß ihr von dieser Wonne die Mundwinkel zuckten. Sie machte die Augen wieder auf und erblickte ein Kindergesicht, das ihre Lippen beobachtete und zu einem anderen Kindergesicht sagte: »Schau! Schau!« Es beobachteten dann zwei Kindergesichter begierig ihre zuckenden Mundwinkel, als schauten sie ins Innere einer

zerlegten Uhr oder auf eine Fliege, der sie die Flügel ausgerissen hatten.
Tamina jedoch vermeinte, daß das, was ihre Augen sahen, nicht mit dem zusammenhing, was ihr Körper empfand; ihr schien, es bestehe keine Verbindung zwischen den über sie geneigten Kindern und der leisen, schaukelnden Wonne, der sie sich überließ. Sie schloß erneut die Augen und freute sich ihres Körpers, denn zum erstenmal im Leben empfand der Körper Genuß ohne Gegenwart der Seele, die sich nichts vorgestellt, sich an nichts erinnert und geräuschlos den Raum verlassen hatte.

17

Folgendes hat mir mein Vater erzählt, als ich fünf Jahre alt war: Eine Tonart ist wie ein kleiner Königshof. Es herrscht dort der König (erste Stufe), der zwei Adjutanten hat (fünfte und vierte Stufe). Diesen beiden unterstehen vier Würdenträger, von denen jeder sowohl zum König als auch zu den Adjutanten über eine ganz persönliche Beziehung verfügt. Untergebracht sind an diesem Hof noch weitere fünf Töne, die man als chromatische bezeichnet. Mögen sie in anderen Tonarten bedeutende Stellungen innehaben, an unserem Hof hier sind sie lediglich Gäste.
Weil jede der zwölf Noten eine eigene Stellung, einen eigenen Titel, eine eigene Funktion hat, ist die Komposition, die wir hören, mehr als bloßer Klang, es entwickelt sich vor uns eine gewisse Handlung. Manchmal sind die Vorgänge schrecklich kompliziert (zum Beispiel bei Mahler, mehr noch bei Bartók oder Strawinski), es mischen sich Prinzen von verschiedenen Höfen ein, so daß man

auf einmal nicht mehr weiß, welcher Ton eigentlich welchem Hof dient und ob ein Ton nicht in den geheimen Diensten mehrerer Könige steht. Trotzdem kann auch noch der naivste Hörer ungefähr erraten, worum es geht. Selbst die komplizierteste Musik ist immer noch *Sprache*. Soweit mein Vater; die Fortsetzung jetzt ist von mir: Eines Tages stellte ein großer Mann fest, daß sich die Sprache der Musik nach tausend Jahren erschöpft hatte und nichts mehr vermochte, als die stets gleiche Botschaft herunterzuleiern. Er schaffte durch ein revolutionäres Dekret die Hierarchie der Töne ab und machte sie alle gleich. Er erlegte ihnen strenge Disziplin auf, um zu verhindern, daß ein Ton in der Komposition öfter auftauchte als andere und sich alte feudale Privilegien aneignete. Die Königshöfe wurden ein für allemal abgeschafft, und statt ihrer entstand ein einziges Reich, das auf einer Gleichheit gründete, deren Name Dodekaphonie lautete. Der Klang der Musik war womöglich interessanter als je, doch die Menschen waren seit tausend Jahren gewöhnt, die Intrigen der Königshof-Tonarten zu verfolgen, so daß sie zwar den neuen Klang hörten, ihn aber nicht verstanden. Im übrigen ging das Reich der Dodekaphonie bald unter. Nach Schönberg kam Varese, und dieser schaffte nicht nur die Tonart ab, sondern auch den Ton selbst (den Ton der menschlichen Stimme und der Musikinstrumente), indem er sie durch eine raffinierte Organisation von Geräuschen ersetzte, die faszinierend ist, aber schon die Geschichte von etwas Neuem einleitet, das auf anderen Grundlagen und auf einer anderen Sprache fußt.
Als Milan Hübl in meiner Prager Wohnung seine Betrachtungen über das mögliche Verschwinden des tschechischen Volkes im russischen Reich anstellte, war uns beiden klar, daß dieser Gedanke, mochte er auch berechtigt sein, über uns hinausgriff, und daß wir von

Unvorstellbarem redeten. Der Mensch, obwohl selbst sterblich, kann sich weder ein Ende von Zeit und Raum noch ein Ende von Geschichte und Nation vorstellen, er lebt andauernd in einer vermeintlichen Unendlichkeit. Leute, die vom Forschrittsgedanken besessen sind, übersehen, daß jedes Vorwärtsgehen gleichzeitig das Ende näherbringt und daß in den frohen Schlagworten *nur weiter, nur vorwärts* die laszive Stimme des Todes mitschwingt, der uns zur Eile drängt.
(Wenn heutzutage das Besessensein vom Wort *vorwärts* etwas Allgemeines geworden ist, rührt dies nicht daher, daß der Tod schon aus der Nähe zu uns spricht?)
Zu der Zeit, als Arnold Schönberg das Reich der Dodekaphonie gründete, hielt sich die Musik für reicher denn je und glaubte trunken sein zu dürfen von Freiheit. Niemand ließ sich träumen, daß das Ende so nahe war. Keine Müdigkeit! Keine Dämmerung! Schönberg handelte aus dem jugendlichsten Geist der Kühnheit. Insofern erfüllte ihn legitimer Stolz, Stolz darüber, den einzigen Weg, der vorwärts führte, gewählt zu haben. Die Geschichte der Musik endete also in einer Blüte von Kühnheit und Sehnsucht.

18

Wenn es stimmt, daß die Geschichte der Musik geendet hat, was ist dann von der Musik verblieben? Die Stille? Ganz und gar nicht. Es gibt immer mehr Musik, ein Vielfaches an Musik, als es in ihrem glorreichsten Epochen gegeben hat. Sie ertönt aus Lautsprechern in Straßen und Stadien, aus gräßlichen Tonträgern in Wohnungen, aus Boxen in Gasthäusern, aus kleinen Transistorgeräten, die jedermann bei sich tragen kann.

Schönberg ist tot, Ellington ist tot, aber die Gitarre ist ewig, Stereotype Harmonie, abgedroschene Melodien und Rhythmen, die desto vehementer gespielt werden, je monotoner sie sind – dies ist alles, was von der Musik blieb, das ist die Ewigkeit der Musik. Auf diese einfachen Notenkombinationen können sich alle einigen, denn aus ihnen brüllt das primitivste Dasein sein freudiges *ich bin da*. Es gibt keine lärmendere und einmütigere Zustimmung als die einfache Zustimmung zum Dasein. Darin begegnen sich Araber und Juden, Tschechen und Russen. Die Leiber wiegen sich im Rhythmus der Töne, trunken von dem Bewußtsein, daß sie existieren. Kein Werk Beethovens wurde je mit solch kollektiver Leidenschaft durchlebt wie die Töne aus gleichmäßig geschlagener Gitarre.

Ungefähr ein Jahr vor dem Tod des Vaters machten wir den üblichen Spaziergang um einen Häuserblock. An allen Ecken waren Lautsprecher angebracht, aus denen Lieder erklangen. Je trauriger die Menschen sind, desto mehr wird ihnen aufgespielt. Die Musik fordert das besetzte Land auf, die Bitterkeit der Geschichte zu vergessen und sich der Lebensfreude hinzugeben. Der Vater blieb stehen, schaute zu einem der Lautsprecher hinauf, aus denen das Geplärre kam, und ich sah ihm an, daß er mir etwas Wichtiges mitteilen wollte. Er konzentrierte sich, strengte sich an, um aussprechen zu können, was ihm in den Sinn gekommen war; dann sagte er mühsam: »Die Dummheit der Musik!«

Was wollte er damit zum Ausdruck bringen? Wollte er die Musik beleidigen, diese große Liebe seines Lebens? Nein, ich glaube, er wollte mir sagen, daß es einen *ursprünglichen Zustand der Musik* gibt, einen Zustand, der ihrer Geschichte vorausging, den Zustand vorm Stellen der ersten Frage, den Zustand vorm ersten Nachsinnen, vorm Beginn des Spiels mit Motiven und Themen. In diesem Grundzustand der Musik (der Musik ohne Denken) wird die substantielle Dummheit des menschlichen Daseins sichtbar. Über diese substantielle Dummheit konnte sich die Musik nur dank einer übermäßigen Anstrengung des Geistes und des Herzens erheben, und dies ergab den herrlichen Halbbogen, der Jahrhunderte europäischer Geschichte überwölbte und auf dem Höhepunkt erlosch wie ein hochgeschossener Feuerwerkskörper.

Die Geschichte der Musik ist sterblich, die Dummheit der Gitarren ist ewig. Heute ist die Musik in ihren ursprünglichen Zustand zurückgekehrt. Es ist der Zustand, der nach dem Stellen der letzten Frage und dem letzten Nachsinnen kommt, der nachgeschichtliche Zustand.

Als der tschechische Schlagersänger Karel Gott 1972 ins Ausland ging, war Husák entsetzt. Er schrieb ihm sofort einen persönlichen Brief nach Frankfurt (das war im August 1972). Daraus zitiere ich wortwörtlich und erfinde nichts hinzu: *Lieber Karel, wir sind Ihnen nicht böse. Kommen Sie zurück, ich bitte Sie, wir werden für Sie alles tun, was Sie wünschen. Wir helfen Ihnen, Sie helfen uns ...*

Bitte überlegen Sie ein wenig: Ohne mit der Wimper zu zucken, ließ Husák Ärzte, Wissenschaftler, Astronomen, Sportler, Regisseure, Kameraleute, Arbeiter, Ingenieure, Architekten, Historiker, Journalisten, Schriftsteller, Maler in die Emigration gehen, aber er konnte den Gedanken nicht ertragen, daß Karel Gott das Land verlasse. Weil Karel Gott die Musik ohne Gedächtnis repräsentierte, jene Musik, worin für immer begraben sind die Knochen Beethovens und Ellingtons, der Staub Palestrinas und Schönbergs.

Der Präsident des Vergessens und der Idiot der Musik

gehörten zueinander, sie arbeiteten am gleichen Werk. *Wir helfen Ihnen, Sie helfen uns.* Sie konnten ohne einander nicht sein.

19

In dem Turm, wo die Weisheit der Musik herrscht, verlangt es den Menschen mitunter nach dem monotonen Rhythmus des seelenlosen Gelärms, das von draußen hereindringt und in dem alle Menschen Brüder werden. Immer nur bei Beethoven zu sein, ist gefährlich, gefährlich wie alle privilegierten Stellungen.
Tamina schämte sich stets ein bißchen, wenn sie bekennen sollte, daß sie mit ihrem Mann glücklich war. Sie befürchtete, die Menschen könnten sie dafür hassen.
Deshalb wechselten jetzt auf der Insel in ihrem Inneren zwei Gefühle einander ab: Die Liebe ist ein Privileg, alle Privilegien sind unverdient, und man muß dafür bezahlen. Tamina ist zur Strafe hier unter den Kindern.
Auf dieses Gefühl folgte sogleich das zweite: Das Privileg der Liebe ist nicht nur Paradies, sondern auch Hölle. Leben in Liebe läuft in ständiger Spannung ab, in Angst und ohne Atempause. Tamina ist hier unter den Kindern, um endlich zur Belohnung Atem holen zu können und Ruhe zu finden.
Ihre Sexualität war bislang von der Liebe okkupiert gewesen (ich sage okkupiert, weil Sex keine Liebe ist, nur ein Gebiet, das die Liebe sich aneignet), war somit Bestandteil von etwas Dramatischem, Verantwortlichem, Gewichtigem und ängstlich Gehütetem gewesen. Hier unter den Kindern, im Reich des Bedeutungslosen, wurde die sexuelle Betätigung endlich, was sie ursprünglich gewesen war: ein kleines Spielzeug zur Erzeugung leiblichen Genusses.

Oder anders ausgedrückt: Die aus der *teuflischen* Bindung mit der Liebe befreite Sexualität wurde zu einer *engelhaft* einfachen Freude.

20

War die erste Vergewaltigung Taminas durch die Kinder noch voll überraschender Bedeutungen gewesen, so verlor dieselbe Situation in der Wiederholung schnell ihren Charakter einer Botschaft und wurde zu einer immer inhaltsloseren und schmutzigeren Alltäglichkeit.
Bald kam es zu Streitereien unter den Kindern. Haß erwuchs zwischen jenen, denen das Liebesspiel gefiel, und jenen, denen es nicht gefiel, die gleichgültig blieben. Und unter Taminas Geliebten wiederum erwuchs Groll zwischen jenen, die sich protegiert wähnten, und jenen, die sich zurückgestoßen fühlten. Dieser ganze Haß und Groll begann sich gegen Tamina zu wenden, fiel über sie. Einmal, als die Kinder mit Taminas nacktem Körper spielten (sie standen neben dem Bett, knieten auf dem Bett, saßen rittlings auf ihr, hockten neben ihrem Kopf oder zwischen ihren Beinen), verspürte sie plötzlich einen stechenden Schmerz. Eines der Kinder hatte sie heftig in die Brustwarze gezwickt. Sie schrie auf und konnte sich nicht mehr beherrschen: sie stieß alle Kinder vom Bett und schlug mit den Händen um sich.
Tamina wußte, daß nicht Zufall noch Sinnlichkeit die Ursache ihres Schmerzes waren. Einige Kinder haßten sie und wollten ihr wehtun. Von da ab fanden keine Liebesbegegnungen mehr zwischen ihr und den Kindern statt.

21

Unversehens herrschte kein Friede mehr in dem Reich, wo die Dinge leicht waren wie ein Windhauch.

Himmel und Hölle wurde gespielt, man sprang aus einem Feld ins andere, zuerst auf dem rechten Bein, dann auf dem linken Bein, dann mit beiden Beinen. Auch Tamina sprang. (Ich sehe ihren hochgewachsenen Körper zwischen den kleinen Gestalten der Kinder, sie springt, die Haare fliegen ihr ums Gesicht, und in ihrem Herzen ist endlose Langeweile.) Plötzlich schrien die Kanarienvögel, Tamina sei auf den Strich getreten.

Natürlich protestierten die Eichhörnchen: Nein, sie sei nicht auf den Strich getreten. Die beiden Mannschaften untersuchten den Strich und den Abdruck von Taminas Schuh. Doch der in den Sand gezogene Strich hatte undeutliche Konturen, und dasselbe galt für Taminas Schuhabdruck. Der Fall war strittig, die Kinder schrien einander an, und nach einer Viertelstunde war der Streit noch immer nicht geschlichtet. Da machte Tamina einen schicksalhaften Fehler; sie winkte ab und sagte: »Gut, dann bin ich eben draufgetreten.«

Die Eichhörnchen brüllten Tamina an, das sei nicht wahr, sie sei verrückt, sie lüge, sie sei nicht draufgetreten. Aber die Sache war bereits entschieden. Die Proteste der Eichhörnchen besaßen kein Gewicht mehr, und die Kanarienvögel brachen in Siegesgeheul aus.

Die Eichhörnchen tobten, sie behaupteten, Tamina sei eine Verräterin, und ein Junge versetzte ihr einen solchen Stoß, daß sie fast gefallen wäre. Sie holte aus, was für die Kinder ein Signal war, sich auf sie zu stürzen. Tamina wehrte sich, sie war eine Erwachsene, war stark (und haßerfüllt, jawohl, schlug sie auf die Kinder ein, als schlage sie auf alles ein, was sie im Leben je gehaßt hatte). Einige Kinder bluteten aus der Nase, aber dann flog ein Stein und traf Tamina an der Stirn, Tamina strauchelte, griff sich an den Kopf, sie blutete, und die Kinder wichen zurück. Auf einmal herrschte Stille. Tamina ging langsam in den Schlafsaal und streckte sich auf dem Bett aus, entschlossen, nie mehr an einem Spiel teilzunehmen.

22

Ich sehe Tamina im Schlafsaal stehen, mitten unter den liegenden Kindern. Sie ist den Blicken aller ausgesetzt. Aus einer Ecke ertönt: »Zitzen, Zitzen!« Die anderen stimmen ein und skandieren: »Zitzen, Zitzen, Zitzen.«
Was vor kurzem noch ihr Stolz und ihre Waffe gewesen war, das schwarze Schamhaar und die schönen Brüste, wurde jetzt zur Zielscheibe von Beleidigungen. Ihr Erwachsensein verwandelte sich in den Augen der Kinder in Entartung: die Brüste waren absurd wie Geschwülste, und der wegen seines Haars unmenschliche Schamberg erinnerte sie an ein Tier.
Es setzten Tage der Hetze ein. Die Kinder jagten sie über die Insel, warfen ihr Prügel und Steine nach. Sie floh, versteckte sich und mußte dennoch von allen Seiten ihren Namen hören: »Zitzen, Zitzen . . .«
Es gibt nichts Demütigenderes als das Davonlaufen eines Starken vor dem Schwachen. Doch es waren ihrer zu viele. Sie rannte davon und schämte sich dessen.
Einmal legte sie sich auf die Lauer. Sie erwischte drei und schlug auf sie ein, bis ein Kind fiel und die beiden anderen Reißaus nahmen. Aber sie war schneller und kriegte die beiden bald bei den Haaren zu fassen.
Da fiel ein Netz über sie, dem gleich noch mehrere Netze

folgten. Ja, alle Volleyballnetze, die mit wenig Bodenfreiheit vor dem Schlafsaal aufgespannt gewesen waren. Nicht Tamina hatte gelauert, sondern ihr war aufgelauert worden. Die drei Kinder, denen sie nachgerannt war, hatten nur als Lockvögel gedient. Tamina war ins Netz gegangen. Sie wand sich, schlug um sich, jedoch vergebens. Die Kinder zogen sie johlend weg.

### 23

Warum waren diese Kinder so böse?
Sie waren nicht böse. Im Gegenteil, sie waren voller Herzlichkeit und hörten nicht auf, einander Freundschaftsbeweise zu liefern. Keines wollte Tamina für sich allein haben. Immer wieder rief eines *schau, schau*. Tamina war vom Netzgewirr gefesselt, die Schnüre rissen ihr die Haut auf, und die Kinder wiesen einander auf Taminas Blut, Tränen und Schmerzgrimassen hin. Sie machten sich Tamina gegenseitig zum Geschenk, machten sie zum Kitt ihres Bundes.
Nicht die Bösartigkeit der Kinder wuchs sich für Tamina zum Unglück aus, sondern der Umstand, daß sie über die Grenze der Kinderwelt hinausgeraten war. Die Menschen regt es nicht auf, daß in den Schlachthäusern Kälber getötet werden. Die Kälber stehen außerhalb des Gesetzes der Menschen. Und Tamina stand jetzt außerhalb des Gesetzes der Kinder.
Wenn hier jemand Haß empfand, dann Tamina, nicht die Kinder. Der Kinder Lust am Wehtun war positiv zu werten, war etwas Heiteres, das man zu Recht der Freude gleichsetzen konnte. Sie wollten jemanden, der über die Grenze ihrer Welt hinausgeraten war, nur wehtun, um die eigene Welt und deren Gesetz zu verherrlichen.

Die Zeit arbeitet, und alle Freuden und Belustigungen verlieren durch Wiederholung ihren Reiz. Übrigens, die Kinder waren wirklich nicht böse. Der Junge, der Tamina angepinkelt hatte, als sie in den Volleyballnetzen vor ihm gelegen war, lächelte ihr ein paar Tage danach mit einem schönen, arglosen Lächeln zu.

Tamina nahm wieder an den Spielen teil, aber schweigsam. Sie sprang wieder von einem Feld ins andere, zuerst auf dem einen Bein, dann auf dem anderen Bein, dann mit beiden Beinen. In die Welt der Kinder wollte sie nicht mehr zurück, wie sie sich auch hütete, erneut außerhalb zu stehen. Sie bemühte sich, genau auf der Grenze zu bleiben.

Jedoch gerade diese Beruhigung, diese Normalität, dieser kompromißlerische Modus vivendi bargen alle Schrecken der Dauerhaftigkeit. Wenn Tamina in den Tagen der Hetze die Existenz der Zeit und deren Unabsehbarkeit hatte vergessen können, so tauchte jetzt, nachdem die Angriffe abgeflaut waren, die Wüstenei der Zeit aus dem Halbschatten auf, angsterregend und niederdrückend, der Ewigkeit ähnlich.

Prägen Sie sich dieses Bild noch einmal ein: Tamina muß auf einem, auf dem anderen, auf beiden Beinen von Feld zu Feld springen, und es muß ihr wichtig sein, ob sie übertreten hat oder nicht. Sie muß Tag für Tag so springen und dabei auf ihren Schultern das Gewicht der Zeit tragen wie ein Kreuz, das von Tag zu Tag schwerer wird.

Blickt sie noch zurück? Denkt sie noch an ihren Mann und an Prag?

Nein. Nicht mehr.

Die Spukgestalten umgestürzter Denkmäler irrten rund um das Podium, auf dem der Präsident des Vergessens mit dem roten Halstuch stand. Die Kinder klatschten und riefen seinen Namen.

Seither sind acht Jahre vergangen, aber in meinem Kopf klingen noch immer die Worte nach, die durch die blühenden Apfelbäume gedrungen waren.

*Kinder, ihr seid die Zukunft*, hatte er gesagt, und ich weiß heute, daß darin ein anderer Sinn lag, als man im ersten Augenblick glauben möchte. Die Kinder sind nicht deshalb die Zukunft, weil sie einmal erwachsen sein werden, sondern weil sich die Menschheit immer mehr dem Kind annähern wird, weil die Kindertümlichkeit das Bild der Zukunft ist.

*Kinder, blickt nie zurück*, hatte er gerufen und damit sagen wollen, es dürfe nie zugelassen werden, daß die Zukunft unter dem Gewicht des Gedächtnisses nachgibt, niedersinkt. Tatsächlich sind die Kinder ohne Vergangenheit, worin übrigens auch das Geheimnis der bezaubernden Unschuld ihres Lächelns liegt.

Die Geschichte ist eine Folge vergänglicher Veränderungen, wogegen die ewigen Werte außerhalb der Geschichte bestehen, unveränderlich sind und keines Gedächtnisses bedürfen. Husák ist Präsident des Ewigen, nicht des Vergänglichen. Er steht auf der Seite der Kinder, und die Kinder sind das Leben, und das Leben ist *sehen, hören, essen, trinken, urinieren, exkrementieren, ins Wasser eintauchen und den Himmel betrachten, lachen und weinen*. Dem Vernehmen nach stieg, nachdem Husák seine Rede an die Kinder beendet hatte (zu diesem Zeitpunkt hatte ich das Fenster schon geschlossen, und Vater rüstete sich zu seinem letzten Ritt), Karel

Gott auf das Podium und sang. Husák liefen Tränen der
Rührung über die Wangen, und das sonnige Lächeln, das
von überall her leuchtete, brach sich in diesen Tränen.
Das große Wunder des Regenbogens ereignete sich einen
Augenblick lang über Prag.
Die Kinder gewahrten den Regenbogen, sie begannen zu
lachen und zu applaudieren.
Der Idiot der Musik sang zu Ende, und der Präsident des
Vergessens breitete die Arme aus und rief: »Kinder, zu
leben, das ist das Glück.«

26

Die Insel hallte wider vom Geschrei eines Schlagersän-
gers und vom Gelärm elektrischer Gitarren. Auf dem
Platz vor dem Schlafsaal stand ein Kassettenrecorder im
Sand; daneben stand ein Junge; und Tamina erkannte in
ihm den Fährmann, mit dem sie auf die Insel gekommen
war. Erregung erfaßte sie. Wenn es der Fährmann war,
mußte irgendwo auch der Kahn sein. Diese Gelegenheit
durfte sie nicht ungenutzt lassen. Ihr Herz klopfte heftig,
alle ihre Gedanken richteten sich auf die Flucht.
Der Junge blickte auf den Recorder und wiegte sich in
den Hüften. Von allen Seiten liefen die Kinder herbei und
taten es ihm gleich: sie streckten abwechselnd die Arme,
bogen die Köpfe nach hinten, bewegten die Hände mit
hochgereckten Zeigefingern, als drohten sie jemandem,
und stießen Schreie aus, die sich mit den Klängen aus
dem Recorder mischten.
Tamina verbarg sich hinter dem dicken Stamm einer
Platane, denn sie wollte nicht gesehen werden. Sie konnte
den Blick nicht von den Kindern wenden. Diese gebärde-
ten sich mit der herausfordernden Koketterie von

Erwachsenen, bewegten jetzt den Unterleib nach vorn und nach hinten, als ahmten sie den Geschlechtsakt nach. Die Schlüpfrigkeit dieser Bewegung, wie aufgeklebt auf die Kinderkörper, hob den Gegensatz zwischen Obszönität und Unschuld, zwischen Reinheit und Verderbtheit auf. Die Sinnlichkeit wurde sinnlos, die Unschuld wurde sinnlos, das Wörterbuch zerfiel, und Tamina fühlte sich unbehaglich, als sei ihr Magen leer und hohl.
Die Dummheit der Gitarren tönte, und die Kinder tanzten, streckten kokett die Bäuchlein vor. Taminas Unbehagen war jenes, das von Dingen ausgeht, die nichts wiegen. Die Leere und Hohlheit in ihrem Magen war das unerträgliche Fehlen von Schwere. Wie ein Extrem sich jederzeit in sein Gegenteil verwandeln kann, so war die maximale Leichtigkeit zur schrecklichen *Schwere der Leichtigkeit* geworden. Tamina wußte, daß es ihr nicht möglich sein würde, dies noch länger zu ertragen. Sie machte kehrt und lief los.
Sie lief durch die Allee zum Wasser.
Am Strand schaute sie sich um. Aber es war kein Kahn zu sehen.
Wie am ersten Tag umrundete sie eilig die ganze Insel, doch sie fand nirgends das Gesuchte. Am Ende näherte sie sich wieder der Stelle, wo die Platanenallee in den Strand mündete. Dort sah sie Kinder erregt umherlaufen. Sie blieb stehen.
Die Kinder entdeckten sie und stürzten mit Geheul auf sie zu.

27

Tamina sprang ins Wasser.
Nicht aus Angst. Seit längerem schon hatte sie das erwogen. Die Überfahrt mit dem Kahn zur Insel war ziemlich

rasch gegangen, und wenn sie auch das andere Ufer nicht sehen konnte, so mußte es doch menschenmöglich sein, hinüberzuschwimmen!
Die schreienden Kinder kamen an der Stelle an, wo Tamina ins Wasser gesprungen war, und warfen ihr Steine nach. Aber sie schwamm schnell und war bald außer Reichweite der von schwachen Armen geschleuderten Steine.
Sie schwamm weiter und fühlte sich nach furchtbar langer Zeit wieder einmal wohl. Sie spürte ihren Körper, verspürte die alte Kraft. Sie war immer eine ausgezeichnete Schwimmerin gewesen, und jetzt war ihr jeder Zug ein neuer Genuß. Die Kälte des Wassers empfand sie als wohltuend, schien ihr doch, daß von ihrer Haut dadurch aller Kinderschmutz, aller Kinderspeichel und alle Kinderblicke abgewaschen würden.
Sie schwamm lange. Die Sonne sank langsam ins Wasser. Es wurde dunkel, und bald war es stockfinster, denn es zeigten sich weder Sterne noch Mond. Tamina versuchte, die eingeschlagene Richtung einzuhalten.

### 28

Wohin eigentlich sehnte sie sich zurück? Nach Prag?
Sie wußte nichts mehr von dieser Stadt.
In die westeuropäische Kleinstadt?
Nein. Sie wollte einfach weg.
Heißt dies, daß sie sterben wollte?
Nein, nein, gewiß nicht. Im Gegenteil, sie hatte ungeheure Lust zu leben.
Aber sie mußte doch irgendeine Vorstellung von der Welt haben, in der sie leben wollte!
Sie machte sich keine Vorstellung davon. Von ihrem

ganzen bisherigen Erleben war ihr nichts geblieben als ein ungeheurer Lebenshunger und ihr Körper. Allein diese zwei Dinge, nichts sonst. Sie wollte beide der Insel entreißen, um sie zu retten, ihren Körper und ihren Lebenshunger.

29

Der Tag brach an. Sie kniff die Augen zusammen, um besser zu sehen, ob das Ufer nahe sei.
Aber vor ihr war nichts als Wasser. Sie schaute sich um. Hinter ihr, kaum hundert Meter entfernt, war das Ufer der grünen Insel.
War sie denn die ganze Nacht im Kreise geschwommen? Verzweiflung bemächtigte sich ihrer, sie verlor alle Hoffnung, und im selben Augenblick schon spürte sie, daß ihre Glieder schwach wurden und daß das Wasser eisig war. Sie schloß die Augen und versuchte weiterzuschwimmen. Sie glaubte nicht mehr, das andere Ufer noch erreichen zu können, dachte nur an ihren Tod, wollte aber irgendwo weit draußen sterben, ohne Berührungen, allein. Allein mit den Fischen. Ihr fielen die Augen zu, sie mußte für eine Sekunde eingenickt sein, denn plötzlich hatte sie Wasser in der Lunge, hustete, rang nach Luft. Da hörte sie in der Nähe Kinderstimmen.
Während sie Wasser trat und hustete, sah sie sich suchend um. Unweit von ihr war ein Kahn mit einigen Kindern. Sie schrien. Als sie merkten, daß Tamina sie entdeckt hatte, verstummten sie. Ohne Tamina aus den Augen zu lassen, ruderten sie heran. Tamina sah ihnen ihre ungeheure Erregung an.
Sie erschrak, denn sie meinte, daß die Kinder sie retten wollten und daß sie mit ihnen würde wieder spielen

müssen. Da spürte sie bleierne Müdigkeit, ihre Arme wurden steif.

Der Kahn war herangekommen, und fünf Kindergesichter beobachteten sie begierig. Tamina schüttelte verzweifelt den Kopf, wie um ihnen zu sagen, laßt mich sterben, rettet mich nicht.

Doch ihre Befürchtung war überflüssig. Die Kinder rührten sich nicht, keines streckte ihr ein Ruder oder die Hand hin, keines machte Anstalten, sie zu retten. Die Kinder sahen ihr lediglich aus weit aufgerissenen Augen zu. Ein Junge hielt mit dem Ruder den Kahn in ihrer Nähe.

Sie schluckte erneut, hustete noch heftiger, schlug mit den Armen um sich, weil sie spürte, daß sie sich nicht mehr an der Oberfläche halten konnte. Ihre Beine wurden immer schwerer, zogen sie wie Gewichte hinunter.

Ihr Kopf tauchte ins Wasser. Einige Male noch kam sie durch wilde Bewegungen wieder hoch, sah dabei jedesmal den Kahn und die Kinderaugen, aus denen sie beobachtet wurde.

Dann verschwand sie endgültig in der Tiefe.

*Siebenter Teil*
# Die Grenze

# 1

Beim Liebesakt interessierte ihn an den Frauen das Gesicht am meisten. Die Körper spulten mit ihren Bewegungen gleichsam eine große Filmrolle ab – und auf dem Gesicht lief, wie auf einem Fernsehbildschirm, ein mitreißender Film voll Erregung, Erwartung, Gerührtsein, Explosionen, Schmerzen, Rufen und Groll ab. Hedwigs Gesicht jedoch war ein abgeschalteter Bildschirm, auf den Jan beharrlich blickte, ohne Antworten auf seine quälenden Fragen zu finden: Langweilte sie sich mit ihm? War sie müde? Schlief sie nur widerwillig mit ihm? Hatte sie bessere Liebhaber gehabt? Oder verbargen sich hinter der glatten Oberfläche ihres Gesichts Empfindungen, von denen er nichts ahnte?

Selbstverständlich hätte er sie fragen können. Aber zu Beginn ihres Liebesaktes ging mit ihr und ihm stets eine sonderbare Veränderung vor sich. Während sie sonst gesprächig und offen zueinander waren, fanden sie keine Worte mehr, sobald ihre nackten Körper sich umschlangen.

Dieses Verstummen konnte er sich nie recht erklären. Vielleicht rührte es daher, daß Hedwig bei ihrer beider unerotischen Kontakten meist mehr Initiative entwickelte als er. Obwohl jünger als er, hatte sie im Leben gewiß dreimal mehr Worte gesprochen als er und zehnmal mehr Belehrungen und Ratschläge erteilt, so daß sie ihm mitunter wie eine zärtliche, gute Mutter vorkam, die ihn bei der Hand nahm, um ihn durchs Leben zu führen. Nicht selten stellte sich Jan vor, daß er ihr mitten im Liebesakt ein paar obszöne Wörter ins Ohr hauche. Doch sogar in diesen Vorstellungen endete sein Versuch jedesmal mit einem Mißerfolg. Er war sich sicher, daß auf ihrem Gesicht ein mildes Lächeln des Nichteinver-

standenseins und nachsichtigen Verstehens erscheinen würde, das Lächeln einer Mutter, die ihren Sohn beobachtete, wie er in der Speisekammer Kekse stibitzt.
Oder er stellte sich vor, daß er ihr das so banale *Gefällt es dir?* ins Ohr flüsterte. Bei anderen Frauen hatte allein schon diese einfache Erkundigung unzüchtig geklungen. Sie weckt, obwohl den Liebesakt dezent mit *es* bezeichnend, sogleich Appetit auf andere Wörter, in denen sich die körperliche Liebe spiegeln kann wie in einer Spiegelgalerie. Doch er glaubte, Hedwigs Antwort im voraus zu kennen: Selbstverständlich gefällt es mir, oder denkst du, ich würde freiwillig etwas tun, was ich nicht mag? Du denkst nicht logisch, Jan.
Also sagte er keine obszönen Worte zu ihr und fragte sie auch nicht, ob es ihr gefalle, sondern schwieg, während sich ihrer beider Körper heftig und lange bewegten, die Spule ohne Filmstreifen immer schneller treibend.
Ab und zu freilich sagte er sich, daß er allein schuld sei an der Stummheit ihrer Nächte. Von Hedwig als Liebhaberin hatte er so etwas wie eine Karikatur gehabt, und diese stand nun zwischen ihm und ihr, so daß er nicht zur ganzen, wirklichen Hedwig vordringen konnte, zu ihrer Schönheit und zu den obszönen Dunkelräumen in ihr. Wie dem auch sei, nach jeder ihrer stummen Nächte schwor er sich, nicht mehr mit ihr zu schlafen. Er schätzte sie als gescheite, treue, einmalige Freundin, nicht als Geliebte. Doch es war nicht möglich, die Freundin von der Geliebten zu trennen. Bei ihren Zusammenkünften unterhielten sie sich bis tief in die Nacht, Hedwig trank, redete, belehrte, und wenn Jan schon todmüde war, verstummte sie plötzlich –: auf ihrem Gesicht erschien ein beseligtes, mildes Lächeln. Daraufhin berührte Jan, als gehorche er einer gebieterischen Suggestion, ihre Brust, woraufhin sich Hedwig auszog.

Warum eigentlich will sie mit mir schlafen? fragte er sich immer wieder, fand aber nie eine Antwort. Er wußte nur eines: ihre schweigsamen Geschlechtsakte waren unausweichlich, wie es für einen Bürger unausweichlich ist, beim Abspielen der Nationalhymne aufzustehen, obwohl es ihm lästig ist und dem Vaterland nichts nützt.

2

Im Verlauf der letzten zweihundert Jahre verließ die Amsel den Wald und wurde zum Stadtvogel. Zunächst in Großbritannien, dort bereits Ende des 18. Jahrhunderts, wenige Jahrzehnte später bei und in Paris sowie im Ruhrgebiet. Das neunzehnte Jahrhundert dann sah die Amsel eine europäische Stadt nach der anderen erobern. In Wien und Prag nistet sie seit ca. 1900, weiter südöstlich – in Budapest, Belgrad, Istanbul – tut sie inzwischen desgleichen.
Vom Gesichtspunkt unseres Planeten aus war diese Invasion der Amsel in die Menschenwelt zweifellos wichtiger als die Eroberung Südamerikas durch die Spanier oder die Neubesiedlung Palästinas durch die Juden. Die Veränderung der Beziehungen zwischen unterschiedlichen Gattungen der Schöpfung (Fische, Vögel, Menschen, Pflanzen) ist von höherer Ordnung als die Veränderung der Beziehungen innerhalb einer einzelnen Gattung. Ob Böhmen von Kelten oder Slawen bewohnt wird, ob Bessarabien von den Rumänen oder Russen beherrscht wird, das kann der Erdkugel ziemlich gleichgültig sein. Verrät jedoch die Amsel ihre ursprüngliche Natur, um dem Menschen in seine künstliche, widernatürliche Welt zu folgen, hat sich etwas in der Grundordnung auf unserem Planeten geändert.

Trotzdem wird niemand wagen, die beiden letzten Jahrhunderte als ›Epoche der Invasion der Menschenstädte durch die Amsel‹ zu verstehen. Wir sind alle befangen in einer starren Auffassung von dem, was wichtig ist oder was unwichtig ist. Während wir das vermeintlich Wichtige mit ängstlichen Blicken betrachten, betreibt das Unwichtige hinter unserem Rücken insgeheim seine Guerilla, die vermeintlich unmerklich die Welt verändert und uns am Ende überrumpelt.

Würde jemand Jans Biographie schreiben, könnte er darin den Zeitpunkt, von dem ich spreche, ungefähr so zusammenfassen: Die Verbindung mit Hedwig bescherte dem fünfundvierzigjährigen Jan eine neue Lebensetappe. Er gab endlich sein verzetteltes, zielloses Leben auf und beschloß, die westeuropäische Stadt, wo er etliche Jahre gelebt hatte, zu verlassen, um sich jenseits des Ozeans mit neuer Energie ernsthafter Arbeit zu widmen. Was ihm einige Erfolge einbringen sollte. Und so weiter und so weiter.

Der imaginäre Biograph möge mir erklären, warum gerade damals Jans Lieblingslektüre der altklassische Roman *Daphnis und Cloë* war! Die Liebe zweier junger Menschen, fast Kinder noch, die nicht wissen, was körperliche Liebe ist. Ins Rauschen des Meeres mischt sich das Blöken des Widders, und unter der Krone eines Ölbaums weidet ein Schaf. Die beiden jungen Menschen liegen nebeneinander, nackt und voll unermeßlichen vagen Verlangens. Sie halten einer den anderen fest umschlungen und bleiben lange so liegen, weil sie nicht wissen, was sie noch tun könnten. Sie glauben, dieses Aneinandergepreßtsein sei schon die ganze Liebesfreude. Sie sind erregt, ihre Herzen klopfen laut, aber sie haben keine Ahnung, wie man den Liebesakt vollzieht.

Ja, von eben dieser Stelle war Jan fasziniert.

## 3

Die Schauspielerin Hanna saß auf ihren gekreuzten Beinen, wie man es bei den Buddha-Statuen in Antiquitätengeschäften sieht. Sie redete unaufhörlich, wobei sie ihren Daumen betrachtete, der auf einem kleinen Tischchen vor der Couch langsame Kreisbewegungen machte.
Es war nicht die mechanische Geste eines nervösen Menschen, der mit dem Fuß klopft oder sich am Kopf kratzt. Es war eine bewußte und beabsichtigte, geschmeidige und anmutige Geste, die einen magischen Kreis um sie ziehen sollte, worin sie ganz auf sich selbst und die anderen auf sie konzentriert wären.
Sie folgte mit den Augen verliebt der Bewegung ihres Daumens und schaute nur dann und wann zu Jan auf, der ihr gegenübersaß. Sie erzählte ihm, daß sie einen Nervenzusammenbruch gehabt habe, weil ihr Sohn, der bei ihrem ehemaligen Mann in der Stadt wohne, ausgerissen und mehrere Tage nicht zurückgekommen sei. Der Vater ihres Sohnes sei obendrein so roh gewesen, ihr dies ausgerechnet eine halbe Stunde vor der Vorstellung mitzuteilen. Sie habe davon Fieber bekommen, Migräne und sogar Schnupfen. »Ich konnte mich nicht einmal mehr schneuzen, so sehr schmerzte meine Nase!« erklärte sie und richtete ihre schönen großen Augen auf Jan. »Die Nase war ausgefranst wie ein Blumenkohl!«
Sie lächelte das Lächeln einer Frau, die weiß, daß bei ihr sogar eine vom Schnupfen gerötete Nase noch interessant ist. Sie lebte mit sich selber in vorbildlicher Harmonie. Sie liebte ihre Nase und liebte ihren Mut, der Schnupfen Schnupfen und Nase Blumenkohl nannte. Die unkonventionelle Schönheit einer geröteten Nase und die Kühnheit des Geistes ergänzten einander in der Schauspielerin, während die Kreisbewegung ihres Daumens durch eine

magische Rundbahn diese beiden Zeichen ihrer Anmut (unkonventionelle Schönheit und Kühnheit des Geistes) zur unteilbaren Einheit ihrer Persönlichkeit verschmolz.
»Ich machte mir Sorgen wegen meiner erhöhten Temperatur. Aber wissen Sie, was mein Arzt gesagt hat? Er hat gesagt: Ich kann Ihnen nur eines raten, Hanna – messen Sie Ihr Fieber nicht!«
Frau Hanna lachte laut und lange über den Scherz ihres Arztes, dann sagte sie: »Wissen Sie, wen ich neulich kennengelernt habe? Passer!«
Passer war ein alter Freund von Jan, und als Jan ihn – es war bereits mehrere Monate her – zum letztenmal gesehen hatte, hatte ihm eine Operation bevorgestanden. Allen war bekannt, daß Passer Krebs hatte, nur der unglaublich vitale und vertrauensselige Mann glaubte die Lügen der Ärzte. Bei der bevorstehenden Operation handelte es sich für Passer in jedem Fall um einen schweren Eingriff, und der Freund hatte zu Jan gesagt, als er einen Augenblick mit ihm allein gewesen war: »Nach der Operation werde ich kein Mann mehr sein, verstehst du? Mein Leben als Mann wird vorbei sein.«
»Vorige Woche im Landhaus der Clevis habe ich ihn kennengelernt«, fuhr Hanna fort. »Er ist ein fabelhafter Mensch! Jünger als wir alle! Ich liebe diesen Menschen!«
Jan hätte sich eigentlich darüber freuen müssen, daß die schöne Schauspielerin seinen Freund mochte, aber er war insofern nicht erfreut, als schlechthin jedermann Passer mochte. An der irrationalen Börse gesellschaftlicher Beliebtheit waren seine Aktien in den letzten Jahren gewaltig gestiegen. Es war bei den seichten Gesprächen diverser Parties oder Abendessen nachgerade zum unerläßlichen Ritual geworden, einige bewundernde Sätze über Passer einzuflechten.
»Kennen Sie die herrlichen Wälder rings um das Land-

haus der Clevis? Es wachsen Pilze dort, und ich liebe es, Pilze zu sammeln! Ich fragte, wer mit mir in die Pilze gehen würde. Niemand zeigte Lust, einzig Passer sagte: Ich komme mit! Stellen Sie sich vor, Passer, der kranke Mensch! Ich behaupte, er ist der Jüngste von uns allen!«
Sie betrachtete wieder ihren Daumen, der nicht aufgehört hatte, auf dem Tischchen seinen Kreis zu ziehen, als sie weitersprach: »Also bin ich mit Passer zum Pilzesuchen gegangen. Es war köstlich! Wir streiften durch den Wald, dann suchten wir ein kleines Gasthaus auf. Ein kleines schmutziges Dorfgasthaus. So was liebe ich. In so einer Kneipe muß man billigen Rotwein trinken, wie es die Maurer tun. Passer war fabelhaft. Ich liebe diesen Menschen!«

4

Im Jahr dieses Berichtes erschienen auf den sommerlichen Stränden immer mehr Frauen, die oben ohne gingen. Die Bevölkerung teilte sich in Anhänger und Gegner der Barbusigkeit. Natürlich nahm sich das Fernsehen des Themas an, und die Familie Clevis – Vater, Mutter und vierzehnjährige Tochter – saß vor dem Bildschirm, um eine Diskussion über das Oben-ohne-Gehen zu verfolgen. Die Diskussionsteilnehmer repräsentierten wichtige intellektuelle Zeitströmungen und legten ihre Argumente pro und kontra entsprechend dar. Der Psychoanalytiker verteidigte den nackten Busen feurig und sprach von der Liberalisierung der Moral, die uns aus der Macht erotischer Phantasmen befreie. Der Marxist äußerte sich nicht direkt zum Oben-ohne-Gehen (unter den Mitgliedern der kommunistischen Partei gab es Puritaner und Libertins, und es wäre politisch unklug gewesen, die einen gegen die anderen zu stellen), sondern lenkte die Debatte geschickt auf das grundsätzlichere Problem heuchlerischer Moral der bourgeoisen Gesellschaft, die ihrem Untergang entgegensehe. Der Vertreter des christlichen Denkens fühlte sich verpflichtet, das Bikini-Oberteil zu verteidigen, tat es aber sehr schüchtern, weil auch er dem allgegenwärtigen Zeitgeist nicht entgangen war; sein einziges schwerwiegendes Argument für das Oberteil fand er in der Unschuld der Kinder, deren Respektierung und Verteidigung uns allen auferlegt sei. Den Christenmann fiel sogleich eine energische Frau an, die erklärte, man müsse gerade in der Kindheit dem heuchlerischen Tabu der Nacktheit ein Ende bereiten; sie empfahl den Eltern, zu Hause ganz nackt zu gehen.

Jan traf bei den Clevis ein, als die Fernsehansagerin bereits die Absage sprach, aber eine gewisse Erregtheit sollte noch lange die Wohnung erfüllen. Fortschrittliche Leute, und die Clevis hielten sich für fortschrittlich, waren gegen das Oberteil. Die großartige Geste, mit der Millionen von Frauen wie auf Befehl das demütigende Kleidungsstück weit von sich warfen, symbolisierte für sie eine Menschheit, die sich ihres Sklaventums entledigte. Barbusige Frauen marschierten durch die Wohnung der Clevis wie eine unsichtbare Brigade von Befreierinnen.

Wir wissen jetzt, daß sich die Clevis für fortschrittliche Leute und Vertreter fortschrittlicher Ansichten hielten. Freilich gibt es vielerlei Arten fortschrittlicher Ansichten. Die Clevis vertraten stets die bestmögliche davon. Die bestmögliche aller fortschrittlichen Ansichten ist jene, die zwar eine ausreichende Dosis von Provokation enthält und ihre Vertreter somit zu Recht stolz sein läßt auf ihr Anderssein, gleichzeitig aber eine genügend große Zahl Anhänger findet, damit das Risiko vereinsamender

Außergewöhnlichkeit sofort durch lärmende Beifallskundgebungen der siegreichen Mehrheit gebannt wird. Wären die Clevis beispielsweise nicht nur gegen das Bikini-Oberteil, sondern gegen Bekleidung überhaupt gewesen, und hätten sie gefordert, die Menschen sollten nackt durch die Straßen der Städte gehen, dann würden sie zwar eine fortschrittliche, aber bei weitem nicht die allerbestmögliche Ansicht vertreten haben. Durch ihre Übertreibung wäre diese Ansicht beschwerlich geworden, sie würde bei ihrer Verteidigung allzuviel Energie erfordert haben (während sich die bestmögliche fortschrittliche Ansicht gewissermaßen von selbst verteidigt), und ihre Vertreter hätten nie die Befriedigung empfunden, ihre vollkommen nonkonformistische Haltung plötzlich zur allgemeinen Haltung werden zu sehen.

Als Jan die Clevis gegen das Oberteil eifern hörte, mußte er an die Wasserwaage denken, die sein Großvater, ein Maurer, auf die Oberkante einer wachsenden Wand zu legen pflegte. Bekanntlich befindet sich mitten auf dem Instrument ein mit Alkohol gefülltes Glasröhrchen, worin eine kleine Glasblase anzeigt, ob eine Ebene, in diesem Fall die oberste Ziegelreihe, waagrecht ist. Die Familie Clevis konnte als geistige Wasserwaage dienen. Um welche Ansicht es auch immer ging, die Clevis zeigten genau an, ob es sich um die bestmögliche fortschrittliche Ansicht handelte oder nicht.

Nachdem die Clevis, durcheinanderredend und nachdiskutierend, Jan die ganze Fernsehdebatte wiederholt hatten, neigte sich Vater Clevis dem Gast zu und sagte in humorigem Ton: »Findest du nicht, daß diese Sache, was die schönen Brüste betrifft, eine Reform ist, der man vorbehaltlos zustimmen kann?«

Warum formulierte Vater Clevis seinen Gedanken auf solch seltsame Weise? Nun, er war ein vorbildlicher

Gastgeber und bemühte sich stets, eine für alle Anwesenden akzeptable Formulierung zu bieten. Weil Jan der Ruf eines Frauenverehrers anhing, drückte Clevis seine Zustimmung zum Oben-ohne-Gehen nicht im tieferen Sinn als *ethische* Begeisterung über die Befreiung aus tausendjährigem Sklaventum aus, sondern kompromißlerisch (mit Rücksicht auf Jans angebliche Neigung und entgegen der eigenen Überzeugung) als *ästhetische* Freude über den Reiz eines Busens.

Dabei wollte er sowohl präzise als auch diplomatisch sein, also vorsichtig: Er wagte nicht, rundheraus zu sagen, daß häßliche Brüste verdeckt gehörten. Doch diese zweifellos unannehmbare Folgerung leitete sich, obschon unausgesprochen, wie selbstverständlich aus dem ausgesprochenen Satz ab. Sie wurde zur leichten Beute für die vierzehnjährige Tochter, die herausplatzte:

»Und eure Bäuche? Eure dicken Wampen, die ihr seit jeher ohne das geringste Schamgefühl an den Stränden spazierentragt?!«

Mutter Clevis lachte und spendete der Tochter Beifall: »Bravo!«

Vater Clevis stimmte in den Beifall von Mutter Clevis ein. Hatte er doch sofort erkannt, daß er einmal mehr Opfer seines unseligen Hanges zum Kompromißlertum geworden war, den ihm Gattin und Tochter häufig vorwarfen: seine Tochter hatte recht. Weil er aber ein zutiefst friedfertiger Mensch war, der seine kompromißlerischen Ansichten nur sehr kompromißlerisch vertrat, nahm er seine Formulierung sogleich zugunsten des radikaleren Kindes zurück. Im übrigen enthielt der monierte Satz nicht seinen eigenen Gedanken, sondern den bei Jan vorausgesetzten Standpunkt, so daß sich Clevis ohne langes Zögern – obendrein mit Freude und väterlicher Genugtuung – auf die Seite seiner Tochter stellen konnte.

Die Tochter fühlte sich durch den Beifall beider Elternteile ermuntert und fuhr fort: »Glaubt ihr, daß wir die Bikini-Oberteile ausziehen, um euch Vergnügen zu bereiten? Wir tun es für uns! Nämlich weil es uns gefällt, weil es angenehmer ist und weil unsere Körper so der Sonne näher sind! Ihr seid unfähig, uns nicht als Sexualobjekte zu betrachten!«
Mutter und Vater Clevis applaudierten erneut, doch diesmal hatten ihre Bravos einen etwas anderen Klang. Den Satz ihrer Tochter empfanden sie als in sich stimmig, nichtsdestotrotz für eine Vierzehnjährige ein wenig ungehörig. Es war, als hätte ein achtjähriger Junge gesagt: Wenn die Räuber kommen, werde ich Mami beschützen. Auch in einem solchen Fall applaudieren die Eltern, weil ihres Sohnes Kundmachung Lob verdient. Weil sie aber gleichzeitig von übermäßigem Selbstvertrauen zeugt, mischt sich ins Lob ein gewisses Lächeln. Und genau mit diesem gewissen Lächeln versahen die Eltern Clevis ihre tönenden zweiten Bravos; die Tochter, die es vernahm und ablehnte, sagte gereizt und trotzig:
»Damit ist es ein für allemal aus. Ich bin für niemanden ein Sexualobjekt.«
Die Eltern nickten nur noch beifällig, ohne zu lächeln, um die Tochter nicht zu weiteren Proklamationen herauszufordern.
Jan aber konnte nicht an sich halten:
»Mädelchen, wenn du wüßtest, wie schrecklich leicht es ist, kein Sexualobjekt zu sein.«
Er sprach leise, mit so aufrichtiger Trauer, daß der Satz noch geraume Weile im Raum nachzuschwingen schien. Es war ein Satz, den man nicht mit Schweigen übergehen, auf den man aber auch nicht vernehmbar antworten konnte. Er verdiente keine Zustimmung, weil er nicht fortschrittlich war, verdiente aber auch keine Polemik,

weil er sich nicht sichtbar gegen den Fortschritt wandte. Es war der schlimmstmögliche Satz, weil er außerhalb der Debatte stand, die der Zeitgeist gelenkt hatte. Ein Satz jenseits von Gut und Böse, ein absolut ungehöriger Satz.
Eine Pause trat ein. Jan lächelte verlegen, als entschuldige er sich für das Gesagte. Daraufhin begann Vater Clevis, dieser Meister des Brückenschlags von Mensch zu Mensch, über Passer zu sprechen, einen gemeinsamen Freund, wie sich herausstellte. Die Bewunderung für Passer knüpfte ein festes Band zwischen ihnen. Clevis pries Passers Optimismus, seine unerschütterliche Liebe zum Leben, die keine ärztliche Verordnung in ihm zu ersticken vermocht habe. Passers Dasein beschränke sich jetzt auf einen schmalen Lebensbereich, wo es für ihn keine Frauen, kein schweres Essen, keinen Alkohol, keine sportliche Betätigung und keine Zukunft gebe. Unlängst habe er sie, die Clevis, in ihrem Landhaus besucht, als gerade die Schauspielerin Hanna dagewesen sei.
Jan wollte unbedingt wissen, was die Clevis'sche Wasserwaage im Fall der Schauspielerin Hanna anzeigte, bei der er Symptome einer fast unerträglichen Egozentrik festgestellt zu haben glaubte. Die Wasserwaage jedoch zeigte, daß sich Jan täuschte. Vater Clevis würdigte vorbehaltlos die Art, wie sich Frau Hanna gegenüber Passer verhalten hatte. Sie habe sich nur ihm gewidmet. Was überaus großzügig von ihr gewesen sei. Schließlich kennten alle das Drama, das sie durchmache.
»Welches Drama?« fragte der vergeßliche Jan.
Wie, Jan sei nicht im Bilde? Hannas Sohn sei ausgerissen und mehrere Tage nicht nach Hause gekommen. Sie habe einen Nervenzusammenbruch erlitten. In Gegenwart des zum Tode verurteilten Passer habe sie trotzdem nicht mehr an ihre Sorgen gedacht. Sie habe ihn aus seinem

Kummer reißen wollen und fröhlich gerufen: *Ich liebe es, Pilze zu sammeln! Wer geht mit mir in die Pilze?* Passer sei mitgegangen, alle anderen jedoch hätten abgelehnt, weil sie spürten, daß er mit ihr allein sein wollte. Die beiden seien drei Stunden lang durch den Wald gestreift und dann in einem Gasthaus eingekehrt, um Rotwein zu trinken. Aber Passer seien Spaziergänge und Alkohol nicht umsonst verboten. Bei der Rückkehr habe er erschöpft gewirkt, wenngleich glücklich. Am nächsten Tag habe man ihn ins Krankenhaus bringen müssen.
»Ich glaube, es steht schlecht um ihn«, sagte Vater Clevis und fügte wie eine Ermahnung hinzu: »Du solltest ihn besuchen.«

5

Jan sinnierte: Am Anfang des erotischen Lebens eines Mannes ist die Erregung ohne Wollust, und am Ende ist die Wollust ohne Erregung.
Erregung ohne Wollust, das war Daphnis. Wollust ohne Erregung, das war das Mädchen aus dem Sportartikel-Verleih.
Als er sie vor einem Jahr kennengelernt und zu sich eingeladen hatte, hatte sie den unvergeßlichen Satz gesagt: »Würden wir miteinander schlafen, wäre es sicher schön, was die technische Seite angeht, aber ich bin mir nicht so sicher, was die gefühlsmäßige Seite angeht.«
Er hatte geantwortet, daß sie, was die gefühlsmäßige Seite betreffe, bei ihm völlig beruhigt sein könne. Seltsamerweise hatte sie seine etwas unbestimmte Erwiderung angenommen, wie sie im Geschäft die Leihgebühr für ein Paar Ski annahm. Über Gefühle hatte sie fortan kein

Wort mehr verloren. Dafür hatte sie ihn, was die technische Seite anging, stets gewaltig hergenommen.
Sie war eine Fanatikerin des Orgasmus. Der Orgasmus war für sie Religion, Ziel, höchster Imperativ der Hygiene, Synonym für Gesundheit; er war aber auch Stolz für sie, weil er sie von weniger glücklichen Frauen unterschied, wie es meinetwegen eine Jacht oder ein bedeutender Bräutigam getan hätten.
Es war jedoch keineswegs leicht, ihr die gewünschte Wollust zu verschaffen. Sie rief ihm zu: *schneller, schneller*, dann wieder: *langsam, langsam*, oder *fester, fester*, wie ein Trainer, der seine Ruderer im Achter befehligt. Ganz auf die empfindlichen Punkte ihrer Haut konzentriert, führte sie seine Hand, um diese rechtzeitig auf die rechte Stelle gelangen zu lassen. In Schweiß gebadet, sah er ihren ungeduldigen Blick und ihren sich windenden Körper, diesen beweglichen Apparat zur Erzeugung einer kleinen Explosion. Diese Explosion schien Sinn und Ziel all ihres Strebens zu sein.
Nach dem letzten Beisammensein mit ihr hatte er an Hertz denken müssen, den seinerzeitigen Opernregisseur in der kleinen mitteleuropäischen Stadt, wo Jan seine Jugend verbracht hatte. Hertz zwang Sängerinnen, ihm einzelne Bewegungsproben nackt vorzuführen. Um völlig sicher zu sein, daß ihre Körperhaltung richtig war, mußten sie sich einen Bleistift in den After schieben. Der Bleistift verlängerte die Wirbelsäule nach unten, wodurch der besorgte Regisseur Gang, Bewegung, Schritt und Körperhaltung jeder Sängerin mit wissenschaftlicher Genauigkeit kontrollieren konnte.
Eines Tages wurde eine junge Sopranistin wütend und zeigte ihn bei der Direktion an. Hertz verteidigte sich damit, nie eine der Sängerinnen belästigt, ja nicht einmal eine angerührt zu haben. Das stimmte, doch sein Tun mit

dem Bleistift erschien dadurch um so verwerflicher, und Hertz mußte die Geburtsstadt Jans mit einem Skandal am Hals verlassen.

Die Affäre, allgemein bekannt geworden, beschäftigte auch den jugendlichen Jan, der ihretwegen Opernaufführungen zu besuchen begann. Er stellte sich die Sängerinnen, wenn sie pathetische Gesten vollführten, den Kopf zurückwarfen und den Mund weit öffneten, splitternackt vor. Das Orchester wehklagte, die Sängerinnen griffen sich an die linke Brust, aber er, Jan, sah aus ihren nackten Gesäßen Bleistifte ragen. Sein Herz klopfte wild – er verspürte die Erregung von Hertz! (Noch heute konnte er Sängerinnen in einer Oper nicht anders sehen, noch heute hatte er, wenn er in die Oper ging, die Gefühle eines Jünglings, der heimlich ein obszönes Theaterchen besucht.)

Jan sagte sich: Hertz war ein erhabener Alchimist des Lasters, der dank des Bleistifts im Sängerinnengesäß die magische Formel der Erregung gefunden hatte. Und Jan, gleichsam verschämt den Opernregisseur anblickend, gestand sich ein: Hertz würde sich nie zu einer so anstrengenden Betätigung herabgelassen haben, wie er, Jan, sie eben auf dem Körper und nach dem Takt der Befehle des Mädchens aus dem Sportartikel-Verleih ausgeführt hatte.

6

Wie sich die Invasion der Amseln auf der Kehrseite der europäischen Geschichte abgespielt hat, so spielt sich die Geschichte, die ich hier erzähle, auf der Kehrseite von Jans Leben ab. Ich komponiere sie mittels abgesonderter Erlebnisse, denen Jan wahrscheinlich keine größere Auf-

merksamkeit schenkte, weil ihn derweil auf der Vorderseite seines Lebens viele Ereignisse und Sorgen beschäftigten: ein Stellenangebot von jenseits des Ozeans, fieberhafte fachliche Arbeit, Reisevorbereitungen.
Er traf Barbara auf der Straße. Sie warf ihm sogleich vor, daß er sie nie besuche, wenn sie Gäste habe. Barbaras Haus war berühmt für kollektive erotische Lustbarkeiten. Jan hatte, um seinen Ruf fürchtend, die Einladungen bislang abgelehnt. Diesmal jedoch lächelte er und sagte: »Ja, ich komme gern.« Er wußte, daß er in diese Stadt nie mehr zurückkehren würde und folglich keine Diskretion mehr nötig hatte. Wie befreit, stellte er sich Barbaras Villa voll fröhlicher Nackedeis vor. Und er meinte, dies wäre eigentlich keine schlechte Abschiedsfeier.
Denn Jan nahm allmählich Abschied. In einigen Monaten würde er wieder über eine Grenze gehen. Jedesmal, wenn er daran dachte, erinnerte ihn das Wort *Grenze*, obgleich in geographischer Bedeutung benutzt, an eine andere, unstoffliche und ungreifbare Grenze.
An welche Grenze?
Die Frau, die er auf der Welt am meisten geliebt hatte (er war damals dreißig Jahre alt), pflegte zu ihm zu sagen (er war fast verzweifelt, wenn er es hörte), daß sie nur noch mittels einem Fädchen am Leben hänge. Sie wolle zwar leben, ja, das Leben freue sie, aber sie wisse gleichzeitig, daß dieses *ich will leben* aus den Fäden eines Spinnennetzes gewoben sei. So wenig gehöre dazu, so unendlich wenig, sich auf der anderen Seite der Grenze wiederzufinden, wo alles seinen Sinn verliere: die Liebe, die Überzeugungen, der Glaube, die Geschichte. Das ganze Geheimnis des Menschenlebens liege darin, daß es sich in unmittelbarer Nähe, ja in direkter Berührung mit jener Grenze abspiele, daß es von ihr nicht durch Kilometer, sondern durch Millimeter getrennt sei.

# 7

Jeder Mann hat zwei erotische Biographien. Gewöhnlich spricht man nur von der ersten: dem Verzeichnis seiner Liebesbeziehungen und -begegnungen.

Interessanter ist vielleicht die zweite Biographie: die Schar der Frauen, die wir haben wollten und die uns entgangen sind, diese schmerzliche Geschichte ungenutzter Möglichkeiten.

Außer den Frauen aus diesen beiden Biographien gibt es eine dritte Kategorie, geheimnisvolle, beunruhigende Frauen, mit denen wir nichts hatten haben können, bei denen wir nichts vermocht hatten. Sie hatten uns gefallen, wir hatten ihnen gefallen, dennoch war uns schnell klar geworden, daß wir sie nicht haben durften, weil wir uns mit ihnen *auf der anderen Seite der Grenze* befinden würden.

Jan saß im Zug und las. Ein unbekanntes hübsches Mädchen nahm ihm gegenüber Platz (auf dem letzten freien Platz im Abteil) und grüßte ihn. Er erwiderte den Gruß und überlegte, woher er sie kennen könnte. Dann versenkte er sich wieder ins Buch, aber das Lesen kostete ihn Mühe. Er spürte, daß ihn das Mädchen ansah.

Jan klappte das Buch zu: »Woher kenne ich Sie?«

Nichts Ungewöhnliches sei dabei gewesen. Sie hätten einander vor fünf Jahren auf einer unbedeutenden Gesellschaft kennengelernt. Jan erinnerte sich an jene Zeit und stellte dem Mädchen einige Fragen: Wo sie gearbeitet und mit wem sie verkehrt habe, wo sie jetzt tätig und ob ihre derzeitige Arbeit interessant sei.

Er war es gewöhnt, daß der Funken zwischen ihm und einer Frau schnell übersprang. Diesmal jedoch kam er sich wie ein Personalchef vor, der eine Stellenbewerberin befragte.

Jan verstummte. Er schlug sein Buch wieder auf, versuchte weiterzulesen, fühlte sich aber zur Abwechslung wie von einer unsichtbaren Prüfungskommission beobachtet, die eine ganze Akte mit Auskünften über ihn besaß und ihn nicht aus den Augen ließ. Trotzig schaute er auf die Buchseite, allerdings ohne im geringsten zu erfassen, was darauf stand. Ihm schien, die Kommission registriere geduldig jede Minute seines Schweigens, um sie bei der Berechnung der Schlußnote parat zu haben.

Zum zweitenmal klappte er das Buch zu, zum zweitenmal versuchte er das Mädchen in ein Gespräch zu ziehen, und zum zweitenmal mußte er feststellen, daß es ihm nicht gelang.

Er sagte sich, sein Mißerfolg rühre daher, daß sie in einem vollen Abteil miteinander redeten. Sofort lud er das Mädchen in den Speisewagen ein. Dort redete es sich zwar leichter, aber der Funke sprang wieder nicht über. Sie kehrten ins Abteil zurück. Erneut öffnete er das Buch, nur um erneut nicht zu erfassen, was auf den Seiten stand.

Das Mädchen blieb eine Weile ihm gegenüber still sitzen. Dann erhob sie sich, trat auf den Gang und schaute zum Fenster hinaus.

Jan war schrecklich unzufrieden mit sich selbst. Sie gefiel ihm, und sie forderte ihn auf eine stille Art heraus.

Er wollte die Situation doch noch retten, ging hinaus und stellte sich neben sie. Er sagte, daß er sie bestimmt deshalb nicht gleich erkannt habe, weil ihre Frisur anders sei. Dann strich er ihr das Haar aus der Stirn und betrachtete sie: »Ja, jetzt erkenne ich Sie.«

Selbstverständlich hatte er sie nicht erkannt. Aber darum ging es ihm nicht. Er wollte ihr nur die Hand fest auf den Scheitel legen, um ihr den Kopf leicht nach hinten biegen und ihr tief in die Augen schauen zu können.

Vielen Frauen hatte er schon die Hand so auf den Kopf gelegt und sie gefragt: »Wollen Sie mir zeigen, wie Sie so aussehen würden?« Die gebieterische Berührung und der herrische Blick veränderten für gewöhnlich die ganze Situation. Als enthielten sie im Keim (und riefen aus der Zukunft herbei) die große Szene, wo er sich der Frau ganz und gar bemächtigen würde.
Diesmal aber verfehlte seine Gebärde ihre Wirkung. Sein eigener Blick war viel schwächer als der Blick, den er auf sich spürte, dieser zweifelnde Blick der Prüfungskommission, die genau wußte, daß er sich wiederholte, und die ihm zu verstehen gab, daß jede Wiederholung bloße Nachahmung und jede Nachahmung wertlos sei. Jan sah sich plötzlich mit den Augen des Mädchens. Er sah die klägliche Pantomime seines Blickes und seiner Gebärde, eine Art stereotypen Veitstanzes, der durch jahrelange Wiederholung sinnentleert war. Weil seine Gebärde ihre Unmittelbarkeit, Spontaneität und Selbstverständlichkeit verloren hatte, war sie unerträglich mühevoll geworden, als hinge ein Zentnergewicht an seiner Hand. Der Blick des Mädchens erzeugte die sonderbare Atmosphäre *vervielfachter Schwere* um ihn herum.
Er gab auf. Ließ ihren Kopf los und schaute zum Fenster hinaus auf die vorüberfliegenden Gärten.
Der Zug erreichte sein Ziel. Am Bahnhofsausgang sagte das Mädchen zu Jan, sie wohne in der Nähe, ob er nicht mitkommen wolle.
Er lehnte ab.
Noch wochenlang mußte er daran denken: Wie hatte er ein Mädchen zurückweisen können, das ihm gefiel?
Ach, mit ihr hätte er sich auf der anderen Seite der Grenze befunden.

8

Der Blick des Mannes ist oft beschrieben worden. Kühl ruhe er auf der Frau, als wolle er sie messen, wiegen, bewerten, taxieren, anders gesagt, als verwandle er sie in einen Gegenstand.

Weniger bekannt ist, daß sich die Frau gegen diesen Blick durchaus wehren kann. Ist sie erst einmal in einen Gegenstand verwandelt, beobachtet sie den Mann auch mit dem Blick eines Gegenstandes. Man stelle sich vor, ein Hammer hätte plötzlich Augen und beobachtete den Zimmermann, der einen Nagel einschlagen möchte. Der Zimmermann sieht die bösen Hammeraugen auf sich gerichtet, wird unsicher und schlägt sich auf den Daumen.

Der Zimmermann ist Herr des Hammers, doch der Hammer gewinnt Übermacht über den Zimmermann, weil ein Werkzeug genau weiß, wie mit ihm, dem Werkzeug, umgegangen werden muß, wogegen der Benutzer dies nur annähernd weiß.

Die Fähigkeit des Blickens verwandelt den Hammer in ein Lebewesen, aber ein guter Zimmermann muß den bösen Blick ertragen können und es, das Werkzeug, mit fester Hand in einen Gegenstand zurückverwandeln. Dergestalt durchlebt die Frau, dem Vernehmen nach, eine kosmische Bewegung, zuerst nach oben, dann nach unten: Aufschwung des Gegenstandes zum Wesen, Sturz des Wesens in den Gegenstand.

Jan passierte es immer öfter, daß ihm das Zimmermann- und-Hammer-Spiel mißriet. Die Frauen blickten schlecht. Sie verdarben das Spiel. Kam es daher, daß sie angefangen hatten, sich zu organisieren, daß sie beschlossen hatten, das uralte Frauenlos zu verändern? Oder kam es daher, daß Jan alterte, daß er die Frauen und ihren

Blick anders sah? Veränderte sich die Welt, oder veränderte sich er?

Schwer zu sagen. Fest steht, daß ihn das Mädchen im Zug mit mißtrauischen Augen und voller Zweifel betrachtet hatte, weswegen ihm der Hammer aus der Hand gefallen war, noch bevor er ihn hatte hochheben können.

Jan begegnete Erwin. Dieser beklagte sich bei ihm über Barbara. Sie habe ihn eingeladen. Zwei Mädchen seien bei ihr gewesen, die er nicht gekannt habe. Man habe sich eine Weile unterhalten, dann sei Barbara unvermittelt in die Küche gegangen, um einen alten blechernen Wecker zu holen. Wortlos habe sie sich auszuziehen begonnen, und die beiden Mädchen hätten das gleiche getan.

»Verstehen Sie«, sagte Erwin zu Jan, »sie haben sich vollkommen gleichmütig und lässig ausgezogen, als wäre ich ein Hund oder ein Blumentopf.«

Barbara habe ihm dann befohlen, sich ebenfalls auszuziehen. Er habe die Gelegenheit nicht verpassen wollen, mit den beiden fremden Mädchen Liebe zu machen, und sei der Aufforderung gefolgt. Als er nackt gewesen sei, habe Barbara auf den Wecker gedeutet: »Beobachte den Sekundenzeiger genau. Steht er dir innerhalb einer Minute nicht auf, haust du ab!«

»Sie ließen meine Schamgegend nicht aus den Augen, und als immer mehr Sekunden verstrichen, begannen sie zu kichern! Dann warfen sie mich hinaus!«

Dies ist einer der Fälle, wo sich der Hammer entschloß, den Zimmermann zu kastrieren.

»Weißt du«, sagte Jan zu Hedwig, »der Erwin ist ein aufgeblasener Kerl, und ich habe mit Barbaras Strafkommando heimlich sympathisiert. Zudem haben Erwin und seine Freunde mit einigen Mädchen ähnliches getrieben

wie Barbara mit ihm. Wenn ein Mädchen kam, um beim Liebesspiel mitzumachen, zogen sie es aus, fesselten es und legten es auf die Couch. Dem Mädchen machte es nichts aus, gefesselt zu sein, das gehörte zum Spiel. Skandalös aber war, daß sie mit dem Mädchen nichts taten, daß sie es nicht einmal berührten, sondern es nur anschauten. Das Mädchen hatte das Gefühl, vergewaltigt zu werden.«
»Mit Recht«, sagte Hedwig.
»Ich könnte mir vorstellen, daß die nackten, gefesselten, angeschauten Mädchen überaus erregt waren. Erwin war in ähnlicher Situation nicht erregt. Er war kastriert.«
Jan befand sich bei Hedwig. Der Abend war bereits fortgeschritten. Sie saßen in Hedwigs Wohnzimmer. Auf dem niedrigen Tisch stand eine halb geleerte Flasche Whisky.
Hedwig fragte: »Was willst du damit sagen?«
Jan antwortete: »Damit will ich sagen: Wenn ein Mann und eine Frau das gleiche tun, ist es nicht das gleiche. Der Mann vergewaltigt, die Frau kastriert.«
»Womit du gesagt hast, daß die Kastration eines Mannes schändlich und die Vergewaltigung einer Frau schön ist.«
»Damit habe ich lediglich gesagt«, wehrte sich Jan, »daß die Vergewaltigung Bestandteil der Erotik ist, die Kastration aber deren Negation.«
Hedwig leerte ihr Glas auf einen Zug und erwiderte verärgert: »Wenn Vergewaltigung ein Bestandteil der Erotik ist, dann richtet sich die ganze Erotik gegen die Frau, und es ist höchste Zeit, eine andere Erotik zu erfinden.«
Jan trank einen Schluck, überlegte einen Augenblick und bot dann ein Beispiel: »Vor Jahren stellte ich in meiner alten Heimat mit Freunden eine Sammlung jener Aussprüche zusammen, die unsere Geliebten beim

Geschlechtsakt gemacht hatten. Weißt du, welches Wort am häufigsten vorkam?«
Hedwig wußte es nicht.
»Das Wörtchen *nein*. Das Wörtchen *nein* einzeln und wiederholt, mitunter viele Male: *Nein, nein, nein, nein, nein, nein, nein* ... Das Mädchen kam, um Liebe zu machen, doch nahm sie der Mann in die Arme, stieß sie ihn von sich und sagte nein, so daß das ganze Liebesspiel erleuchtet war vom roten Licht dieses schönsten aller Wörter und verwandelt war in die Imitation einer Vergewaltigung. Auch wenn bei ihnen der Höhepunkt der Wollust nahte, riefen sie *nein, nein, nein, nein, nein,* und nicht wenige stießen auch auf dem Höhepunkt *nein* hervor. Seither ist *nein* für mich die Königin der Wörter. Hattest auch du die Angewohnheit, nein zu sagen?«
Hedwig erwiderte, sie habe niemals nein gesagt. Weshalb etwas sagen, was man nicht dachte? »Wenn eine Frau nein sagt, meint sie ja – dieses männliche Bonmot hat mich immer geärgert. Übrigens ein Satz, der absurd ist wie die menschliche Geschichte.«
»Aber die Geschichte ist in uns, und wir können ihr nicht entgehen«, gab Jan zu bedenken. »Die Frau, die flieht und sich wehrt. Die Frau, die sich hingibt, der Mann, der sie nimmt. Die Frau, die sich verhüllt, der Mann, der ihr die Hüllen herunterreißt. Das sind archaische Bilder, die wir in uns tragen!«
»Archaisch und idiotisch! Idiotischer als Heiligenbildchen! Wenn es die Frauen nun aber müde geworden sind, sich nach den uralten Mustern zu verhalten? Wenn diese ewige Wiederholerei sie anödet? Wenn sie gern andere Bilder und ein anderes Spiel erfinden würden?«
»Zugegeben, es sind blöde Bilder, und auch ihre Wiederholung ist blöd. Wenn nun aber unsere Erregung angesichts des weiblichen Körpers gerade mit diesen blöden

Bildern verknüpft ist? Würden diese blöden alten Bilder in uns vernichtet, könnte ein Mann dann noch mit einer Frau die Liebe vollziehen?«
Hedwig brach in Lachen aus: »Ich glaube, du machst dir überflüssige Sorgen.« Sie sah ihn mit ihrem mütterlichen Blick an: »Denk bloß nicht, daß alle Männer so sind wie du. Was weißt du schon darüber, wie die Männer sind, wenn sie allein bleiben mit einer Frau!«
Jan wußte wirklich nicht, wie die Männer sind, wenn sie allein bleiben mit einer Frau. Es gab ein Schweigen, und auf Hedwigs Gesicht erschien jenes selige Lächeln, das besagte, es sei schon spät und der Augenblick nahe, wo Jan auf ihrem Körper die leere Filmspule anzutreiben habe.
Nach längerer Überlegung fügte Hedwig hinzu: »Schließlich ist das Liebemachen keine so sehr wichtige Sache.«
Jan merkte auf: »Du glaubst, daß das Liebemachen keine so sehr wichtige Sache ist?«
Sie lächelte ihn zärtlich an: »Nein, das Liebemachen ist keine so sehr wichtige Sache.«
Die vorhergegangene Diskussion war bei Jan plötzlich wie ausgelöscht, ausgelöscht durch die Erkenntnis von etwas äußerst Wichtigem: für Hedwig war physische Liebe lediglich ein Zeichen, ein symbolischer Akt zur Bestätigung der Freundschaft.
An diesem Abend wagte er es zum erstenmal, zu sagen, daß er müde sei. Und er legte sich neben sie ins Bett wie ein züchtiger Freund. Ohne die leere Filmspule anzutreiben. Er streichelte zärtlich ihr Haar und sah, wie sich über ihrer beider Zukunft der tröstliche Regenbogen des Friedens wölbte.

Vor einem Dutzend Jahren pflegte Jan Besuch von einer verheirateten Frau zu bekommen. Er kannte sie schon länger, sah sie aber selten, weil die Frau arbeitete; und auch wenn sie sich für ihn frei machte, geizte sie mit der Zeit. Sie ließ sich zuerst in einem Sessel nieder und plauderte eine Weile mit Jan, aber wirklich nur eine kurze Weile. Jan hatte bald aufzustehen, zu ihr zu treten, sie zu küssen und aus dem Sessel in seine Arme zu heben.
Sogleich aber hatte er sie wieder loszulassen. Beide machten einen Sprung zurück und begannen sich Hals über Kopf auszuziehen. Jan warf sein Jackett auf einen Stuhl. Sie streifte ihren Pullover ab und legte ihn auf die Stuhllehne, beugte sich vor und rollte ihre Strumpfhose hinunter. Er knöpfte seine Hose auf und schob sie über die Hüften hinunter. Alles geschah in höchster Eile. Sie standen einander gegenüber, beide nach vorn geneigt, und während er ein Bein nach dem anderen aus der Hose befreite (es war wie eine mißlungene Übung zum militärischen Parademarsch), bückte sie sich tiefer und zog die Strumpfhose von den Knöcheln und Füßen, wobei sie die Beine ähnlich hob wie er.
So verfuhren sie jedesmal. Einmal dann kam es zu einem scheinbar unbedeutenden kleinen Ereignis, das er nie vergessen sollte: Sie schaute ihn an und konnte ein Lächeln nicht unterdrücken. Es war ein fast zärtliches Lächeln, voll Verständnis und Mitgefühl, ein scheues Lächeln, das sich für sich selbst entschuldigte; nichtsdestoweniger war es ein Lächeln, fraglos hervorgerufen von dem Licht der Lächerlichkeit, das über der ganzen Szene lag. Er mußte sich beherrschen, um nicht ebenfalls zu lächeln. Denn auch vor ihm erstand aus dem Zwielicht der Gewohnheit die unvermutete Lächerlichkeit

zweier Leute, die ihre Beine mit wunderlicher Eile anhoben. Er spürte, daß nicht viel fehlte, um loszulachen. Doch ihm war klar, daß sie beide, würde er loslachen, nicht mehr miteinander ins Bett gehen könnten. Das Lachen war da wie eine riesige Falle, die geduldig im Raum lauerte, verborgen von einem hauchdünnen Wandschirm. Nur Millimeter trennte das Lieben vom Lachen, und er hatte panische Angst davor, sie zu überschreiten. Millimeter, die ihn von jener Grenze trennten, jenseits derer alles seinen Sinn verliert.
Er beherrschte sich. Verscheuchte das Lachen. Schleuderte die Hose weg und ging schnell auf die Frau zu. Zog sie rasch an sich und verjagte mit der Wärme ihres Körpers den Teufel des Lachens.

*10*

Er erfuhr, daß sich Passers Zustand laufend verschlechterte. Dem Kranken wurde Morphium gespritzt, nur einige Stunden am Tag war er noch bei Bewußtsein. Jan fuhr mit dem Zug zu dem entfernten Sanatorium; unterwegs machte er sich Vorwürfe, weil er den Freund so selten besucht hatte. Als er ihn dann sah, erschrak er fast, denn Passer war sichtlich gealtert. Ein paar silbrige Haare beschrieben über seiner Schläfe nun die weite Wellenlinie, die vorher sein braunes, beinahe dichtes Haar beschrieben hatte. Sein Gesicht erinnerte nur noch ungenau an sein früheres Gesicht.
Dennoch begrüßte ihn der Freund temperamentvoll wie früher. Er hakte sich bei Jan ein und zog ihn ins Zimmer. Sie setzten sich am Tisch einander gegenüber.
Bei Jans allererster Begegnung mit dem Freund, die schon lange zurücklag, hatte Passer von den großen Hoffnun-

gen für die Menschheit gesprochen und dabei mit der Faust auf den Tisch geschlagen, während seine ewig begeisterten Augen Jan über den Tisch hinweg angeleuchtet hatten. Jetzt, an diesem traurigen Tag, sprach er nicht von den Hoffnungen für die Menschheit, sondern von den Hoffnungen für seinen Körper. Die Ärzte hatten ihm gesagt, er würde gewonnen haben, wenn er dank der intensiven Behandlung mit Spritzen und um den Preis großer Schmerzen die nächsten vierzehn Tage überstünde. Als er das berichtete, schlug er mit der Faust auf den Tisch, und seine Augen leuchteten Jan an. Sein begeistertes Erzählen von den Hoffnungen des Körpers war die melancholische Erinnerung an seine einstigen Worte über die Hoffnungen für die Menschheit. Beide Begeisterungen waren gleichermaßen illusorisch, doch Passers leuchtende Augen verliehen ihnen eine gleich starke zauberhafte Helligkeit.
Dann begann Passer von der Schauspielerin Hanna zu sprechen. Mit einer geradezu züchtigen männlichen Scheu gestand er Jan, daß er sich ein letztes Mal verliebt habe. Er sei verrückt nach der verrückt schönen Frau, obwohl er nicht vergesse, daß dies die einfältigste aller denkbaren Verrücktheiten sei. Mit leuchtenden Augen berichtete er vom Wald, wo sie miteinander Pilze gesucht hätten, wie man einen Schatz suche, und vom Gasthaus, wo sie eingekehrt seien, um Rotwein zu trinken.
»Und Hanna war fabelhaft! Verstehst du? Sie hat nicht die besorgte Krankenschwester gespielt, hat mich nicht durch mitfühlende Blicke an meine Gebrechlichkeit und meinen Untergang erinnert, sondern sie hat mit mir gelacht und getrunken. Einen ganzen Liter haben wir gebechert! Ich fühlte mich wie achtzehn! Ich saß auf meinem Stuhl und hätte singen mögen. Obwohl mein Stuhl doch auf der Todeslinie stand und steht!«

Passer schlug mit der Faust auf den Tisch und schaute
Jan aus seinen leuchtenden Augen an, über denen die
einstige weite Welle nur noch von drei silbrigen Haaren
nachgezeichnet wurde.
Jan warf ein, wir säßen alle auf der Todeslinie. Die ganze
Welt, die in Gewalt, Grausamkeit und Barbarei versinke,
sitze auf dieser Linie. Er sagte es, weil er Passer liebte und
weil er es fürchterlich fand, daß ein Mann, der so herrlich
mit der Faust auf den Tisch schlagen konnte, würde
früher sterben müssen als die Welt, die keine Liebe
verdiente. Er versuchte, den Untergang der Welt herbei-
zurufen, damit Passers Tod erträglicher würde. Doch
Passer wollte vom Weltenende nichts hören, er schlug
mit der Faust auf den Tisch und begann von den Hoffnungen für die Menschheit zu sprechen. Er meinte, wir
würden in einer Zeit der großen Veränderungen leben.
Jan hatte nie Passers Begeisterung für die Verwandlung
der Dinge geteilt, er schätzte Passers Sehnsucht nach
Veränderung nur, weil er darin die älteste Sehnsucht der
Menschen sah, den konservativsten Konservatismus der
Menschheit. Obwohl er diese Sehnsucht schätzte, verlangte es ihn nun, Passer davon zu befreien, weil sich
dessen Stuhl auf der Todeslinie befand. Er wollte in
Passers Augen die Zukunft beschmutzen, damit Passer
nicht zu sehr dem Leben nachtrauere, das ihm immer
rascher entglitt.
Jan erklärte ihm darum: »Dauernd sagt man uns, wir
leben in einer großen Zeit. Clevis redet vom Ende der
jüdisch-christlichen Ära, andere reden vom Ende Europas, wieder andere von der Weltrevolution und vom
Kommunismus, aber das sind nichts als Dummheiten.
Das Umstürzlerische unserer Zeit liegt in etwas ganz
anderem.«
Passer schaute ihn mit seinen leuchtenden Augen an,

über denen die einstige Welle nur noch von drei silbrigen Haaren nachgezeichnet wurde.

Jan fragte: »Kennst du die Anekdote von dem englischen Lord?«

Passer schlug einmal mehr mit der Faust auf den Tisch und verneinte.

»Nach der Hochzeitsnacht sagt der englische Lord zu seiner Frau: Lady, ich hoffe, Sie sind schwanger. Ich möchte diese lächerlichen Bewegungen nicht ein zweitesmal vollführen müssen.«

Passer lachte zwar, schlug aber nicht mit der Faust auf den Tisch. Diese Anekdote gehörte nicht zu jenen, die bei ihm höchste Begeisterung hervorriefen.

Jan sprach weiter: »Nichts da von Weltrevolution! Wir durchleben die große historische Epoche, wo sich die körperliche Liebe endgültig in lächerliche Bewegungen verwandelt.«

Auf Passers Gesicht zeichnete sich ein feines Lächeln ab. Jan kannte es gut. Es war kein Lächeln der Freude oder Zustimmung, sondern ein Lächeln der Toleranz. Sie waren einander nie allzu nahegestanden. Wenn sich, was glücklicherweise nur in seltenen Momenten geschah, ihre Verschiedenheit zu deutlich zeigte, bedachten sie einander schnell mit diesem Lächeln, um sich gegenseitig zu versichern, daß ihre Freundschaft dadurch nicht gefährdet sei.

11

Warum hatte er immerfort dieses Bild der Grenze vor Augen?

Er begründete es vor sich selbst durch den Alterungsprozeß: Die Dinge wiederholen sich und verlieren mit jeder

Wiederholung ein Stück von ihrem Sinn. Oder, besser gesagt, sie verlieren Tropfen für Tropfen ihre vitale Kraft, die automatisch Sinn voraussetzt, ohne nach ihm zu fragen.
Nach Jan bedeutete die Grenze also das zulässige Höchstmaß an Wiederholung.
Er hatte einmal die Vorstellung einer Kleinkunstbühne besucht, wo ein sehr begabter Komiker mitten im Agieren langsam und sehr konzentriert zu zählen begann: eins, zwei, drei, vier ... Der Mann sprach jede Zahl mit höchster Nachdenklichkeit aus, als sei sie ihm entflohen und er müsse sie im Raum ringsum suchen: fünf, sechs, sieben, acht ... Bei fünfzehn fing das Publikum zu lachen an, und als er langsam, mit immer nachdenklicherem Gesicht bei hundert anlangte, bogen sich die Leute.
Bei einer anderen Aufführung hatte sich derselbe Komiker ans Klavier gesetzt und mit der linken Hand eine Walzerbegleitung intoniert: mm-ta-ta, mm-ta-ta. Seine rechte Hand hing herab, eine Melodie erklang nicht, immer nur mm-ta-ta, mm-ta-ta, doch der gute Mann blickte bedeutungsvoll ins Publikum, als sei die Walzerbegleitung herrlichste Musik, würdig, tiefe Gefühle, Applaus und Begeisterung hervorzurufen. Er spielte ohne Unterlaß mm-ta-ta, spielte es zwanzigmal, dreißigmal, fünfzigmal, hundertmal, und die Leute erstickten schier vor Lachen.
Ja, überschreitet man die Grenze, erklingt schicksalhaftes Lachen. Doch was geschieht, wenn man noch weitergeht, über das Lachen *hinaus*?
Jan war überzeugt, die griechischen Götter hätten sich zu Anfang leidenschaftlich an den Begebenheiten im Leben der Menschen beteiligt. Dann seien sie auf dem Olymp geblieben und hätten nur gelacht. Und heute schliefen sie, seit langem schon.

Meines Erachtens täuscht sich Jan, wenn er meint, *die* Grenze sei eine Linie, von der das menschliche Leben an einer bestimmten Stelle durchtrennt wird, so daß sie, die Grenze, eine zeitliche Zäsur markiert, eine bestimmte Sekunde auf der Uhr des Menschenlebens. Nein. Ich bin mir vielmehr sicher, daß die Grenze immerfort mit uns ist, unabhängig von der Zeit und von unserem Alter, daß die Grenze allgegenwärtig ist, allerdings je nach den Umständen einmal mehr, einmal weniger sichtbar.

Die von Jan so sehr geliebte Frau hatte recht gehabt, wenn sie sagte, daß das, was sie am Leben halte, nur der Faden eines Spinnennetzes sei. Sehr wenig ist nötig, ein leiser Windhauch, um die Dinge ein kleines bißchen zu verschieben, und sofort erscheint uns etwas, wofür man einen Augenblick zuvor noch das Leben hingegeben hätte, als inhaltsloser Unsinn.

Jan hatte Freunde, die gleich ihm aus der alten Heimat weggegangen waren; sie widmeten ihre ganze Zeit dem Kampf um die verlorene Freiheit. Sie alle hatten schon das Gefühl kennengelernt: das Band, mit dem sie ans alte Daheim gefesselt waren, erwies sich als Illusion und sie, die Vaterlandsretter, schienen lediglich infolge einer gewissen Beharrlichkeit des Schicksals weiterhin bereit, für etwas zu sterben, an dem ihnen nichts mehr lag. Alle kannten sie dieses Gefühl, aber alle fürchteten auch gleichzeitig, dieses Gefühl zu erkennen; sie drehten die Köpfe weg, um die Grenze nicht sehen zu müssen und um nicht (erfaßt vom Schwindelgefühl wie über einem Abgrund) hinüberzugleiten auf die andere Seite, wo die Sprache ihres gequälten Volkes nur mehr bedeutungslos klang wie Vogelgezwitscher.

Wenn Jan die Grenze für sich selbst als Begrenzung der zulässigen Wiederholung definierte, muß ich ihn also korrigieren: Die Grenze ist kein Produkt von Wiederholung. Wiederholung ist lediglich eine der Arten, die Grenze sichtbar zu machen. Die Grenzlinie wird von Staub bedeckt, und die Wiederholung ist wie die Bewegung einer Hand, die den Staub wegwischt.

Ich möchte Jan ein bemerkenswertes Erlebnis aus seiner Kindheit in Erinnerung rufen: Er war damals dreizehn. Man sprach über Wesen, die auf anderen Planeten leben; dabei spielte er mit dem Gedanken, die außerirdischen Geschöpfe seien mit mehr erotischen Körperteilen ausgestattet als der Mensch auf Erden. Er, der dreizehnjährige Junge, der sich damals noch heimlich durch Betrachten des gestohlenen Fotos einer Nackttänzerin Erregung verschaffte, konnte sich am Ende der Gespräche über außerirdische Wesen eines ganz bestimmten Gefühls nicht erwehren; die mit Schoß und zwei Brüsten, diesem allzu einfachen Dreieck, ausgestattete irdische Frau sei eigentlich erotisch armselig. Er träumte von einem Wesen, das auf dem Körper statt des kargen Triangels zehn oder zwanzig erotische Teile hat und dem Blick unerschöpfliche Erregungsmöglichkeiten bietet.

Ich will damit sagen, daß er, gewissermaßen noch mitten in der Unschuld lebend, bereits wußte, was es heißt, des Frauenkörpers überdrüssig zu sein. Noch bevor er die Wollust kennenlernte, war er durch bloße Vorstellung an das Ende der Erregung gelangt. Er hatte ihre Erschöpfbarkeit erkannt.

Jan hatte somit seit der Kindheit in Sichtweite der geheimnisvollen Grenze gelebt, jenseits derer eine Frauenbrust lediglich eine weiche Beule am Brustkorb ist. Die Grenze war von Anfang an sein Los. Um sie hatte der dreizehnjährige, der sich nach zusätzlichen erotischen Teilen am Frauenkörper sehnende Jan, genauso gewußt, wie der dreiundfünfzigjährige Jan um sie wußte.

Starker Wind ging, und der Boden war aufgeweicht. Vor dem offenen Grab hatten sich die Trauergäste in einem unregelmäßigen Halbkreis postiert. Jan stand da, auch viele seiner Bekannten, namentlich die Schauspielerin Hanna, die Clevis-Familie und Barbara. Und natürlich die Passers waren da: die Witwe, der weinende Sohn und die Tochter.
Zwei Männer in abgetragenen Anzügen ergriffen die Seile, auf denen der Sarg stand. Im selben Augenblick trat ein aufgeregter Mann mit einem Blatt Papier ans Grab, blieb mit dem Gesicht zu den Totengräbern stehen, senkte den Blick auf seinen Text und begann laut zu lesen. Die Totengräber schauten ihn an, zögerten kurz, fragten sich, ob sie den Sarg neben dem Grab wieder abstellen sollten, doch dann ließen sie ihn langsam in die Grube hinab, als hätten sie beschlossen, dem Toten das Anhören der vierten Rede zu ersparen.
Das unerwartete Verschwinden des Sarges verunsicherte den Redner. Seine ganze Rede war in der zweiten Person Einzahl abgefaßt. Er pries den Verstorbenen, versicherte, bejahte, beschwichtigte, dankte und beantwortete Fragen, die er Freund Passer zugemessen hatte. Der Sarg setzte auf dem Grund der Grube auf. Die Totengräber zogen die Seile herauf und blieben bescheiden am Grab stehen. Als sie merkten, wie eindringlich der Redner zu ihnen sprach, senkten sie verlegen die Köpfe.
Je klarer dem Redner das Unpassende an dieser Situation wurde, desto unwiderstehlicher zogen die beiden traurigen Gestalten seinen Blick an, so daß er die Augen fast gewaltsam von ihnen wenden mußte. Er drehte sich halb zum Halbkreis der Trauergäste um. Aber auch jetzt klang seine für die zweite Person Einzahl stilisierte Rede

nicht viel besser, denn man konnte meinen, der teure Verblichene habe sich irgendwo unter den Trauergästen versteckt.
Ach, es gab keinen Punkt mehr, wohin der Redner noch hätte schauen können. Darum heftete er den Blick ängstlich auf sein Blatt und hob ihn nicht mehr, obwohl er den Text fast auswendig kannte.
Sämtliche Anwesenden wurden von Unruhe ergriffen. Und der Wind, der sie mit quasi neurotischen Böen von hinten anging, steigerte ihre Unruhe noch.
Vater Clevis trug einen Hut, den er vorsichtigerweise in den Nacken geschoben hatte. Dennoch nahm ihm eine Windböe die Kopfbedeckung ab und beförderte sie zwischen das offene Grab und die Hinterbliebenen Passers, die in der ersten Reihe standen.
Natürlich wollte sich Clevis in einer spontanen Reaktion durch die Reihen drängen, um den Hut einzufangen, verharrte aber dann doch lieber auf seinem Platz, weil eine solche Handlungsweise den Eindruck erzeugt hätte, ihm sei der Hut teurer als der Tote, zu dessen Ehren die Zeremonie stattfand. Vater Clevis tat, als sei nichts geschehen. Was sich jedoch als die schlechtere Lösung erwies. Seit der Hut vereinsamt vor dem Grab lag, steigerte sich die Unruhe der Trauergäste zusehends. Niemand hörte dem Redner mehr richtig zu. Trotz seines bescheidenen Daliegens störte der Hut die Zeremonie deutlicher, als wenn sein Besitzer die paar Schritte gemacht und ihn aufgehoben hätte. Da sagte Clevis zu dem Trauernden, der vor ihm stand, *verzeihen Sie*, und schob sich vor. Einige Sekunden, und er stand auf der freien Fläche (wie auf einer kleinen Bühne) zwischen Grab und Trauergemeinde. Rasch bückte er sich, streckte die Hand aus – aber just in diesem Moment kam eine Windböe und beförderte den Hut näher zum Redner hin.

Niemand achtete mehr auf etwas anderes als auf Vater Clevis und seinen Hut. Der Redner ahnte nichts von der hingewehten Kopfbedeckung, spürte jedoch, daß unter seinen Zuhörern etwas vorging. Er hob nun doch den Blick von seinem Blatt – und gewahrte den Unbekannten, der obendrein zum Sprung anzusetzen schien. Sofort senkte der Redner seinen Blick wieder; möglicherweise in der Hoffnung, daß beim nächsten Hochschauen die unglaubliche Erscheinung verschwunden sei. Doch als er erneut aufblickte, war der Mann noch immer da und sah ihn unverwandt an.

Vater Clevis nämlich konnte jetzt weder vor noch zurück. Ein Sprung vor die Füße des Redners dünkte ihn unziemlich, das Zurücktreten ohne Hut lächerlich. Von seiner Unentschlossenheit auf die Stelle gebannt, suchte er vergeblich nach einer Lösung.

In seiner Not sah er sich nach Helfern um. Sein Blick fiel auf die Totengräber. Diese beiden Herren jedoch standen reglos am Grab und starrten neben die Füße des Redners. Plötzlich wurde der Wind wieder stärker und schob den Hut langsam zum Grubenrand. Clevis schritt zur Tat. Er trat energisch vor, bückte sich und streckte die Hand aus. Doch der Hut glitt weiter, immer weiter, entzog sich auch Clevis letztem Versuch und kippte in die Grube.

Clevis streckte noch einmal die Hand aus, als wollte er seine Kopfbedeckung zurückrufen. Vergebens. Daraufhin entschloß er sich, so zu tun, als gebe es den Hut nicht und als stehe er, Clevis, ganz zufällig am Grubenrand.

Er wollte völlig natürlich und ungezwungen erscheinen. Aber dies gelang ihm nicht, ganz und gar nicht, weil nun aller Augen auf ihn gerichtet waren. Da trat er zurück, das Gesicht starr, den Blick geradeaus gerichtet, um niemanden ansehen zu müssen, und rückte in die erste Reihe neben Passers Sohn, der noch immer schluchzte.

Als die drohende Erscheinung des sprungbereiten Mannes endlich doch verschwunden war, beruhigte sich der Mann mit dem Blatt Papier einigermaßen. Der Schlußsatz nahte. Um ihn anzukündigen, wandte sich der Redner mit gewichtiger Geste der Trauergemeinde zu. Aber niemand beachtet ihn. Auf der Stelle drehte er sich zu den Totengräbern um und sprach feierlich: »Viktor Passer, jene, die dich liebten, werden dich nie vergessen, möge die Erde dir leicht sein!«

Er trat zum Lehmhaufen neben dem Grubenrand, ergriff die kleine Schaufel und nahm damit Erde auf. Als er sich über die Grube neigte und zögerte, ging eine Welle unterdrückten Lachens durch die Reihen der Trauernden: die Leute stellten sich vor, der verschreckte Redner sehe in der Grube den Sarg und auf dem Sarg den Hut, vermeinend, daß der Tote in einem letzten Wunsch nach Würde bei der feierlichen Zeremonie nicht habe ohne Kopfbedeckung sein wollen.

Der Redner gab sich einen Ruck und warf die Erde auf den Sarg. Peinlich genau so, daß nicht der Hut getroffen wurde. Denn Passers Kopf hätte sich eben doch darunter befinden können. Sodann reichte der redenfreudige Herr das Schäufelchen der Witwe. Und alle, alle mußten den Kelch der Versuchung bis zur Neige leeren. Keinem blieb das entsetzliche Ringen mit dem Lachen erspart. Die Witwe und der schluchzende Sohn und jeder Nachfolgende hatte die Schaufel mit Erde zu füllen und sich vorzuneigen über die Grube mit dem Sarg und dem Hut darauf, der glauben machte, Passer stecke in seinem unbezähmbaren Lebensdrang und Optimismus den Kopf aus seiner letzten Behausung.

## 13

Etwa zwanzig Leute waren in Barbaras Villa versammelt. Sie saßen im Salon herum, auf Diwans, in Sesseln oder auf dem Boden. In der Mitte des Kreises, der von ihren unkonzentrierten Blicken gebildet wurde, bemühte sich ein Mädchen, das dem Vernehmen nach aus einem Landstädtchen kam, Tanzbewegungen zu vollführen.
Barbara thronte in einem breiten Plüschsessel. »Dauert das nicht schon ein bißchen lange?« fragte sie das Mädchen in strengem Ton.
Das Mädchen beschrieb mit den Schultern eine Kreisbewegung, als wollte es der Reihe nach auf die Anwesenden zeigen und sich über deren Gleichgültigkeit und Unaufmerksamkeit beschweren. Doch Barbara wies mit einem strengen Blick die stumme Entschuldigung zurück. Sofort begann das Mädchen, ohne seine ausdruckslosen und ungenauen Bewegungen zu unterbrechen, die Bluse aufzuknöpfen.
Von da an kümmerte sich Barbara nicht mehr um sie, sondern ließ ihren Blick von einem ihrer Gäste zum andern wandern. Wer ihn spürte, unterbrach sogleich Schwatzen und Tun, um gehorsam seine ganze Aufmerksamkeit der Amateur-Stripperin zuzuwenden. Schließlich zog Barbara den Rock hoch, schob sich die Hand zwischen die Schenkel und schickte nun einzelne, herausfordernde Blicke in alle Winkel des Salons. Aufmerksam prüfte sie, ob und wie die Gäste darauf reagierten.
Langsam, aber sicher nahmen die Dinge ihren Lauf. Die Provinzlerin lag bald nackt in den Armen irgendeines Mannes, und die anderen verteilten sich auf die angrenzenden Räume. Was Barbara allerdings nicht gern sah. Sie war allgegenwärtig, blieb wachsam und gebieterisch, duldete nicht, daß ihre Gäste sich paarweise in irgend-

welchen Winkeln versteckten. Böse fuhr sie auch das weibliche Wesen an, dem Jan den Arm um die Schultern gelegt hatte: »Wenn du mit ihm allein sein willst, dann geh zu ihm nach Hause. Hier sind wir eine Gruppe!« Sie ergriff das weibliche Wesen am Arm und schleppte es in ein Nebenzimmer.
Jan fing den Blick eines sympathischen jungen Glatzkopfs auf, der in der Nähe saß und Barbaras Eingreifen beobachtet hatte. Die beiden Männer lächelten einander an. Der Glatzkopf kam zu Jan.
Jan sagte: »Marschall Barbara!«
Der Glatzkopf lachte und sagte: »Trainerin Barbara! Sie bereitet uns auf die olympischen Finales vor!«
Gemeinsam verfolgten sie das weitere Tun ihrer Gastgeberin.
Barbara kniete neben einem Mann und einer Frau nieder, die mitten im Liebesakt waren, schob den Kopf zwischen die Gesichter der beiden und drückte ihren Mund auf die Lippen der Frau. Voll Respekt vor Barbara löste sich der Mann von seiner Partnerin, in der Vermutung, Barbara wolle sie für sich haben. Barbara umarmte die Frau, preßte sie an sich, beide lagen auf der Seite, und der Mann stand höflich und bescheiden vor ihnen. Ohne das Küssen zu unterbrechen, hob Barbara die Hand und machte eine kreisähnliche Bewegung. Der Mann begriff zwar, daß er gemeint war, wußte aber nicht, ob Barbara ihn zum Bleiben aufforderte oder wegschickte. Gespannt schaute er auf die Hand, deren Bewegung immer energischer und ungeduldiger wurde. Schließlich gab Barbara den Mund der Frau frei und sprach ihren Wunsch aus. Der Mann nickte und legte sich auf den Boden hinter die Frau, die nun zwischen ihm und Barbara gefangen war.
»Wir sind alle nur Traumgestalten Barbaras«, sagte Jan.
»Ja«, stimmte der Glatzkopf zu. »Aber es klappt noch

immer nicht so recht. Barbara kommt mir wie ein Uhrmacher vor, der selbst die Zeiger seiner Uhren vorrücken muß.«
Als es Barbara gelungen war, die Position des Mannes zu verändern, verlor sie das Interesse an der Frau, die sie eben noch leidenschaftlich geküßt hatte. Sie stand auf und ging zu einem blutjungen Pärchen. Ängstlich aneinander geschmiegt, saßen die beiden halb versteckt in einer Ecke des Salons. Sie waren noch nicht ganz ausgezogen, und der Jüngling versuchte das Mädchen mit seinem Körper zu decken. Beide taten so, als unterhielten sie sich angeregt, als sei jeder vom anderen völlig eingenommen. Fast krampfhaft bemühten sie sich, unauffällig zu sein und jeglicher Neugier zu entgehen.
Barbara ließ sich durch ihr Spielchen nicht täuschen und ging auch neben diesen beiden in die Knie. Ein Weilchen strich sie ihnen über die Haare und redete auf sie ein. Dann entfernte sie sich in ein Nebenzimmer und kehrte bald mit drei nackten Männern zurück. Wieder ging sie neben den jungen Liebesleuten in die Knie, nahm den Kopf des Jünglings zwischen die Hände und küßte ihn ab. Die drei Nackten neigten sich über das Mädchen und zogen ihm, gelenkt von Barbaras Blicken, die restlichen Kleidungsstücke aus.
»Wenn das alles vorbei ist, findet eine Versammlung statt«, sagte der Glatzkopf. »Barbara wird uns alle zusammenrufen, im Halbkreis Platz nehmen lassen, sich vor uns aufbauen, ihre Brille aufsetzen und analysieren, was wir richtig und was wir falsch gemacht haben. Sie wird die Fleißigen loben und die Drückeberger tadeln.«
Die beiden schüchternen Liebesleute teilten endlich ihre Körper mit anderen. Barbara lenkte ihre Schritte nun zu Jan und dem Glatzköpfigen. Sie lächelte Jan kurz zu und trat zu dem Glatzkopf. Fast im gleichen Moment wurde

Jan von der Provinzlerin, deren Entblätterungsschau den Abend eröffnet hatte, sanft berührt. Er mußte feststellen, daß Barbaras Uhren offenbar gar nicht so schlecht funktionierten.

Die Provinzlerin beschäftigte sich eifrig mit ihm, aber sein Blick wurde immer wieder zu dem Glatzkopf gezogen, dessen Glied von Barbaras Hand bearbeitet wurde. Die beiden Paare boten den gleichen Anblick. Denn die beiden Frauen machten mit vorgeneigten Oberkörpern auf gleiche Weise das gleiche. Sie glichen emsigen Gärtnerinnen, die über Beete gebeugt waren. Man hätte sogar meinen können, das eine Paar sei getreues Spiegelbild des anderen. Die Blicke der beiden Männer trafen sich. Jan sah, daß der Körper des Glatzkopfs von Lachen geschüttelt wurde. Und weil sie miteinander verbunden waren, wie ein Ding mit seinem Spiegelbild verbunden ist, mußte auch der andere beben, wenn der eine bebte. Doch Jan schaute schnell weg. Er wollte nicht durch offenes Lachen das Mädchen kränken, das ihn liebkoste. Aber sein Spiegelbild zog ihn unwiderstehlich an. Er blickte erneut hin und sah, daß dem Glatzkopf die Augen vor unterdrücktem Lachen schier aus den Höhlen traten. Der Glatzkopf und Jan mußten durch eine mindestens fünffache telepathische Leitung verbunden sein. Nicht nur, daß jeder wußte, was der andere dachte, er wußte auch, daß der andere es wußte. Beiden fielen die zwei Vergleiche wieder ein, mit denen sie Barbara zuvor bedacht hatten, und neue gingen ihnen durch den Sinn. Sie sahen einander an und wichen doch einer dem anderen mit dem Blick aus, weil sie wußten, daß sie mit Lachen hier eine Blasphemie begehen würden, als lachten sie in der Kirche, wenn der Priester die Hostie hob. Aber kaum war ihnen dieser Vergleich gekommen, überkam sie noch heftigerer Lachdrang. Sie erwiesen sich als zu schwach. Das Lachen

war stärker als sie. Beider Körper schüttelten sich auf einmal unaufhaltsam.
Barbara schaute ihrem Partner ins Gesicht. Der Glatzkopf kapitulierte und platzte vollends heraus. Als ahne sie, wo der Quell des Lachens liege, drehte sich Barbara zu Jan um. Die Provinzlerin fragte ihn gerade flüsternd: »Was ist? Warum weinst du?«
Doch da stand Barbara schon neben ihm und zischte: »Glaub bloß nicht, daß du mir hier Passers Begräbnis veranstalten kannst!«
»Sei nicht böse«, sagte Jan lachend, und die Tränen liefen ihm weiter über die Wangen.
Sie bat ihn, das Haus zu verlassen.

14

Vor seiner endgültigen Abreise war er mit Hedwig noch ans Meer gefahren, auf eine einsame Insel, wo es nur einige Miniaturdörfer, Weiden mit träge herumstehenden Schafen und ein einziges Hotel mit eingezäuntem Badestrand gab. Beide hatten ein Zimmer für sich.
Er klopfte an ihre Tür. Von tief drinnen kam ihr Herein. Er trat ein, sah aber niemanden. »Ich mache Pipi«, rief sie aus dem Klo, dessen Tür halb offenstand.
Das kannte er. Selbst wenn sie zahlreiche Gäste hatte, verkündete sie gelassen, sie gehe Pipi machen, und unterhielt sich dann weiter durch die angelehnte Tür. Es war weder Koketterie noch Schamlosigkeit. Im Gegenteil: es war die völlige Abkehr von Koketterie und Schamlosigkeit.
Hedwig ließ keinerlei Traditionen gelten, die den Menschen belasten wie Gewichte. Sie weigerte sich anzuerkennen, daß ein nacktes Gesicht züchtig und ein nacktes

Gesäß unzüchtig sei. Sie konnte nicht einsehen, warum die salzige Flüssigkeit, die uns aus den Augen tropft, etwas erhaben Poetisches besitzen sollte, wogegen die Flüssigkeit, die wir aus dem Bauch lassen, Ekel erregen sollte. Derartiges erschien ihr dumm, künstlich, unvernünftig, sie nannte es unechte Konventionen und reagierte darauf, wie ein aufsässiges Kind auf die Hausordnung eines katholischen Internats reagiert.

Als sie aus dem Klo trat, lächelte sie Jan an und hielt ihm beide Wangen zum Kuß hin. »Gehen wir an den Strand?«

Er akzeptierte.

»Deine Kleider kannst du hier lassen«, sagte sie und zog den Morgenrock aus, unter dem sie nackt war.

Für Jan war es immer noch ein wenig ungewohnt, vor anderen ausgezogen herumzulaufen, und er beneidete Hedwig fast, die sich in ihrer Nacktheit bewegte wie in einem bequemen Hauskleid. Mehr noch, nackt bewegte sie sich natürlicher als angezogen, es war, als lege sie mit den Kleidern auch das beschwerliche Los der Frau ab und verwandle sich in ein bloßes Menschenwesen ohne Geschlechtsmerkmale. Als wäre das Geschlecht in den Kleidern und als wäre Nacktheit der Zustand sexueller Neutralität.

Nackt gingen Jan und Hedwig die Treppe hinunter und zum Strand, wo Grüppchen nackter Leute herumsaßen, herumspazierten oder im Meer herumplanschten: nackte Mütter mit nackten Kindern, nackte Großmütter und nackte Enkel, nackte Jünglinge und nackte Greise. Es gab eine Unmenge weiblicher Brüste unterschiedlichster Formen, hübsche, weniger hübsche, häßliche, riesige und geschrumpfte, und Jan stellte bekümmert fest, daß alte Brüste nicht zu jungen, doch junge zu alten paßten, daß alle zusammen gleich bizarr und bedeutungslos waren.

Und wieder überfiel ihn die undeutliche, geheimnisvolle Vorstellung von der Grenze. Ihm schien, er befinde sich genau auf der Linie, sei im Begriff, sie zu überschreiten. Und seltsame Trauer erfaßte ihn, aus der wie aus einem Nebel ein noch seltsamerer Gedanke tauchte: er erinnerte sich, daß die Juden nackt und kolonnenweise in die Gaskammern der Hitlerschen Konzentrationslager gegangen waren. Er verstand nicht recht, warum sich ihm diese Vorstellung so unabweislich aufdrängte und was sie ihm eigentlich sagen wollte. Vielleicht, daß sich auch die Juden in jenen Augenblicken *auf der anderen Seite der Grenze* befunden hatten, daß Nacktheit somit die Uniform der Menschen auf der anderen Seite ist. Daß Nacktheit das Totenhemd ist.
Die Trauer, die Jan angesichts der nackten Leiber auf dem Strand empfand, wurde immer unerträglicher. Er sagte: »Sonderbar, diese nackten Leiber ringsum ...«
Hedwig pflichtete ihm bei: »Stimmt. Und am sonderbarsten ist, daß alle diese Leiber schön sind. Sieh nur, auch die alten und kranken sind schön, wenn sie nur Leiber sind, Leiber ohne Kleider. Sie sind schön wie die Natur. Ein alter Baum ist nicht weniger schön als ein junger, und der kranke Löwe ist immer noch der König der Tiere. Die Abscheulichkeit des Menschen liegt in der Abscheulichkeit der Kleidung.«
Er und Hedwig hatten sich nie verstanden, dennoch herrschte zwischen ihnen Einvernehmen. Jeder legte die Worte des anderen auf seine Weise aus, so daß zwischen ihnen stets wunderbare Harmonie bestanden hatte. Wunderbare Eintracht, begründet auf Unverstehen. Er war sich dessen voll bewußt, und es behagte ihm fast.
Langsam gingen sie über den Strand, der Sand war heiß, das Blöken eines Widders mischte sich ins Rauschen des Meeres, und unter einem Ölbaum weidete ein schmutzi-

ges Schaf ein Inselchen dürren Grases ab. Jan mußte an Daphnis denken. Betäubt durch die Nacktheit von Chloës Körper, lag er da, erregt, aber nicht wissend, wozu ihn die Erregung aufforderte, so daß sie ohne Ende und ohne Befriedigung blieb, unabsehbar und unermeßlich. Vor unermeßlicher Wehmut krampfte sich ihm, Jan, das Herz zusammen, und er wollte wieder zurück zu dem kleinen Jungen von einst, zurück zu den eigenen Anfängen, zurück zu den Anfängen der Menschheit, zurück zu den Anfängen der Liebe. Er sehnte sich nach der Sehnsucht. Er sehnte sich nach dem Schlag des Herzens. Er sehnte sich danach, neben Chloë zu liegen und nicht zu wissen, was körperliche Liebe ist. Nicht zu wissen, was Wollust ist. Sich in bloße Erregung verwandeln, in die lange und geheimnisvolle, unverständliche und wunderbare Erregung des Mannes angesichts des Körpers der Frau! Und er sagte: »Daphnis!«

Das Schaf weidete das dürre Gras ab. Jan wiederholte seufzend und laut: »Daphnis, Daphnis . . .«

»Du rufst Daphnis?« fragte Hedwig, leicht überrascht.

»Ja«, sagte er, »ich rufe Daphnis.«

»Das ist gut«, pflichtete Hedwig sogleich bei, »wir müssen zu ihm gelangen. Wir müssen dorthin gelangen, wo das Christentum den Menschen noch nicht verstümmelt hat. Meintest du das?«

»Ja«, sagte Jan, obwohl er etwas ganz anderes gemeint hatte.

»Dort hat es wohl noch so etwas wie ein Paradies der Natürlichkeit gegeben«, fuhr sie fort. »Schafe und Schäfer. Menschen, die der Natur gehörten. Freiheit der Sinne. Das ist Daphnis für dich, nicht wahr?«

Er bestätigte erneut, es genau so gemeint zu haben, und Hedwig fügte hinzu: »Ja, du hast recht, wir sind auf der Insel Daphnis!«

Weil es ihm Spaß machte, ihr auf Unverstehen beruhendes Einverständnis zu entfalten, sagte er beipflichtend: »Und das Hotel, in dem wir wohnen, müßte heißen: *Auf der anderen Seite*.«

»Ja, ja«, jubelte Hedwig. »Auf der anderen Seite dieser unmenschlichen Welt, in die unsere Zivilisation uns eingekerkert hat!«

Grüppchen nackter Leute näherten sich ihnen, und Hedwig stellte Jan vor. Die Leute schüttelten ihm die Hand, verbeugten sich vor ihm, nannten ihre Titel und behaupteten, sie seien sehr erfreut, ihn kennengelernt zu haben. Dann wurden einige Themen behandelt: die Temperatur des Wassers, die Heuchelei der Gesellschaft, von der Körper und Seele verstümmelt würden, die Schönheit der Insel.

Zum letzten Thema merkte Hedwig an: »Jan hat gerade gesagt, wir seien hier auf der Insel des Daphnis. Ich finde, das stimmt genau.«

Alle waren von diesem Einfall entzückt, und ein ungewöhnlich dickbäuchiger Mann entwickelte den Gedanken weiter, indem er erklärte, die westliche Zivilisation stehe vor ihrem Untergang und die Menschheit werde sich endlich von der versklavenden Last des jüdisch-christlichen Denkens befreien können. Er sprach Sätze, die Jan schon zehnmal, zwanzigmal, dreißigmal, hundertmal, fünfhundertmal, tausendmal gehört hatte. Und nach einer Zeitlang hatte es tatsächlich den Anschein, als seien die paar Meter Strand hier das Auditorium einer Universität. Der Mann sprach, die anderen hörten ihm interessiert zu, und ihre entblößten Geschlechtsteile sahen dumpf und traurig in den gelben Sand.

Inhalt

*Erster Teil*
Die verlorenen Briefe
5

*Zweiter Teil*
Die Mutter
37

*Dritter Teil*
Die Engel
75

*Vierter Teil*
Die verlorenen Briefe
107

*Fünfter Teil*
Lítost
155

*Sechster Teil*
Die Engel
205

*Siebenter Teil*
Die Grenze
251

*Die Bücher von Milan Kundera
im Suhrkamp Verlag:*

*Das Leben ist anderswo*
Roman. 1974
Aus dem Tschechischen
von Franz Peter Künzel
(auch als suhrkamp taschenbuch 377)

*Abschiedswalzer*
Roman. 1977
Aus dem Tschechischen
von Franz Peter Künzel

*Der Scherz*
Roman. 1979
Aus dem Tschechischen
von Erich Bertleff
Mit einem Nachwort
von Louis Aragon
suhrkamp taschenbuch 514